MW01538571

Cosimo Vitiello

Una scusa per amare

Romanzo

Copyright © 2012, 2021 Cosimo Vitiello

Progetto grafico: Studio Wabbit (studiowabbit.com)
Immagine di copertina © 1988 Cosimo Vitiello
Edizione a cura di: Bozze Rapide (bozzerapide.com)
Trasformazione digitale: MiCla Multimedia

UNA SCUSA PER AMARE
di Cosimo Vitiello
prima stesura giugno 2012
ISBN: 9781520365701

Tutti i diritti sono riservati.
È vietata ogni riproduzione, anche parziale.
Le richieste per la pubblicazione e/o l'utilizzo della presente opera
o di parte di essa, in un contesto che non sia la sola lettura privata,
devono essere inviate a: minovitiello@hotmail.com

NOTE DELL'AUTORE
Il presente romanzo è opera di pura fantasia.
Ogni riferimento a nomi di persona, luoghi, avvenimenti, fatti storici,
siano essi realmente esistiti o esistenti, è da considerarsi
puramente casuale e involontario

amazon.it
store.kobobooks.com
micla.it
braviautori.it/vetrine/cosimovitiello

Una scusa per amare

agli amori nascosti

Capitolo 1

La pioggia batteva con violenza sulla finestra, producendo un rumore costante che in altre occasioni poteva anche essere piacevole, ma non in quella. Sembrava la giornata perfetta perché tutto andasse a rotoli. Giulia rimase in attesa di una sua risposta. Asciugava i piatti della cena, in silenzio, senza guardarlo. Lui, seduto al tavolo, non disse nulla. Nascose la faccia tra le mani, in uno stato indescrivibile. Quando lei finì di sistemare il lavello gli rivolse un ultimo fuggevole sguardo e lo lasciò solo, e lui poté permettersi di piangere.

La storia di Giulia e Marco è quella di due persone qualunque, nata fin da bambini nei rioni della città dove vivevano. Insieme avevano visto il paese ingrandirsi mangiando anno dopo anno intere fette di campagna, e le case che spuntavano nuove e le vecchie che si imbellivano li avevano visti crescere e innamorarsi. La loro storia era così prevedibile da tutti quelli che li conoscevano che nessuno si meravigliò quando già dalle scuole medie passeggiavano mano nella mano come due innamorati. Non era mai capitato che un compagno di classe avesse chiesto a Giulia di fidanzarsi, impensabile; Giulia apparteneva a Marco, e Marco a Giulia. Il dottore di famiglia li aveva sempre curati entrambi, nello stesso momento, e spesso tamponando le medesime ferite.

Il destino aveva già previsto tutto per loro, ancor prima della nascita. Ai genitori, legati da una profonda amicizia, piaceva fantasticare sul futuro legame dei loro figli, vedendoli nell'immaginazione giocare insieme nelle campagne limitrofe, scorrazzare sulle gambette magre quando l'età gliel'avrebbe permesso, sferragliare a cavallo di una bici tra le stradine ricoperte solo da un sottile strato di polvere. Quando decisero di avere figli lo decisero tutti e quattro insieme, come si potrebbe organizzare una gita in montagna; senza tralasciare niente e facendo in modo di scongiurare qualsiasi evenienza. Era tutto scritto nella testa dei genitori: i bambini avrebbero dovuto continuare lungo la strada dell'amicizia, seguiti e incoraggiati dalle due famiglie. Tutto doveva andare secondo i loro desideri. E come mai accade nella realtà, a distanza di quattro mesi, entrambe le amiche di lunga data annunciarono la gravidanza, poi i sessi dei nascituri, quindi i nomi.

Giulia e Marco. Dopo aver trascorso tutta la vita a rincorrersi e a cercarsi, ora si dividevano, rompevano il legame che nessuno pensava potesse spezzarsi.

Giulia provava un profondo rammarico per come era finita la loro storia, la vita che fin da piccola aveva sognato: il suo amore eterno. Voleva un bene dell'anima a Marco, ma negli ultimi mesi, da quando aveva perso il lavoro, lui era cambiato. Più di chiunque sapeva quanto amasse quel lavoro, ma questo non giustificava il suo comportamento. La trattava male, come non aveva mai fatto, e questo per lei era la cosa peggiore. Abbracciava quell'idea da alcune settimane, durante le quali aveva pensato a diversi modi per dirglielo e a mille scuse per lasciarlo. Fu il destino a darle l'occasione per troncare definitivamente il cordone ombelicale: la morte della madre.

Dopo che un maledetto incidente aveva portato via i genitori di Marco, ormai già quasi cinque anni prima, la famiglia di Giulia era divenuta la famiglia per entrambi e il ragazzo si era legato ancor di più a loro. La notizia della nuova perdita, alcuni giorni prima, lo aveva gettato in uno sconforto ancora più evidente. Il colpo finale di tutte queste sventure fu per Marco apprendere che Giulia, l'amata Giulia, non desiderava la sua presenza ai funerali, che si sarebbero svolti al paese lasciato anni prima. Quella sera, quando lei aveva dichiarato le sue intenzioni, tutto era crollato, lasciandolo sospeso nel nulla senza nessun riferimento.

Dopo un lungo tempo, e solo dopo aver assimilato cosa stava succedendo nella sua vita, Marco riuscì finalmente a emergere dallo stato catatonico. Gli ci vollero ancora alcuni secondi per identificare il luogo dove si trovava e un'altra manciata per decidere di andarsene a letto.

Quando si infilò sotto le lenzuola, quella volta della ragazza vide solo un profilo armonioso, un panorama conosciuto, come un orizzonte lontano; sotto gli occhi, ma irraggiungibile. Osservando la figura di

Giulia muoversi sotto l'azione lenta del respiro, Marco rievocò in un solo momento mille situazioni vissute con lei, con la ragazza a cui si era aggrappato in tutti quei trentadue anni di vita. La osservava in silenzio cercando di carpire un fremito, una pausa nel costante e sinuoso moto dell'alito di vita, una increspatura nella calma a indicargli senza ombra di dubbio che Giulia non dormiva. Ed è a quest'unica domanda che pensava quando si addormentò, cullato da ricordi dalla cornice ingiallita.

Il sonno che lo avvolse non diede spazio a niente, finché un raggio di sole settembrino avanzò deciso attraverso le palpebre. Marco cambiò posizione allontanandosi dal riflesso, accorgendosi avvilito che Giulia non era più lì a fargli compagnia. Tastò là dove la sera prima era distesa di spalle, carezzò il cuscino che portava ancora l'orma della testa. Con le ultime gocce di speranza cercò un rumore nell'aria, lo attese con ansia, ma non arrivò: era solo.

Riuscì a malapena a rasarsi e lavarsi, indossò gli stessi vestiti del giorno prima e spese molto tempo a fissare la tazzina di caffè, infine ne lasciò la metà e si avviò al lavoro. In pizzeria. Quando ci pensava Marco non riusciva ancora a crederci. Dopo tanti anni di studio, stage in grandi ristoranti e periodi di lavoro all'estero si era ridotto a fare il pizzaiolo.

Durante la notte l'umidità aveva bagnato Viterbo e

reso l'aria del mattino più frizzante del solito, l'estate si era arresa troppo presto e il clima che da alcuni giorni si poteva respirare somigliava a un autunno in fasce. Benché il sole fosse già alto a San Pellegrino, tra quelle stradine strette, solo il suo riflesso arrivava, rotolando sui sanpietrini e colpendo il viso scuro di Marco. La pizzeria dove lavorava distava un centinaio di metri, pochi per svegliarsi per bene la mattina e pochissimi quel giorno, che non bastarono nemmeno a rispondere a una semplice domanda: perché.

La serranda del locale tenuta bassa lo costrinse a piegarsi per entrare, le luci erano spente nella sala ma in cucina c'era vita. Entrando incontrò lo sguardo accigliato di Lucio, fermo accanto al forno reggeva la pala per le braci.

«Marco!» Lucio posò l'attrezzo e prese lo spazzolone per pulire il forno. «Sei in anticipo stamattina. Hai fatto pace con Giulia?» Diede uno strattone alla spazzola per verificare che fosse agganciata a dovere e allungò il manico telescopico all'interno della camera. Si distese a metà sul piano cottura e quando stava per iniziare a pulire ebbe un ripensamento. Lasciò lo spazzolone e si volse verso Marco, rimasto muto con occhi spenti. «Ti senti bene? Hai l'aria stanca» disse. Prese una sedia capovolta sul tavolo e gli fece un cenno. «Siediti. Dai, raccontami tutto.» Pulì le mani sul grembiule e si sedette sul tavolo, le gambe penzoloni, in attesa di un segno di vita.

Il viso tondo di Marco mostrava una impassibilità cadaverica. L'amico gli rinnovò l'invito a sedersi insistendo più volte, finché non si decise. Poi, chiuse per un attimo gli occhi, li strizzò forte e disse: «Giulia mi ha lasciato».

«Giulia ti ha lasciato!» fece eco l'altro. Dopo un primo momento di attenta valutazione delle sue parole continuò incredulo. «Ma… ma… Tu e Giulia! Non è possibile. Cos'hai combinato!»

«Come "cos'ho combinato", perché devo essere stato io ad aver combinato qualcosa? Sempre la colpa a me, come quella volta al ristorante.»

«Sei stato tu a farlo cadere, mica io.»

«Io mi sono solo girato, è quel deficiente che mi stava attaccato come la sfiga. Sei cameriere? E fai il cameriere! Sbrodolava appresso a Giulia. Si vedeva, eh, anche se dici che non era vero.»

«Forse eri tu il suo obiettivo.»

Marco lo guardò cercando di capire se scherzava. Lucio era un buon amico. Non un *vecchio* amico, ma di sicuro un buon amico. Lo aveva conosciuto il primo giorno di lavoro al ristorante del centro, alcuni anni prima, non ricordava quanti, col tempo era diventata una persona su cui poter fare affidamento. Non perdeva mai il sorriso, un eterno giovane. Scosse la testa con vigore.

«Non era il mio tipo. Poi stavo con Giulia» rispose. Lucio rise di gusto, ma smise subito. Capì che

Marco scherzava, lo aveva fatto solo per reggergli il gioco.

«Non ci posso credere» mormorò Lucio mordendosi un labbro.

«Cosa?» Marco non capiva.

«Tu e Giulia. Io non ho mai visto una coppia così affiatata. Se ti devo dire la verità, però, mi sembravate più due fratelli che due fidanzati. Ma questo non significa niente.»

Marco non rispose. Si immerse nei ricordi che il nome richiamava.

Lucio continuò: «Forse ho capito cos'è che non andava nel vostro rapporto», scese dal tavolo e si avvicinò alla bocca del forno a legna.

Marco stirò un sorriso forzato.

«In due minuti hai capito quello che non andava tra noi. Sentiamo un po'.»

Lucio riprese con aria meditabonda: «Voi due non litigavate mai,» si strinse nelle spalle, «questo era il problema. Le coppie hanno bisogno di confrontarsi, discutere, mettere in chiaro le cose. Superando questo, il rapporto si rafforza.»

«Beh, se lo dici tu, allora deve essere proprio così. Tu sì che te ne intendi di rapporti.» Marco abbandonò la sedia e raggiunse l'amico che nel frattempo iniziò a grattare il ripiano di cottura. Nuvolette di cenere si dispersero all'interno. «Dimmi un po', non ricordo il numero esatto di rapporti stabili che hai avuto. Sono forse cinque? Dieci? O una ventina?»

Lucio emerse tenendo in mano la lunga asta d'acciaio, l'accorciò posizionandola come fosse un'arma.

«Per tua regola, mio caro, io mi innamoro sempre. Io sono nato per donare sesso», fece vibrare lo spazzolone.

Marco quella storia l'aveva sentita centinaia di volte. Alzò le sopracciglia e rimase a fissare la faccia da ebete di lui. Lo sovrastava di tutta la testa, tuttavia sapeva che volendo Lucio poteva alzarlo con una sola mano: piccolo e tozzo, era tutto nervi.

«Lo zerbino delle donne!» lo canzonò, enfatizzando le parole con un ampio gesto della mano.

«Esatto. Io amo tutte le donne che mi scopo, sono il loro schiavo e per un breve periodo siamo una coppia, certo. Come vedi…» fece ondulare la testa, «me ne intendo di rapporti. E voi?»

«E voi che!»

«Da quando non scopavate?»

«Ma che te ne frega. Io non sono mica fissato come te. Sempre con questa cosa in testa. E poi il nostro è…»

«Era.»

«Era un rapporto solido. E poi dove è scritto che bisogna litigare per poter andare d'accordo?»

«Scommetto che non avete litigato nemmeno ieri, quando te l'ha detto. Vero?»

Lui rimase in silenzio e distolse lo sguardo.

Lucio non la smise: «Ieri ti ha detto che ti avrebbe lasciato, giusto? E neanche ieri, che una litigarella ci stava proprio...»

«Per favore, falla finita.» Marco lo interruppe sapendo che altrimenti avrebbe continuato all'infinito. «Parlarne mi fa star male. Possiamo cambiare discorso?»

«Come vuoi. Basta che non mi chiedi un aumento.»

«Che stai facendo? Il forno lo abbiamo pulito domenica.» Marco cercò altre strade da percorrere. Uscendo di casa quella mattina si era ripromesso di non pensare più a lei, anche se nello stesso istante in cui lo aveva deciso era caduto nel ricordo di Giulia.

«Ho bruciato una pizza.»

«Ieri? Io non ricordo di una pizza bruciata. Fammi vedere.»

«Ieri sono rimasto con Marta, dopo la chiusura. Sai com'è, voleva fare una pizza. Quando l'ha infornata si è piegata sul piano cottura e ho avuto una visione.»

«See. La conosco bene la tua visione.»

«Cosa ci posso fare! Te l'ho detto, la mia è una missione. E le donne questo lo sanno, lo capiscono. Si passano parola e allora cosa dovrei fare io, tirarmi indietro? Non è corretto. Sarebbe come negare un aiuto a chi soffre.»

«Ma sentiti. Scostati va', ci penso io che tu manco ci arrivi.» Marco tentò di scostarlo prendendo in mano lo spazzolone, in fondo quello faceva parte dei suoi compiti.

«Già fatto, grazie. Tu occupati delle bibite. Il ragazzo stamattina è arrivato e ha lasciato tutto sul retro. Meglio toglierle di mezzo appena possibile.» Prima che Marco si avviasse lo fermò con un braccio e gli disse: «Senti. Mi dispiace, sul serio, per come sono andate le cose».

«Che ci vuoi fare. Comunque non ti preoccupare, mi passerà.»

«Però pure tu una scopata ogni tanto potevi anche farla.»

«Lucio!»

«Non ti scaldare, sto scherzando.» Trattenne il grosso ragazzo che voleva allontanarsi a tutti i costi. Lo conosceva molto bene, tanto da sapere che oltre a Giulia due cose amava più di tutto nella vita: la cucina e il pianoforte. «Sai che facciamo? Per tirarti su il morale ti lascio fare la pizza che volevi.»

«La vegetariana con la pasta speciale?»

«La vegetariana con la pasta speciale, sì», Lucio chiuse gli occhi e portò una mano alla fronte. «Oddio, solo nominandola mi fa vomitare.»

Marco dimenticò all'istante ogni cosa.

«Zitto scemo, vedrai che sarà un successone. Piuttosto, devo comprare gli ingredienti e fare qualche prova.»

«Non contare su di me. Ti lascio il campo libero, ma

fai tutto da solo, basta che per oggi sia in ordine per l'apertura. Ora vai a sistemare di là che chiacchierando passa il tempo e non si combina niente.»

Il retro della pizzeria affacciava sul vicolo cieco laterale al locale, in origine era adibito a legnaia per una delle vecchie case in tufo di fronte. Lucio lo aveva comprato a poco trasformandolo in un piccolo magazzino, in un secondo momento aveva chiuso con una grata l'accesso alla stradina aprendo un passaggio dalla pizzeria. Anche in quel modo la legnaia conservava la freschezza che un luogo privo di sole possedeva, Marco fu costretto ad alzare il colletto della giacca, sulla quale indossò il grembiule abituale blu scuro liso come un vecchio jeans. Il lavoro non lo aveva mai disdegnato, di qualsiasi tipo si trattasse, fin da quando ne aveva avuto la possibilità. Anche mentre frequentava l'ALMA, la sera, dopo una giornata trascorsa dietro i banchi e tra i fornelli, si recava in una pizzeria del posto, aiutando così la famiglia a mantenerlo negli studi. Ricordava con malinconia come ne andava fiero suo padre: l'unico figlio al quale voleva un bene dell'anima.

Dopo una ventina di minuti tutte le scatole e le casse delle bevande erano ordinate per genere e posizionate in modo da non intralciare i movimenti, i grandi frigoriferi delle bibite pieni da scoppiare. Per finire Marco separò il materiale di scarto nei contenitori della differenziata nel vicolo, controllò che il frigo degli ingredienti di prima utilità fosse pieno e rientrò in cucina. Il forno aveva la porticina agganciata e di Lucio neanche l'ombra; un rumore di tavolo spostato lo indirizzò nella sala grande.

Di solito Marco iniziava a lavorare subito dopo pranzo. Cominciava con il preparare la pasta, poi la separava in pagnotte e la distribuiva su ripiani di legno, dove lievitava al tepore di un telo. Ripeteva questa operazione più volte, in base alle previsioni di affluenza, alle prenotazioni e al giorno di apertura. Di queste ultime cose se ne occupava Lucio. A causa dei suoi guai aveva anticipato di molto la giornata lavorativa, fu riconoscente all'amico di avergli concesso di realizzare la pizza che da molto tempo chiedeva, altrimenti non avrebbe saputo dove sbattere la testa per far trascorrere le ore. C'era voluta la partenza di Giulia per convincerlo... Capì solo in quell'istante che lo aveva fatto per distoglierlo dalla sua ossessione. Non rimaneva altro, a quel punto, che farlo ricredere.

Già durante la mezz'ora precedente, indaffarato a sistemare il magazzino, il suo cervello aveva elaborato almeno una decina di alternative all'idea di base per la pizza vegetariana. Quando esternò i suoi dubbi all'amico questi non volle sentir ragioni; per ora si partiva con un solo tipo. Se i clienti l'apprezzavano allora ne avrebbero riparlato.

Un dilemma lo prese improvviso: quale fare? Ora che aveva idee per una decina di pizze diverse, quale realizzare? Se doveva vincere l'oscura scommessa con Lucio, avrebbe considerato la più saporita, senza perdere di vista lo scopo della creazione: meno calorie, basso colesterolo e poco sale.

Ripetendosi questi tre obiettivi il primo giudizio fu che stava diventando pazzo. Non era certo il primo ad aver tentato di avvicinare due rette all'apparenza parallele: il gusto e le calorie. Lui voleva fare la sua parte, anche se non aveva studiato così tanto per ridursi a realizzare pizze desiderava comunque provarci. Una sfida è una sfida, si disse, avrebbe messo le sue doti culinarie a servizio di... Per quanto si sforzasse, non riuscì a seguitare su quella riflessione.

«Ma al padre di Giulia hai telefonato?»

«Cosa?» Marco emerse dal suo mondo interiore con una certa lentezza.

«Al papà della tua ragazza. Marco! Per te non è un secondo padre? Almeno così mi dicesti. Dovresti telefonargli. Anche un telegramma per la perdita della moglie non sarebbe male.»

«Sì, ci avevo pensato. Un telegramma... sì, anche quello. Come si fa?»

«Usa pure il mio telefono, senza andare a casa. Fai il 186 e segui le istruzioni.»

«Ti ringrazio, lo faccio subito. Telefono prima a lui, però, con il mio cellulare» tenne a precisare.

«Come vuoi. Non dimenticarti di fargli le mie condoglianze.»

«Sì, certo.»

Lucio seguì l'amico con gli occhi e lo vide scomparire nel retro, sentì la sua voce inviare una debole imprecazione, forse al telefonino – gliel'aveva detto mille volte di sostituirlo con uno nuovo –, parlare e scusarsi con Vittorio per il ritardo delle condoglianze e per l'impossibilità di partecipare alle esequie in quanto impegnato con il lavoro. Non disse nulla riguardo alla rottura con Giulia.

Lucio pensò che i motivi per cui Marco non aveva fatto cenno alla separazione fossero essenzialmente due. Il primo riguardava il profondo amore che lo legava a Vittorio; con la morte della moglie aveva già i suoi tormenti e non voleva caricarlo di altri. Il secondo riguardava la sua ex; in cuor suo aleggiava un alito di speranza. Forse si aspettava che Giulia tornando a casa, nel paese dove avevano trascorso la loro infanzia, potesse riscoprire l'amore per lui. Tuttavia Lucio non lo riteneva possibile, la sua convinzione era che Marco non avrebbe più rivisto Giulia. Ne aveva visti tanti di rapporti simili crollare da un giorno all'altro. Avrebbe sofferto tanto quando la realtà si sarebbe palesata ma lui lo avrebbe aiutato a superare il momento, e aveva già qualche idea al riguardo.

La dettatura del telegramma durò solo alcuni minuti e quando Marco ritornò aveva in viso lo stesso malumore del mattino.

«Come sta Vittorio?» chiese Lucio, sperando che non iniziasse a frignare.

Marco alzò le spalle. «Come deve stare… ti saluta.»

L'altro rimase in silenzio non sapendo che rispondere, avrebbe voluto che non fosse mai accaduto solo per non trovarsi in quella situazione imbarazzante. Cercò di smuovere le acque troppo calme tentando di nuovo la carta della cucina.

«Allora, hai deciso la ricetta da fare? Credi che per stasera sarà pronta?» Marco gli rivolse uno sguardo profondo e lui capì che il trucco non sarebbe servito quella volta. In suo aiuto venne il rumore forte di due colpi sulla serranda. «Eccolo qua» disse, «ci potrei aggiustare l'orologio per quanto è preciso.»

«Chi?» chiese Marco.

Lucio si diresse un momento in cucina ritornando subito dopo con una busta in mano.

«Ormai sono alcune settimane che a quest'ora mi viene a trovare un poveretto. Gli do qualche avanzo della sera.»

«Ora capisco perché da qualche tempo a questa parte, prima di spegnere, fai delle pizze in più.»

«Avanza la pasta…» si giustificò Lucio.

Ma all'ingresso si trovò di fronte la postina, il visitatore giornaliero attendeva a qualche passo di distanza. Lucio fece un cenno a quest'ultimo e gli passò il fagotto degli avanzi, mentre la portalettere cercava Marco, non lui.

Marco si avvicinò e con le sopracciglia inarcate firmò la raccomandata che la ragazza corpulenta gli consegnò.

«Ciao Marco!» lo salutò lei prima di allontanarsi, come se si conoscessero da chissà quanto tempo.

In effetti la ragazza, a suo dire troppo giovane per quel mestiere, aveva in consegna il quartiere e solo ora la guardava in modo diverso. Rimase pensieroso, osservandola montare sullo scooter e allontanarsi di gran lena.

«Cos'è, ti piace la tipa? Ha delle belle curve. Ottima scelta per ricominciare» convenne Lucio.

«E zitto! Piuttosto, vediamo cos'è questa. Di sicuro non è una richiesta di divorzio.»

«Anche se lo foste stati, sposati intendo, Giulia non avrebbe potuto farlo in così breve tempo. A meno che...»

«Lucio, era una battuta!»

«Ah. Non me n'ero accorto. Dovresti fare più pratica con queste cose. Altrimenti ci credo che le donne scappano da te.» Si rimangiò subito quelle parole, Marco era troppo suscettibile riguardo a Giulia. Notò che non lo ascoltava: meglio; era intento a leggere il foglio estratto dalla busta. Lucio lo aiutò a entrare nella penombra del locale.

«Chi ti scrive? Un nuovo lavoro?» chiese preoccupato.

Marco rilesse le poche righe più volte. Controllò che il destinatario fosse proprio lui, poi di nuovo la comunicazione e il mittente. Era incredulo. Girò il foglio in cerca di altri indizi: bianco.

«È una comunicazione, un notaio di Ischia.»

«Ischia di Napoli?» chiese Lucio.

«Perché, ne conosci un'altra?»

«Ischia di Castro.»

«Ah, sì, certo. Comunque questa è l'isola, quella delle parracine.»

«Quella di… che cosa?»

«Lasciamo stare va'.»

«Ho capito, Ischia. E che dice la lettera? Mi sembri preoccupato», Lucio in realtà era curioso.

«No. Preoccupato no. Basito sì. Dice che un tizio mi ha lasciato un'eredità e devo andare là. Barano d'Ischia, così si chiama il posto. Fra sei giorni ho un appuntamento nello studio di questo notaio.»

«Non dice nient'altro?»

«No.» Marco ricontrollò tutto di nuovo, lettera, affrancatura, mittente e destinatario. Si soffermò sul suo nome, cercando un errore nella trascrizione che poteva indicargli un problema di omonimia. Pareva tutto a posto. Quelli erano il suo nome e l'indirizzo esatto, non di un altro, un numero prima o uno dopo; il suo e quello di Giulia. «Sembra diretta proprio a me.»

«Tu non conosci nessuno a Napoli?»

«No,» rispose con un mugugno «mai stato a Napoli.

I miei sono di origini marchigiane, anzi lo erano. C'è un numero a cui telefonare.»

«Vai di là, chiama subito. Magari ti ha lasciato qualche soldino. Così apriamo un ristorante-pizzeria, eh?»

Marco sgranò gli occhi, piuttosto si dava alla pasticceria, e si allontanò. Ritornò poco dopo con la faccia inquieta.

«Non risponde nessuno.» Lucio per passare il tempo stava tirando giù le sedie dai tavoli. «Riprovo più tardi. Ora vado in piazza Della Morte a comprare qualcosa.»

«Ok. Io chiudo che ho da fare. Tu entra dal retro con la tua chiave.»

«Va bene. Farò in modo che stasera sul menù ci sia una pizza che ti riempirà il locale.»

Lucio abbozzò un sorriso sardonico e lo lasciò solo, solo con le sue riflessioni, che con la missiva tenuta in mano proliferarono dando vita a storie con scenari diversi e fantasiosi. In modo bizzarro la sua curiosità riguardava la persona del lascito e non la consistenza della somma, se di denaro si trattava. Potevano essere anche solo debiti, in tal caso non avrebbe dovuto far altro che rinunciare. Nelle ultime ore tante cose erano accadute nella sua vita, che fino a ora, tirando le somme, poteva ritenersi tranquilla. L'intenzione con la quale si diresse al mercato rionale fu di liberare la mente da qualsiasi influsso negativo, concentrarsi sulla sua pizza – di nuovo il senso di repressione – e sull'obiettivo da raggiungere, al resto avrebbe pensato dopo.

Lucio rimase sorpreso dal successo che ebbe la pizza di Marco, sapeva quanto fosse bravo come cuoco e quanto odiasse fare il pizzaiolo. Entrambe le cose, così in contrasto tra loro, lo turbarono: se per l'amico fare il pizzaiolo significava un grosso sacrificio, quali risultati avrebbe ottenuto se avesse amato sul serio quel lavoro? Per ora si accontentò del buon risultato della nuova creazione, chiedendogli di affiancare alla "quattro erbe", così l'aveva chiamata Marco, almeno altre due o tre ricette ipocaloriche. Sembrava che la gente non vedesse l'ora di ingurgitare il minor quantitativo di calorie possibili. Una bestemmia, fino a quel momento, per l'idea che aveva sul trascorrere una serata a cena fuori.

Marco nei giorni successivi tentò varie volte di chiamare lo studio del notaio, senza ottenere altro che un nulla di fatto. Il telefono squillava ma nessuno rispondeva. Solo due giorni prima dell'appuntamento, e quando aveva deciso di rinunciare ad andarci, una voce femminile lo avvertì che per motivi familiari improvvisi lo studio era rimasto chiuso. Il suo appuntamento non fu spostato. Ogni richiesta di avere ulteriori informazioni sul contenuto dell'eredità e sul nome del suo benefattore fu vana. Avrebbe saputo tutto a tempo debito.

Di Giulia non seppe più niente, né tantomeno aveva avuto il coraggio di chiamarla per dirle di Ischia. La risposta al telegramma di condoglianze la ebbe dopo due giorni dal funerale, immaginando che il cartoncino serigrafato in nero lo avesse tenuto in mano la sua amica d'infanzia. La settimana scivolò senza che si accorgesse delle ore che passavano, l'impegno con la pizzeria lo assorbì del tutto; acqua santa per il suo umore. Il giorno prima di partire Lucio sembrò inquieto, come se il viaggio fosse di sola andata. Suppose che l'atteggiamento dell'amico riguardasse la paura di perdere chi aveva incrementato le vendite. A tal proposito si preoccupò di scrivere in modo preciso il metodo per realizzare la pasta e come preparare il condimento.

Il giorno della partenza Marco andò a trovare Lucio, per sincerarsi che la ragazza del momento – quella della pizza bruciata –, e che nel frattempo avrebbe preso il suo posto, avesse capito bene come realizzare le sue creazioni. In casi normali il dubbio sarebbe bastato a fargli cambiare idea, ma non poteva tirarsi indietro, la possibilità che in ballo ci fosse una somma di denaro lo allettava. Da quando aveva perso il lavoro al ristorante, le entrate in casa di una certa importanza erano solo quelle di Giulia; ora che lei se n'era andata il lavoro alla pizzeria non sarebbe bastato neanche a pagare l'affitto dell'appartamento.

I vicoli a quell'ora si nascondevano nell'ovatta umida del mattino, il sole alzandosi avrebbe dissolto tutto senza difficoltà. Marco bussò piano alla serranda ancora chiusa, Lucio uscì dal retro e gli andò incontro. Dalla porta lasciata aperta fece capolino la bionda formosa di nome Marta. Lui lo abbracciò con vigore.

«Appena arrivi fatti sentire, ok? Ah, e cerca di sbrigarti che questa altrimenti ci mette le radici qua.»

Marco sorrise con un senso di pietà per l'amico.

«Certo che torno presto, non riuscirei a stare troppo tempo lontano dal mio pianoforte. Tu pensa a controllare la ragazza invece, che faccia la pasta come si deve.»

«Non ti preoccupare. Per il fine settimana mi daranno una mano due miei amici. Io seguirò le tue ricette con attenzione, di persona. Nessuno ci metterà le mani.»

«Grazie. Stanotte ho pensato a un'altra cosa che potrebbe interessare ai nostri clienti. Sul menù, di fianco alle vegetariane, potresti scrivere anche le calorie per pezzo. Che ne dici?»

Lucio fece una smorfia di disgusto. Al sentir parlare di calorie gli si rivoltava lo stomaco. Acconsentì con una perplessità.

«E come faccio a saperlo, mica mi posso inventare i valori. Dovrei calcolare le voci di ogni singolo ingrediente… che casino.»

«Falle analizzare da qualcuno» consigliò Marco.

«E da chi?»

«E che ne so, mica posso fare tutto io!» e se ne andò agitando una mano.

Quando aveva programmato il tragitto in treno per raggiungere Ischia, Marco scoprì che avrebbe dovuto cambiare diversi mezzi, la prima tappa ovviamente era Roma. All'atto di decidere il percorso da fare, davanti al computer di casa e senza l'aiuto di nessuno, aveva scelto di proposito una tratta che lo portasse da Viterbo direttamente a Roma Centrale, evitando così di finire in una stazione secondaria della provincia. Prima di allora non si era mai posto il problema di come funzionasse un computer, in suo aiuto interveniva sempre Giulia, anche quando gli serviva per lavoro. Si era detto che era giunta l'ora di iniziare a provarci da solo. Tuttavia, con tutta la buona volontà messa nella ricerca di un viaggio il meno possibile complicato, si rese conto che almeno tre o quattro cambi doveva farli; Ischia è un'isola e con il mare di mezzo ci si arriva solo navigando.

Giunse nella capitale con la speranza che il piano meditato tra le quattro mura di casa fosse almeno in parte rispettato. Rimase meravigliato trovando il treno per Napoli fermo alla banchina. Si affrettò a occupare un posto in una cabina per non fumatori, preparandosi all'imbecille di turno che avrebbe ignorato quella semplice regola del vivere civile. Il viaggio iniziava solo dopo venti minuti, decise allora di avvertire il notaio del suo presunto orario di arrivo.

All'altro capo del telefono rispose sempre la stessa voce di donna, Marco non comprese quale fosse la sua qualifica all'interno dell'ufficio. Presunse fosse la segretaria. La informò dell'arrivo a Napoli nel primo pomeriggio.

«Arrivando alla stazione centrale le conviene prendere un taxi per il Molo Beverello» rispose con prontezza lei. Attraverso il piccolo microfono le parole giungevano chiare e senza tono, Marco colse un velato senso di afflizione. «Saranno… due o tre chilometri. Ci sono anche mezzi di linea, gli orari però non li ricordo. In stazione troverà di sicuro tutte le informazioni che servono. Se decide di prendere uno dei mezzi di linea ricordi di comperare un ticket da viaggio, in vendita sempre alla stazione.»

«La ringrazio, credo che prenderò un taxi. Beverello ha detto?»

«Sì. Al molo prende un aliscafo per Ischia, non per Casamicciola. L'aliscafo è un po' più caro rispetto al traghetto ma ci mette meno. Se vuole prendere un traghetto allora non deve andare a Beverello.»

«No, vado lì. Altrimenti finisce che faccio confusione. Mi affido a lei. Quindi Beverello e aliscafo per Ischia.»

«Va benissimo.»

«E quando arrivo poi. Cosa…»

«Non si preoccupi, la vengo a prendere io. Sarebbe troppo complicato per lei arrivare fino a Barano. L'importante è richiamarmi quando arriva a Napoli, così mi libero dagli impegni in tempo. Mi avverta anche se ha difficoltà con i mezzi, o qualunque altra cosa.»

«La ringrazio per la cortesia. A più tardi» e chiuse.

Marco spese alcuni secondi nella perplessità, chiedendosi se la segretaria di un notaio si comportasse così con tutti i clienti. Forse la transazione era molto importante per loro e facevano di tutto per non perdere il cliente.

La carrozza iniziava a riempirsi, con suo grande disappunto. Non era un amante della folla, anzi, di solito cercava di evitarla. Forse l'unica che riusciva a sopportare era quella del piccolo mercatino rionale. Un'ultima agitazione generale diede inizio alla chiusura delle porte, subito seguita da un debole strattone. Il lungo verme snodato si mise in movimento tra fischi e sferragliamenti.

Aveva riempito lo zaino con una quantità di libri forse più del necessario, tuttavia adesso preferì ubriacarsi di niente. Trovò una posizione comoda sul sedile e appoggiò la testa all'ampio finestrino, drogandosi dei mille riflessi della giornata soleggiata. Aveva dimenticato quanto fosse piacevole un viaggio in treno, sebbene a lungo andare la magia si perdesse, perché la routine ammazza tutto.

Anche il suo rapporto lo aveva ammazzato la monotonia? Dopo un lungo attimo di riflessione la risposta venne spontanea: no. Il colpevole sul banco degli imputati era lui, nessun altro poteva affiancarlo nelle responsabilità. Si rese conto con amarezza che il legame con Giulia era diventato un dato di fatto, come se fosse una condizione immutabile.

All'improvviso i ricordi acquistarono chiarezza, e la figura di Giulia che piangeva da sola nel letto si caricò del significato che allora gli era sfuggito. L'aveva abbandonata a se stessa. Dopo una vita trascorsa insieme, condividendo anche l'aria che respiravano, se l'era lasciata scappare. Non era possibile cancellare i mesi trascorsi prima dell'inevitabile, il passato non si può rimuovere a comando. Giulia gli aveva dato molto tempo per ravvedersi, ma lui era troppo intento a piangersi addosso e non aveva colto la mano che lo voleva aiutare.

Un dolore sordo si profuse dal petto, inatteso, intuendo che non avrebbe mai potuto dimenticarla. Giulia era presente in tutti i suoi ricordi, fin da quando era un bambino, nessuno di essi ne era privo. Anche volendo, non avrebbe potuto estirpare il viso di lei dalla testa. Chiuse gli occhi e cercò di allontanarsi dalle sue colpe nascondendosi dietro vecchie reminiscenze.

Quello del primo bacio era da tanto che non riusciva a rammentarlo, non ne conosceva il motivo. Inaspettatamente la visione scomparsa per tanti anni affiorò senza sforzo, Marco ritornò bambino e aveva sulla pelle il caldo sole di un'estate lontana. Il mare, gli ombrelloni, la gente e, soprattutto, i bambini che giocavano. Tutto ritornò reale, tanto che poteva sentire l'odore dimenticato del profumo di sua madre, al quale non rinunciava mai. Giulia seduta al suo fianco lo aiutava a costruire un castello fatto con la sabbia umida del secchiello, lo schiamazzo dei giochi altrui non li disturbava. A un tratto Giulia mentre riempiva con la paletta il contenitore si sporcò il viso con la sabbia. Lacrimoni improvvisi riempirono i suoi occhi scuri. Marco bambino senza scomporsi l'aiutò a pulirsi la faccia con una mano, poi con tenerezza la baciò cercando di strapparle un sorriso.

Eccolo il ricordo perduto, l'attimo dimenticato, la visione onirica che apparteneva al suo passato. Aprì gli occhi e sorrise, fu un buon momento quello. Se nel loro destino non esisteva nessun paragrafo che li vedesse insieme nel futuro, Marco possedeva l'intera sua vita di ricordi per vivere di rendita.

Era arrivato il momento di tirar fuori dallo zaino un libro, l'animo predisposto alla lettura avrebbe rosicchiato preziose ore al suo tempo.

Distogliendo lo sguardo dal finestrino si accorse della presenza di altre persone nello scompartimento, ignorò i loro sguardi e con difficoltà afferrò il bagaglio riposto in alto. Lo tenne fra le gambe e scelse un libro letto più volte in passato, che sapeva avrebbe destato il suo umore con l'ironia e la cruda comicità. *Il fu Mattia Pascal* a scuola lo aveva annoiato, riscoprirlo in una lettura distensiva era stata una sorpresa. Era il momento per sorridere un po' delle sventure del personaggio di Pirandello, sul quale tutto sembrava scorrere con apparente indifferenza.

Le ore passarono con scioltezza, come accadeva ogni volta Marco fu rapito dalla storia. Il paesaggio esterno continuò a scorrere veloce, molte volte gli agglomerati urbani furono sostituiti da distese campestri, in un andirivieni costante e monotono. Quando infine riuscì a staccarsi dal libro mancava poco all'arrivo a Napoli, lo stomaco borbottava placido sapendo che non avrebbe visto cibo fino a sera. Diede un ultimo sguardo alla ribaltina e chiuse il volume. Lo tenne stretto a sé fin quando il treno non entrò in stazione.

Come ogni stazione centrale ferroviaria anche quella di Napoli era un turbinio di persone, di addetti che correvano su piccoli mezzi, improvvisati venditori e stridii e fischi e altro che il povero Marco non stette a discernere. Con gran lena caricò lo zaino in spalla e prese la via per l'uscita dallo scalo. Un poliziotto su segway circolava beato dribblando la folla con maestria, Marco l'osservò invidioso e allungò il passo. Nella vasta sala luminosa rimase affascinato dall'architettura pulita ed essenziale della nuova costruzione, avrebbe voluto girarsela tutta, ma ora desiderava solo allontanarsi nel più breve tempo possibile. Dopo essersi lasciato alle spalle il divisorio di negozi vide proprio di fronte a sé le porte per l'uscita.

Appena fu all'esterno volse lo sguardo per l'intera piazza affollata con aria avvilita, spaesato e con i morsi della fame sempre più pressanti. Come se gli avessero letto nel pensiero, subito gli si affiancò un taxi. Salì a bordo e chiese di essere portato al Molo Beverello.

«Deve prendere un aliscafo? Va a Capri? Questo non è proprio il periodo ma è sempre bella» rispose l'uomo al volante.

«No, vado a Ischia. Anzi, se mi dice dove...»

«Me la vedo io, non si preoccupi.»

L'uomo lo guardava riflesso nello specchietto. Aveva la barba lunga e la faccia paffuta, simpatica, e soprattutto gli occhi sveglissimi. Ricordò di dover chiamare la segretaria, allora aprì il cellulare e compose il numero, sotto gli occhi vigili e fuggevoli del tassista.

Mentre abbandonavano Piazza Garibaldi, tra un'accelerazione e l'altra, riferì alla voce calma dall'altro capo del telefono che appena possibile avrebbe preso un aliscafo per Ischia porto. L'uomo al volante fece un cenno col pollice e calcò più deciso il piede sull'acceleratore. Marco chiuse la telefonata e con la mano libera si attaccò alla maniglia in alto.

Il lungo viale rettilineo correva veloce ai lati del

mezzo. Nella miriade di negozi che adornavano Corso Umberto I, gli unici sui quali si concentrò lo sguardo di Marco furono le pizzerie, i ristoranti e i chioschi che vendevano panini fumanti e pizze fritte. Senza dubbio l'idea di iniziare la dieta, avuta tre giorni prima, fu affrettata.

«Mi scusi. È proprio necessario correre così tanto?» chiese preoccupato.

«È tutto sotto controllo. Fra venti minuti parte un aliscafo per dove dovete andare voi. Faccio tutto io, voi non vi dovete preoccupare.»

«Troppo cortese, grazie. Ma se mi lascia al molo, faccio da me.»

L'uomo parve rimanerci male, inarcò le sopracciglia per un attimo, ma solo per un attimo, poi riprese con il sorriso di prima: «Voi vi perdete là, fate fare a me. Vi lascio proprio alla biglietteria e vi faccio vedere dove dovete andare, così non perdete tempo. Ma se non andate di fretta possiamo fare un giro intorno al Maschio Angioino e poi andiamo pure a vedere Piazza del Plebiscito».

«Mi piacerebbe, ma vado un po' di fretta. Se mi portate alla biglietteria ve ne sarò grato.»

«Come volete voi.»

L'auto deviò a sinistra forse con troppo vigore, Marco riuscì a vedere solo la base di Castel Nuovo. Svoltarono subito a destra, e dopo una stretta inversione si fermarono. Il tassista uscì con lui e come promesso lo diresse a una biglietteria, a suo dire, di sua conoscenza.

«Questa compagnia fa dei buoni prezzi.»

Marco, poco convinto e non abituato a quell'eccesso di cortesia, si sentì in dovere di pagarlo la metà in più, separandosi con una stretta di mano che l'uomo ricambiò con fare impacciato.

La fila non era lunga, in capo a dieci minuti fu in attesa dell'imbarco per l'aliscafo, dall'altro lato delle biglietterie. Le volte in cui aveva messo piede su una barca si potevano contare sulle dita di una mano, il mare in quel momento era un tappeto uniforme e l'aliscafo ondeggiava beato. Si scrollò di dosso il fastidio per il mare aperto e quando fu il suo turno percorse la passerella con animo tranquillo.

Con lo zaino in spalla seguì la persona che aveva davanti, questi si sedette di fianco a un finestrino. Lui decise per un posto al centro, così da avere la visuale esterna coperta dagli occupanti. Anche se la folla lo opprimeva, almeno da quella posizione non riusciva a vedere l'esterno.

Studiò con curiosità le facce delle persone scoprendo due differenti atteggiamenti: il primo, quello di chi si sta spostando per divertimento e ammira i riflessi del mare con meraviglia; l'altro, all'opposto, era indifferente e apatico, così avvezzo alla bellezza da esserne indifferente.

Oltre a un rumore costante per sottofondo,

tutt'altro che fastidioso, Marco non accusò nessun disturbo, non si rese conto nemmeno di essere sospeso sul pelo dell'acqua e a una velocità di tutto rispetto. Passarono solo pochi minuti che subito si pentì di non aver scelto un posto vicino a uno dei finestrini, almeno avrebbe visto con i propri occhi la loro meta, senza attendere l'annuncio del pilota. Lo stomaco bussò improvviso con più vigore, ancora abituato alle abbondanti mangiate di... Quanto tempo fa? Aprì lo zaino e bevve un sorso d'acqua dalla bottiglia calda, ma la fame non si arrese. Cercò allora di allungare i piedi e chiudere un poco gli occhi; niente da fare. Aprì di nuovo lo zaino ed estrasse il libro lasciato a metà, sorrise in anticipo e attaccò a leggere.

Anche il piacere della lettura però durò poco, Lucio lo chiamò sul cellulare e Marco l'avrebbe riconosciuto anche senza leggere il nome sul display. Giorni prima lo aveva obbligato a utilizzare una particolare suoneria, a suo dire "micidiale".

«Lucio,» tenne la voce bassa, gli pareva di avere tutti gli occhi addosso, «che mi dici.»

«Tu, che mi dici. Il viaggio prosegue bene? Dove ti trovi ora?»

«Sto raggiungendo l'isola, fra una ventina di minuti dovremmo essere al porto. Ho una fame!» chiuse il libro e lo ripose nello zaino.

«Ma non ti sei portato niente? Ieri potevi farti un calzone, una margherita, te la mangiavi in treno.»

«See. E la dieta? No. Appena mi capita mangerò qualcosa di leggero.» A Marco non gli era congeniale discutere al telefono in mezzo a tutta quella gente. Mentre rispondeva pensava a un modo garbato per chiudere la conversazione.

Lucio rispose accalorato: «Che palle con sta dieta. Ma che ti frega! Che c'è, devi fare colpo su qualcuna?».

«Ma che dici. Senti, appena mi sistemo ti telefono, ok?»

«Ok. Hai deciso quando ritorni?»

«Come faccio a saperlo. Ti manco?» A quelle parole diede un'occhiata in giro, nella speranza che nessuno avesse ascoltato.

«Tantissimo. È che questa già inizia a starmi stretta. Oggi ero uscito per sbrigare delle faccende e al ritorno ho trovato tutti i tavoli spostati. Ti rendi conto! In un giorno Marta ha già cambiato la disposizione dei tavoli. Cosa succederà domani?»

«Benvenuto nel club» rispose lui, facendo finta di niente.

«Mi raccomando, torna subito. Altrimenti non so come fare.»

«E come devi fare, Lucio... Fai come hai fatto con le altre», mise una mano a coprire il telefonino: «Scaricala».

«E come faccio in pizzeria...»

«Lucio, stiamo per approdare. Ciao. Ci sentiamo più tardi» e chiuse la comunicazione. Finalmente!

La velocità del mezzo diminuì con lentezza e così anche il rumore dei motori, Marco non ne poteva più di sentirsi oppresso nella calca. Anticipando alcuni che iniziavano ad agitarsi abbandonò il posto e risalì in coperta, all'aria aperta, satura di odori che inalò con avidità. La fobia sociale fu chetata dal paesaggio che il privilegio della sua posizione inquadrava.

L'aliscafo ridusse il moto, e l'abbrivio lo avvicinò al porto con flemmatica pigrizia, sembrava voler regalare ai passeggeri la bellezza del promontorio un'ultima volta. Alla sua destra, come in parata, scivolò il piccolo faro di guardia alla marina, poco dopo entrarono nel porto attraverso un passaggio che dava accesso a uno spazio ampio e pieno di barche di varia stazza. Si diressero verso le banchine sul lato destro del cerchio portuale e attraccarono. Su di loro padroneggiava un'alta collina, custode delle case colorate che occupavano il pianoro che affacciava sul porto. E il verde della vegetazione macchiato da isolati manieri si intonava senza prevalere su quello intenso e spumeggiante del mare.

Marco aveva seguito tutte le fasi con rapito interesse, le mani strette intorno alla battagliola che correva lungo tutto il bordo dell'imbarcazione. In quei pochi minuti trovò un accordo con il mondo, l'animo si placò, la sua vita seppe che in fin dei conti tutto poteva iniziare daccapo. A trentadue anni aveva pensato che non potesse esserci altro per lui che ricordi: Giulia e i suoi momenti; lei e solo lei. In mezzo a tutte quelle persone e pur così solitario, il coraggio trovò uno sbocco naturale, indicandogli la via da poter percorrere in totale armonia con il mondo intero. Sì, poteva farcela, *doveva* farcela, anche perché così lontano dai posti che lo avevano visto crescere sembrava fosse più semplice. Ischia divenne a un tratto una terra da scoprire, un territorio che lo avrebbe accolto senza chiedergli niente, come accadde a Mattia Pascal quando morì la prima volta.

Per un brevissimo istante – un momento fuggevole e inafferrabile – la fantasia abbracciò l'idea che fu del personaggio di Pirandello: cambiare nome, diventare un altro, un nessuno per tutti, fuggire dalla sua Romilda. Poi si destò dal sogno: lui non doveva scappare da nessuno, Ischia era un posto come un altro e con molta probabilità sarebbe tornato indietro la sera stessa. La realtà lo schiaffeggiò con la sua chiarezza, riportandolo al porticciolo di Casamicciola e a seguire con la sopportazione di sempre la fiumana di persone asserragliate all'imbocco della passerella.

Mise piede sulla banchina di Ischia porto senza sapere cosa fare, lo spazio ampio era saturo di gente che, invece, abbandonava l'aliscafo conoscendo bene dove dirigersi. Di fronte all'approdo si apriva una strada che conduceva all'esterno del molo, non vide nessuna macchina né tantomeno qualcuno ad attenderlo. Decise di avviarsi in quella direzione.

Allontanandosi dalla calca scoprì un bar sulla sinistra, la fame che sperava assopita si destò con veemenza. Sordo alle urla interne rifiutò perfino la possibilità di una bottiglia d'acqua fresca: riprese la via a passo svelto.

Arrivato al crocevia cercò con lo sguardo fin dove gli era possibile, niente. Decise di telefonare e farsi spiegare. In quell'istante squillò il telefono, rimase incupito osservando il numero sul display: la segretaria lo chiamava. O la donna gli leggeva nel pensiero o conosceva a memoria gli orari delle tratte. La seconda ipotesi gli parve più plausibile. Rimase di nuovo sconcertato dalla precisione e accortezza.

Rispose al telefono rifugiandosi all'ombra di un porticato, il sole era un leone anche a quell'ora del pomeriggio. Cercò di spiegare la sua posizione, la donna lo capì al volo senza fargli concludere la frase. Poco dopo un'auto mastodontica si fermò proprio di fronte a lui, ne uscì una donna nascosta dietro un paio di occhiali scuri, capelli non molto lunghi e corvini, castigata in una camicia semplice e una gonna lunga plissettata. Lo raggiunse con lunghi passi decisi, si tolse gli occhiali sfoggiando occhi scuri e malinconici, la mano protesa per salutarlo e un sorriso nato solo per cortesia.

Marco fu catalizzato dalla profondità dello sguardo, perse alcuni secondi e infine si affrettò a ricambiare il saluto. La mano piccola e fresca rimase nella sua più del dovuto, la donna la ritrasse con imbarazzo.

«Mi scusi... Il viaggio mi ha stancato. Non sono abituato... Poi qui fa un caldo!» Tentò di nascondere il rossore che sapeva iniziava a colorargli le guance piegando la testa, e si abbassò per prendere lo zaino poggiato a terra.

Lei fece finta di niente e rispose: «Già, oggi fa fin troppo caldo. Al contrario di quanto previsto dai meteorologi, direi che questa è estate».

«Ormai anche loro fanno fatica a prevedere.» Sfidò di nuovo il suo sguardo. Poi continuò: «Ehm... Io sono Marco, Marco Tolessi», allungò di nuovo la mano per salutarla, ma la ritrasse subito ricordandosi che si erano già salutati. «Lei deve essere la segretaria del notaio, suppongo.»

«Ginevra Salzillo» si affrettò a rispondere lei. «Sono la figlia. Un po' anche segretaria, a dire il vero», strinse le mani in un atteggiamento riflessivo.

Marco notò subito il grazioso movimento delle labbra quando parlava, come se tutte le parole che uscivano dalla bocca contenessero delle "u".

«Mi scusi, ho erroneamente pensato fosse... La lettera è a nome di suo padre, io...», iniziava a balbettare come un demente e non andava bene. Si costrinse a chiudere la bocca evitando di dire altre stupidaggini. A volte il suo cervello deduceva a velocità troppo elevata, si maledisse per la sua voglia di dare spiegazioni a ogni cosa o fatto che gli si parava davanti.

Lei invece sorrise di nuovo.

«Non si preoccupi. Venga, ci aspetta una mezz'oretta di viaggio. Le spiegherò tutto in macchina.»

La donna aveva un'aria misteriosa, Marco la seguì con sguardo affascinato. Dopo essere scomparsa oltre il muso del veicolo si ritenne soddisfatto del primo impatto, quasi ne dovesse trarre un fine da quello studio. Lui la superava in altezza, in compenso lei aveva più curve addosso di quante il vestito ne mostrasse. Anche lui aveva qualche curva si disse, nel posto sbagliato però e l'altezza non le nascondeva. Il suo giudizio iniziale fu di una donna senza dubbio bella, resa più ammaliante dall'alone arcano della faccenda.

L'auto era così ampia all'interno che davanti potevano starci comodi in tre, Marco dovette torcersi all'indietro per afferrare la cintura di sicurezza. Lei lo aveva guardato con cipiglio divertito, doveva sembrarle goffo e tozzo, immaginò lui. Per sua fortuna si mossero immediatamente, così lei, impegnata nella guida, avrebbe evitato di fissarlo.

L'auto fece manovra all'indietro, poi riprese la strada per dove era arrivata. Pochi minuti bastarono per costeggiare la montagna osservata dal porto e perdere di vista la baia tra le case basse che popolavano la zona. L'abitacolo si rinfrescò in poco tempo e Marco presagì di riprendere in breve tempo il tono perduto ore prima.

Appena aggirarono il versante il sole si riversò violento attraverso i finestrini, la strada curvò di nuovo verso sinistra cosicché la forza dell'astro risultò più sopportabile. Dopo una piccola galleria Marco notò che il percorso si faceva meno impegnativo e, visto che la donna non accennava a spiegargli cosa ci facesse lui lì, decise, come non aveva mai fatto, di prendere la parola.

«Se sapevo che c'era da fare tutta questa strada... Me lo poteva dire, avrei preso un pullman. Sembra piccola quest'isola, quando ci stai dentro però... Già il mare non si vede più.»

«Ma lo vedrà presto» rispose lei senza staccarsi dalla strada. «E anche da una posizione privilegiata direi. Comunque, al porto ci dovevo venire ugualmente, non ho fatto altro che organizzarmi con gli orari. Non si deve preoccupare, né tantomeno ringraziarmi.»

«È che mi sembra strano. Lei che mi viene a prendere...»

«Le ho detto...»

«Sì, ho capito, ma tutto quel mistero nella lettera. Per telefono non mi dice niente. Io non so cosa pensare, e sinceramente...»

«Non vede l'ora di sapere cosa sta succedendo» finì la frase lei.

Trovò il coraggio di osservarla per più dei miseri

secondi usati fino ad allora. Il profilo era in parte nascosto dai capelli fuggevoli, nonostante ciò la bellezza ne usciva intatta.

«Già» rispose.

La sensazione di completezza che la donna gli procurava lo travolse come solo una verità nascosta può fare. L'aveva appena conosciuta ed era persuaso che tra loro ci fosse una sorta di affinità. Nella sua vita non aveva mai speso tante riflessioni per una donna che non fosse stata Giulia. Forse si illudeva: bella com'era non aveva certo atteso tutta la vita il suo arrivo.

Con tono arrendevole Marco aggiunse: «Forse è meglio che mi stia zitto e lasci spiegare a lei».

Dopo una leggera curva Ginevra trovò il tempo per osservarlo un breve istante, tentando di capire l'atteggiamento, a suo dire, discordante. Era giunta l'ora delle spiegazioni, con tutto il dolore che si apprestava a provare.

«Non era nostra intenzione metterla in difficoltà, e ce ne scusiamo.» Si fermarono a uno stop per riprendere il moto subito dopo. Ginevra continuò calando il tono della voce in modo impercettibile. «Le cose non dovevano andare in questo modo, solo che... abbiamo avuto un problema in famiglia.»

«Spero niente di grave.» Marco si rese conto che alla donna costava fatica.

Ginevra riprese senza rispondere alla sua premura.

«Mio padre doveva venire da lei di persona, così eravamo rimasti. Lui le avrebbe spiegato ogni cosa, subito, senza perdere tempo e soprattutto senza darle tutto questo fastidio che le abbiamo procurato senza volerlo.»

«Ora mi sembra un po' esagerato chiamarlo fastidio, è solo...»

«La prego, mi lasci spiegare», i tratti del viso si indurirono. «Purtroppo undici giorni fa mio padre ha avuto un incidente e... Senza scampo.»

«È terribile. Mi dispiace, io non...»

«Non deve dispiacersi, non poteva sapere. Questo lascito lo stava seguendo lui. Conosceva molto bene il signor La Marmora, fin da giovane. Insieme, alcuni anni addietro, realizzarono uno dei circoli più famosi dell'isola. Erano molto contenti di questa cosa, sa?»

Il viso della donna era rigato da lacrime sottili, Marco non seppe cosa dire né tantomeno riuscì a trovare parole adatte per confortarla. Conosceva molto bene quel dolore. Solo il tempo riusciva ad arginarlo un poco, tuttavia sarebbe sempre riaffiorato a ogni piccolo riferimento.

Ginevra si asciugò in fretta e continuò: «Sapendo quanto ci tenesse mio padre a questo incarico, ho inviato la lettera, e nella fretta ho dimenticato di modificare l'intestazione. Già, se proprio deve dare la colpa a qualcuno, la dia a me».

«Non dica così. Anzi, mi meraviglio come riesca a

essere forte in questo momento.» "L'avessi io tutta questa forza" gli venne da dire, si astenne per non apparire un egocentrico.

«Siamo stati alcuni giorni chiusi. Il fatto ci ha colti di sorpresa, dovevamo pensare a come muoverci. Io sono l'unica figlia e anche se ho sempre lavorato con lui non mi sentivo di poterlo sostituire appieno.»

Si fermarono a un semaforo. Ginevra si volse con un'espressione affranta. Marco non riuscì a sostenere lo sguardo e si allontanò con gli occhi e con la mente, ricordando il dolore sofferto alla perdita dei genitori. Tutto era stato improvviso, inaspettato, travolgente, tanto da annientarlo per diverso tempo. In un attimo fu preso da un mancamento, da una improvvisa sensazione come se tutto potesse ricominciare daccapo, annientandolo di nuovo. Il segnale verde si accese e la donna spinse sul pedale con vigore, Marco fu scosso dalle sue riflessioni e ritornò nell'abitacolo, al fianco della donna che lo ispirava tanto.

L'atteggiamento era di un adolescente al primo amore, di questo se ne rendeva conto. Intuiva che quei propositi nascevano insubordinati a causa di un'infanzia vissuta in modo particolare, senza confronti e senza negazioni, nessun amore perso e ritrovato. All'improvviso si sentì fuori luogo. Che ci faceva lui lì? In un posto per vacanzieri, dove la gente ci andava per divertirsi; lui, perché dovrebbe divertirsi? Invece di star vicino a Vittorio, il suo secondo padre, in quel momento triste, se ne andava a zonzo come un turista spensierato, senza niente a cui pensare.

La voce della donna disfece il mosaico che andava costruendo, mischiando di nuovo tutto e, come ben sapeva, preparando il tavolo per nuove costruzioni e infinite deduzioni che quasi sempre crollavano su se stesse.

«Vedo che capisce la mia situazione. Anche lei… ha sofferto per qualcuno?»

Marco ci mise un po' a rispondere, cercando di trovare parole giuste da dire in quella circostanza, senza cadere in un vortice che avrebbe richiamato altro dolore.

«La mia seconda madre – è passata una settimana. I miei genitori sono scomparsi anni fa. E… Sì, credo di intuire il vuoto che si è creato intorno a lei. Sembra incolmabile. Ti chiedi perché. Nessuno ti dà una spiegazione. "Le cose accadono", dice qualcuno e all'improvviso ci si ritrova a porsi delle domande…» La guardò di sbieco: piangeva. Decise di fermarsi. Cambiò discorso. «Ancora non mi ha detto quanto ho ereditato e chi è il signore del testamento. Che io sappia, qui a Ischia non ho parenti.»

Lei annuì in silenzio, come a ringraziarlo per aver ricondotto il discorso nella giusta direzione.

«Anselmo La Marmora, questo è il suo nome, l'ho accennato prima, in realtà conosceva suo padre. Non ha spiegato bene le circostanze, ma sembra che il tutto risalga a poco dopo la guerra.»

«Lei parla di guerra e immagino intenda la seconda. Anche in quel caso, comunque, mio padre credo fosse poco più di un bambino all'epoca. Quindi, non vedo come si potrebbe parlare di amicizia o di conoscenza, almeno non a tal punto da giustificare una eredità.»

«Le devo confessare che anche a me sono sorti dei dubbi quando l'ho vista al molo. Lei è giovane, anche azzardando delle ipotesi sull'età di suo padre, bisogna stiracchiarle parecchio per dare un senso logico alla storia di La Marmora. Purtroppo, tutte le persone in causa sono decedute.»

«Forse c'è un errore. Non sono io il beneficiario», si passò una mano sulla bocca: l'ipotesi di distendersi andava a farsi friggere: la storia era assurda.

Ginevra alzò le sopracciglia stringendo le labbra.

«No. Non c'è nessun dubbio sull'identità della persona menzionata nel testamento. Poi, dimentica che mio padre sapeva tutto di lei. Il signor La Marmora prima di morire l'aveva descritta con molta accuratezza.»

«Me?»

«Sì, proprio lei» rispose la donna. «Allo stesso modo aveva dato precise direttive riguardo alla transazione.» Fece schioccare la bocca. «No Tolessi. È proprio lei la persona del testamento. E poi vedrà, non si pentirà certo di quello che le ha lasciato.»

Marco a quel punto si incuriosì ancora di più.

«E non può accennarmi niente?» chiese impaziente.

Così intenta nella guida lei riuscì solo a scuotere il capo lentamente.

«Spiegarlo risulterebbe comunque riduttivo. Insomma, oltre a un piccolo conto in banca, il suo benefattore le ha lasciato una villa.»

«Una villa?» fece eco lui.

«Già. Una meravigliosa villa padronale. Non voglio dirle nient'altro altrimenti le tolgo tutta la sorpresa.»

Ora lei sorrideva. Marco si scoprì felice più per l'atteggiamento sincero che per l'eredità. Il viso le si illuminò tutto, gli occhi scuri e vigili persero la lucidità dell'emozione e ripresero il loro bagliore naturale. Lei si accorse che la fissava e gli rivolse un breve e intenso sguardo: quella volta non riuscì a svincolarsi e l'attimo durò abbastanza da fissare in modo indelebile il suo viso nella mente.

Marco rimase in silenzio. Avrebbe dovuto provare una immensa felicità per l'eredità invece la sua attenzione era concentrata su quella donna, per giunta non riusciva a decifrare il suo stato d'animo. Cos'era quello, amore a prima vista? Tuttavia la sola considerazione lo faceva ridere, ridere dentro per quanto la credeva assurda.

Il paesaggio correva veloce intorno a loro, sembrava stessero attraversando una immensa città immersa nel verde, frastagliata di case basse e vecchi edifici in muratura.

«Non la ringrazierò mai abbastanza per quello che sta facendo» pensò ad alta voce. Ed era vero. Incroci, svolte, traffico; Marco non ce l'avrebbe mai fatta a uscirne vivo.

«Ora è lei che esagera» rispose di rimando Ginevra. «Se proprio ci tiene a saperlo mi è convenuto venirla a prendere, altrimenti avrebbe fatto tardi senza avere modo di vedere niente. E non mi andava di mostrarle la villa in fotografia.»

Anche questa affermazione andava a sommarsi alle altre che rendevano la storia alquanto strana. Tutte le spiegazioni della ragazza, dirette a chiarire gli eventi, non avevano diluito i suoi dubbi, anzi. Poi gliene sorse un altro.

«Anche questo è scritto nel testamento?»

Ginevra inarcò le sopracciglia. «Non capisco.»

Marco intuì che stava per addentrarsi in un vicolo cieco, senza capire come lei avrebbe interpretato le sue parole. La voglia di sapere era tanta che dimenticò di utilizzare un minimo di accortezza.

«Intendo quello di venirmi a prendere al porto. E magari mi avete anche prenotato un albergo.»

«Ma le dà tanto fastidio che sono venuta a prenderla? Se preferisce la riporto indietro e se la cava da sé.» Le parole indicavano un certo risentimento, ma il tono rimase sempre pacato. Ginevra strinse forte il volante e continuò: «Io non la capisco. Un minuto fa mi ringrazia e ora… Boh!».

«No, no. Non mi fraintenda», Marco cercò di rimediare. «Mi deve scusare se le sono sembrato scortese, non era mia intenzione. Il fatto è che continuo a pensare a questo tizio, La Marmora, e ai beni che mi ha lasciato. Io...»

«Io non ci vedo nulla di strano. Conosceva suo padre e lei non lo sapeva. Le ha lasciato una casa meravigliosa, dei soldi, un piccolo podere. Tutto in regola. Cos'altro le interessa? Chissà quante persone vorrebbero stare al suo posto e lei si domanda chi fosse. Si goda quello che ha e non ci pensi.»

Marco tenne la bocca chiusa. Non perché non trovasse argomenti per ribattere, quelli li aveva, non desiderava rovinarle la giornata. Semmai ci avrebbe pensato più in là quando, sperava, l'amicizia fosse divenuta più solida.

La strada si fece più stretta, Ginevra diminuì di parecchio la velocità guidando con destrezza l'elefante così fuori luogo tra quelle vie. La verde campagna prese il posto delle case bianche, il percorso risaliva un tenue pendio lungo il fianco di una collina. In pochi minuti il panorama cambiò in modo drastico, il verde ora predominava. Il silenzio che subentrò rafforzava il rumore del motore. Marco tentò di mediare il suo comportamento emettendo un gorgoglio indecifrabile.

Ginevra sembrò non farci caso e cercò di chiarire alcuni dubbi: «La curiosità su quello che c'è scritto nel testamento, se lo desidera, se la può togliere anche subito, il nostro ufficio è nel paese che abbiamo appena lasciato. E la risposta è no: nel testamento non c'è scritto che dovevo venirla a prendere. Non so se dalle sue parti esiste la cortesia. Qui da noi sovrabbonda».

«Io...» Marco non riuscì a dire altro.

Lei continuò con tono affettato: «Siamo arrivati. Ah, ci scuserà se le faremo perdere del tempo qui a Barano, abbiamo cercato di organizzare i documenti che riguardano i beni e il passaggio della proprietà il più in fretta possibile. Tuttavia dovremo rimandare a domani le formalità: le firme e quant'altro. Come le ho accennato prima, non è dipeso da me» e uscì dall'auto.

Si erano fermati davanti a un grosso cancello a sbarre, occupava tutta la visuale. Marco rimase un istante interdetto, osservando la ragazza aprire un varco nella cancellata e dimenarsi per sganciare i fermi che permettevano alle due ante di scorrere sui cardini. Accorgendosi solo in quel momento che Ginevra aveva bisogno di aiuto uscì di corsa dall'auto e si precipitò a darle una mano. Lei spiegò con un gesto come fare e poco dopo il varco fu libero.

In auto la donna rimase zitta e guardava avanti, come un automa girava il volante seguendo piano la strada sterrata, che pareva tagliare in due un bosco di querce. Marco, poggiato al cruscotto, aveva dimenticato di allacciare la cintura. Con la bocca aperta ammirava la bellezza naturale del muro verde che scorreva lungo il fianco del sentiero. L'abitacolo ondulava con dolcezza seguendo i dissesti della strada, una curva nascondeva la loro meta e Marco si domandò se quella fosse già tutta roba sua. Come già era successo in precedenza la sua accompagnatrice parve leggergli nel pensiero, e sempre senza guardarlo rispose di sì: il bosco che stavano attraversando apparteneva alla tenuta che il vecchio gli aveva lasciato in eredità.

Con stupore Marco scosse la testa, e senza badare a quello che usciva dalla propria bocca esclamò: «Non è possibile», scuoteva la testa e sbarrava gli occhi davanti a ciò che vedeva. «Non è possibile...» ripeté. Abbassò il finestrino come per vedere meglio. «Ci deve essere per forza un errore.»

Ginevra frenò bruscamente.

Anche se l'andatura non era eccessiva lo scossone fu violento, Marco dovette tenersi con le mani per non urtare il parabrezza. Sempre con i pugni stretti intorno al volante la ragazza si girò verso di lui con fare corrucciato, socchiuse gli occhi esasperata e si preparò ad aggredirlo con l'intento di farlo a fettine.

Marco di nuovo non capiva cosa stesse succedendo, sembrava come. se qualsiasi cosa uscisse dalla sua bocca fosse un insulto diretto a lei. Eppure all'inizio gli era parso che... Poi capì.

Alzò entrambe le mani come per fermare una

valanga in discesa e senza permetterle di parlare disse: «Scusa, scusa, scusa. Non ti arrabbiare, mi hai frainteso. Ti prego ascoltami. Non ti arrabbiare». Lei distese i tratti del viso. «È... È tutto così... Meraviglioso che non posso credere ai miei occhi. Cerca di capirmi, mi sono capitate tante cose negative da un po' di tempo che mi sembra un sogno. Non volevo farti arrabbiare. Ti posso assicurare che tutto mi aspettavo tranne che... ereditare questa meraviglia.» Marco era sincero. Non le disse che a suo giudizio lo scatto avuto da lei era un poco esagerato; d'altronde, chiunque nei suoi panni avrebbe avuto qualche dubbio riguardo all'eredità. Preferì tenersi per sé questa e altre obiezioni che, intuì, avrebbero irritato di sicuro la ragazza. «Pace?» le chiese con faccia sorridente, col pizzetto che si allargava scuro sotto le labbra stirate.

Marco si rese conto solo in quel momento di averle dato del tu senza chiederglielo, tuttavia la ragazza non sembrava essersene accorta, o almeno non ne era infastidita.

Lei prima emise un sospiro paziente poi scosse la testa, premette sull'acceleratore e l'auto si mosse sfregando sul macco. Non disse nulla. Oltre a quel breve scambio di sguardi tenne gli occhi incollati davanti a sé fino alla fine, decisamente più rilassata.

Marco notò il cambiamento e conciliante distese i nervi pregustando l'arrivo.

Dopo la curva la strada si allargò divenendo un ampio spiazzo luminoso, sempre ricoperto dal medesimo brecciolino compatto, sfavillante sotto l'azione degli ultimi scampoli di quella giornata memorabile. L'auto si fermò all'ombra di una mastodontica quercia posizionata giusto al centro, bassa e ramificata, sembrava facesse da guardiano con la sua robustezza e immensa chioma ancora verdeggiante. Era possente, incuteva rispetto, e parlava. Sì. La brezza l'attraversava e lei sussurrava con la voce delle foglie: mille voci che discutevano all'unisono.

Il piazzale era delimitato da un muretto basso di tufo verde che circondava anche il grande albero come un enorme vaso fiorito. La facciata della casa era in parte coperta alla vista dalla chioma a fungo della quercia. Marco riuscì a notare che la vecchia costruzione era rivestita in parte da una fitta coltre di edera. Le finestre incavate, chiuse da pesanti scuri dello stesso colore della pianta rampicante, dichiaravano che la casa non era abitata. Null'altro riusciva a vedere da quella posizione. Marco con timore reverenziale stentava a uscire dall'auto: quando rivolse lo sguardo dall'altro lato rimase ancor più sbalordito.

Si trovavano sulla sommità della montagna, lo aveva intuito, ma non immaginava che fossero così prossimi alla costa. Oltre un giardino con un gazebo malandato si intravedeva la distesa scura del mare in lontananza.

Ginevra lo strattonò per farlo destare dallo stupore.

«Andiamo,» disse «ti faccio conoscere i custodi.»

«Custodi?» Marco farfugliò quelle parole con bocca asciutta.

«Custodi, sì. La Marmora non era più un ragazzo e viveva da solo, lo aiutavano a tenere il giardino e tutto il resto.» Aprì lo sportello lasciando entrare l'aria calda del posto, dall'intenso sapore salmastro e carica di odori della natura.

Marco aprì la portiera con lentezza, posò un piede come se fosse il primo uomo sulla Luna, infine si appoggiò al cofano. Gli girava la testa, non era sicuro fosse stata una buona idea portarlo subito lì, forse sarebbe stato meglio vedere prima qualche foto, giusto per abituarsi.

Fu tentato di dire qualcosa. «Io...»

«Zitto. Non aprire bocca» lo ammonì lei con occhi sorridenti. «Ah. Non ti dispiace se ti do del tu, vero?»

Marco lesse tra quelle parole un velo di ironia. «No... No, certo che no.»

«Stai bene?» lei si avvicinò preoccupata. «Forse non è stata una buona idea portarti prima qui.» Marco si irrigidì scostandosi di pochi millimetri, aveva l'impressione di pensare a voce alta. Ginevra continuò: «Sei stanco. Forse era meglio prenotare un albergo. Di mattina, a mente fresca, si è più disposti alle novità. Che dici, te la senti di vedere la casa?».

Marco annuì in silenzio.

Si avviarono verso l'ingresso. Aggirando l'aiuola centrale della vecchia quercia Marco poté ammirare per intero la facciata ricoperta di verde della sua nuova casa, in alcuni punti si intravvedeva il muro nudo fatto a mattoni regolari. Spese giusto un istante per ammirare tutto dalla nuova prospettiva, assaporando il silenzio, gli odori, il grido rauco di un gabbiano lontano.

Il muretto che circondava lo spiazzo si interrompeva davanti alla porta d'ingresso, la casa era a mezzo metro più in alto rispetto al piano e due gradini facilitavano il superamento del dislivello. Tra questi e la costruzione vi erano almeno due metri di spazio tenuto a prato, molto ben curato rispetto al resto. L'ingresso era una porta a doppie ante in legno pesante, con la parte superiore tagliata a volta, incastonata in una rientranza vasta che le dava respiro e ne aumentava la grandezza. Da quella posizione la costruzione acquistava ampiezza, più di quanto non fosse nella realtà. Le finestre in alto, che richiamavano per forma la porta, dovevano essere ampie e luminose. Il tetto si allungava di molto oltre il bordo tagliando con la sua ombra la parte alta dell'abitazione.

Saliti i due gradini, la ragazza lo condusse sul lato destro, dove oltre l'angolo, retrocesso e nascosto dietro alberi da frutto, comparve un edificio minore dalla forma squadrata realizzato a mattoni scuri. Aveva una grande finestra a pian terreno e la porta d'ingresso proprio di fianco. Una scalea in muratura, per metà nascosta, saliva verso l'alto dal lato opposto. La dépendance era collegata alla casa da una veranda di canne ricoperta in parte da glicine in fiore, sotto di essa, un lungo tavolo in legno con sedie dava l'aria di non essere stato utilizzato da parecchio tempo.

Si fermarono. Ginevra alzò la testa riparandosi dai raggi obliqui del sole con una mano sulla fronte.

«Qui vivono i custodi» disse mentre si guardava in giro in attesa. «Ah. Benvenuto al Casale della Quercia. E... ti vada o non ti vada... Casa tua.» Vedendo che non si faceva vivo nessuno, si rivolse a lui con una smorfia come per dire: "Eccoti il fardello, ora son problemi tuoi".

A Marco era scoppiato un forte mal di testa, disse solo: «È bellissima».

Tutto quello l'indomani sarebbe diventato suo e di nessun altro. Stentava ancora a crederci. Si guardò bene dal riferirlo alla ragazza, poteva fraintenderlo di nuovo. Il casale e tutto quello che comprendeva, anche i custodi, sul momento lo opprimevano come una grande responsabilità. Ci sarebbero voluti un mucchio di soldi per tenerlo in piedi, ed era da solo, solo come un cane. Avrebbe voluto Giulia al suo fianco in quei momenti di decisioni importanti, l'amica di sempre, il suo mentore, la spalla dove poter appoggiare il capo stanco.

Nel frattempo dalla scala in muratura scesero due

persone, un uomo e una donna, non più giovani, dall'aria svelta. Avanzarono con disinvoltura, la donna si pulì le mani con un mezzo grembiule stretto in vita. I due si guardarono un attimo poco prima di fermarsi a un passo da loro.

«Marino ed Elide. I custodi della casa.» Ginevra fece le presentazioni, i due risposero con un "salve" e un "buona sera", con in viso un'aria seria carica di apprensione. «Loro vivono qui da molto tempo e… ti aiuteranno a conoscere come vanno le cose qui al casale.» Gesticolò con le mani indicando la casa e il parco che li circondava. «Dimmi se desideri rimanere qui oppure cerchiamo un albergo in paese.»

«Rimanere qui?» Marco a quell'affermazione desiderò fuggire via. Non perché avesse paura che gli capitasse qualcosa, la realtà è che si sentiva oppresso dagli eventi, stretto in una morsa senza vedere via di scampo. La richiesta della ragazza diceva in modo sottinteso che avrebbe apprezzato molto la sua decisione di rimanere al casale, liberandola da quel fardello che si era protratto più del dovuto. Di sicuro molto meglio della prospettiva di andarsene in giro a cercare un albergo con una camera libera. Ecco cosa leggeva in quel "dimmi se…".

Ginevra fraintese il suo silenzio e disse con sconforto rivolta ai custodi: «Credo sia meglio continuare domani. Il signor Tolessi è stanco per il viaggio, domani vedrete che tutto gli sembrerà diverso».

«No, no. Cioè, sono stanco sì, ma posso anche rimanere qui. Solo… Non vorrei disturbare. Io…»

«Oh, ma lei non disturba», a parlare fu Marino, i tratti del viso si rianimarono. Allargò le braccia callose. «Lei qui è il padrone.» Finì la frase con un sorriso sincero.

Marco strinse le mani una nell'altra in un chiaro segno di nervosismo. Si sentiva tutto, in quel momento, *poteva* sentirsi qualsiasi cosa in quel momento, l'unica che non riusciva proprio a digerire era vedere se stesso padrone di quella meraviglia. Con uno sforzo che non rimase nascosto riuscì ad assentire.

Capitolo 2

La vecchia cappella custodiva i resti di tutti i suoi parenti, prima di salire i pochi scalini Giulia si fermò a studiare l'ampia arcata dell'ingresso, soffermandosi sull'architrave e il fregio che lo sormontava. Al centro campeggiava una scritta in latino sbiadita dal tempo, incorniciata da ghirigori in rilievo e da una croce sullo sfondo. Chi fossero state le persone ad averlo realizzato se l'era sempre chiesto da bambina, quando la mamma doveva trascinarla per una mano costringendola a entrare in quel luogo immerso nella semioscurità e carico di odori, tra i quali alcuni nauseanti. Ora invece vi si recava senza nessuna costrizione, senza nessuno che la spingesse contro la sua volontà, la mano libera, nessun'altra a stringerla e a strattonarla: sola. Anche se poteva decidere di andarsene, non voleva farlo. Uno strano desiderio di essere vicino a sua madre l'attanagliava, da quando nella sua vita non sarebbe più esistito un momento in cui poterla abbracciare, o sapere solo che stava a casa in attesa di una visita.

Le persone da morte diventano buone, amabili, simpatiche e tutti gli aggettivi positivi che la fantasia ama inventare in queste tristi occasioni. Giulia era troppo coerente, anche con se stessa, per non ammettere l'antipatia che la madre destava in tutti quelli che le stavano vicino, e il ripudio non escludeva lei. Quindi non si spiegava il forte sentimento che la opprimeva e l'angustiava e la costringeva a pensare di continuo a lei. Lei che l'aveva criticata in tutto, «Vestiti meglio! Sempre con i soliti jeans!» le diceva, oppure: «Guarda che capelli hai, sembri un maschio!» o come spesso accadeva: «Ringrazia Marco, altrimenti non ti si pigliava nessuno». La fece sorridere dentro il ricordo di quei momenti, e pentire anche di come a volte l'aveva trattata, avesse ragione o no. Ora se n'era andata, non stava più lì a criticare.

Risultava difficile accettare che sua madre le mancava.

Dall'androne prese le scale che la condussero nella cripta, dove l'aria era ancora più stantia e i ricordi, sostenuti dalle lapidi sulle quali si era sempre soffermata, balzavano fuori dai loro nascondigli senza curarsi del dolore che recavano.

Tutto si fece brillante, i lumi divennero stelle ammiccanti, le scritte si tramutarono in una lingua a lei sconosciuta. I visi sorridenti in bianco e nero perdettero i contorni trasfigurandosi in persone mai viste. Giulia, con uno scatto nervoso della mano, si asciugò le lacrime che senza nessun controllo avevano riempito quegli occhi che invece alle lacrime non erano avvezzi. Allungò il passo ignorando nonni, zii e conoscenti che dai loculi chiedevano di lei con insistenza, facendo sentire la loro voce dal pozzo delle memorie. Si accasciò sulla panchina di legno arrendendosi finalmente al pianto benefico.

Giulia si liberò così dalle proprie angustie, riuscendo infine ad alzare lo sguardo sulla lapide di sua madre, dalla quale l'immagine di alcuni anni prima, quando la malattia era ancora una cosa che capitava agli altri, sorrideva felice ignara del destino che l'attendeva. La ricordava quando ancora era così bella, ai tempi in cui insieme ai genitori di Marco erano una sola e grande famiglia, due padri e due madri.

All'improvviso si rese conto che la mente, divagando, riportava il fuoco su Marco, sulla loro storia e su come era finita. Da quando stavano insieme non le era mai capitato di dividersi da lui per lungo tempo, ora era trascorsa una settimana e si meravigliava che dopotutto non le mancasse.

Tornò a interessarsi a sua madre pensando che quella era la prima volta che le faceva visita da sola, da quando era morta. Intanto rinfrescava i fiori e sistemava le fioriere. Le altre volte l'aveva accompagnata il padre; oggi aveva insistito perché lui rimanesse a casa, come se lei dovesse vincere una vecchia paura della quale era stufa.

Finì presto di acconciare le gerbere così amate dalla madre e si rimise seduta con il proposito di lasciarsi di nuovo andare ai ricordi. Ma le sue intenzioni furono ostacolate dalla inaspettata comparsa del padre. Dovette sforzarsi non poco per evitare di maltrattarlo.

«Papà! Te l'avevo chiesto per favore!» Serrò gli

occhi per poi riaprirli subito dopo. «È mai possibile che non posso stare un attimo da sola. Sola! Sola! Non lo capisci?» e fu invasa di nuovo dal pianto, intenso, spontaneo, estraneo.

Vittorio rimase sorpreso dall'atteggiamento drastico di sua figlia e con timore, non avendola mai vista in quello stato, le si sedette accanto. La strinse in un abbraccio paterno, come era solito fare quando lui rappresentava ancora tutto per la sua bambina. Giulia non fece resistenza e allora Vittorio iniziò ad accarezzarla condividendo il suo dolore con lei.

La giornata volgeva al termine e il cielo, libero da nubi, si tingeva di cobalto. Un leggero venticello agitava le chiome dei cipressi immortali, la serata si preparava a dissipare tutto il calore accumulato. Mentre si allontanavano dal luogo tranquillo Giulia abbandonò ogni ritrosia e si strinse sotto il braccio del padre. Vittorio adesso sentiva di aver ritrovato una figlia perduta, ma al contempo portava dentro un vuoto; avrebbe tanto voluto che ci fosse anche il figlioccio Marco.

Giulia inalò aria con forza nel tentativo di eliminare dalle narici qualsiasi odore che richiamasse alla memoria i defunti. L'effetto non fu come desiderato; una forte vertigine si impossessò di lei rivoltandole lo stomaco e procurandole una forte nausea. Si fermò stringendosi ancora di più a suo padre, dovette piegarsi in due per l'imminente desiderio di vomitare. La cappella dove sua madre riposava incombeva alle sue spalle, maestosa e sinistra, la lunga ombra cadeva sulla stradina che portava all'uscita raffreddando ancora di più l'aria del tardo pomeriggio. Fu percorsa da brividi, trovò un attimo di sollievo su una delle panchine in marmo che adornavano il vialetto.

«Solo un minuto... Mi gira la testa.» Giulia tenne gli occhi chiusi respirando a bocca aperta, sperando che le fragranze del cimitero diminuissero la loro intensità.

«In questi giorni ti sei stancata troppo» disse Vittorio accarezzandole con energia una spalla. «Stasera te ne vai a letto presto e ti voglio rivedere solo passate le undici di domani. A proposito, domani a pranzo avremo qualche ospite. Ci saranno zia Gianna, zia Elvira, zio Mario e le tue cugine Rosaria e Assunta. Se riesce a liberarsi dagli impegni forse viene anche Giacomo, te lo ricordi? Andavate a scuola insieme.»

«Sì, me lo ricordo», si stiracchiò il collo allentando la tensione. «Era proprio necessario organizzare un pranzo in pompa magna? Avrei preferito starmene sola con te. E poi perché Giacomo? Vuoi progettare un incontro?»

Le sfiorò una guancia e con voce triste rispose: «Domani è il compleanno di mamma, non te lo ricordi?».

Giulia emise un sospiro e gli occhi si inumidirono di nuovo.

Vittorio scosse la testa: «No, no, non fare così, è normale. Troppe cose insieme. Giacomo... Giacomo all'inizio è stato il dottore di mamma, poi ha continuato a farle visita anche quando non era più di sua competenza. Più di una volta mi ha aiutato a muovermi nei vari uffici e per i ricoveri. È una brava persona».

«Me lo ricordo, sì. Giacomo il secchione.»

«Potresti farti visitare da lui, questi continui capogiri...»

«Papà è un ginecologo!»

«Che c'entra, sempre dottore è. Comunque nessuno ti obbliga. Però, se continuano, promettimi di andare almeno dal nostro dottore di famiglia.»

«Va bene.» Gli sorrise con tenerezza, pensando a quanto dolore aveva sofferto, giorno dopo giorno, fin quando la fiammella non s'era spenta. Mentre lei della malattia di sua madre ne aveva solo un ricordo saltuario. Il lavoro, si era giustificata.

In quel cimitero a qualche cappella di distanza riposavano anche i genitori di Marco. L'intenzione iniziale di Giulia era stata di far visita anche a loro, la nausea non accennava a mollare il freno e, anche se desiderava tantissimo rivederli, dovette rimandare la visita.

Camminando piano e legata alla protezione del padre, Giulia riacquistò le forze, il mondo che la circondava assunse di nuovo i tratti normali. Il senso di oppressione si dissipò del tutto quando si ritrovarono all'esterno del cimitero. Drizzò le spalle assumendo una certa fierezza, un gesto questo che il padre le aveva visto fare molte volte. Era il suo modo fisico di reagire, una piccola reazione esterna che indicava un grande sforzo positivo interiore.

Sì, il pranzo in compagnia dei parenti e dei vecchi amici era quello che ci voleva per ricominciare. Il passo seguente – questa era una delle tante decisioni prese da Giulia in un battito di ciglia all'uscita del cimitero – sarebbe stato di trovarsi un lavoro. Magari poteva pensare di fare l'istruttrice in qualche palestra, abbandonare il lavoro da ragioniera e fare quello che aveva sognato da una vita: insegnare karate ai bambini. Mentre l'auto si mischiava nel traffico serale si vide costretta a pensare a Marco, lo aveva abbandonato troppo in fretta e alcuni fili che la legavano a lui dovevano ancora essere recisi. Come la casa, ad esempio, alcune bollette erano intestate a lei. Gli amici poteva abbandonarli così su due piedi? Senza una spiegazione? Lucio? Che negli ultimi tempi aveva aiutato in tanti modi Marco, e di riflesso anche lei, non doveva una spiegazione almeno a lui?

A cena non riuscì a mangiare più del minimo indispensabile. Dopo rimase seduta osservando il padre rassettare e sistemare la cucina. Tutti i tentativi da parte sua di aiutarlo in quel compito furono vani. Le sue risposte erano sempre le stesse; ormai era abituato a fare tutto da solo, e lei doveva riposarsi.

Un leggero fastidio le salì alla gola, come se facesse fatica a digerire. Si alzò dal tavolo su gambe pesanti e si servì mezzo bicchiere d'acqua con del citrato. Suo padre la osservò di traverso, ebbe la bontà di non dire nulla. Giulia non era nelle migliori condizioni per affrontare altre discussioni che riguardassero la sua salute. Salì le scale verso la sua camera con la forte intenzione di non disubbidire al consiglio del genitore, e liberarsi di ogni ricordo fuorviante.

Rimasto solo con Marino ed Elide, Marco fu fatto accomodare nella cameretta che era stata del loro figlio, nella dépendance, addobbata come se dovesse tornare da un momento all'altro, mentre invece era sposato e viveva lontano. Oltre al letto, sistemato sotto una lunga finestra, vi era un mobile a parete pieno di libri di scuola. CD e DVD sparsi un po' ovunque e una gran quantità di lattine. Le pareti erano ricoperte da poster di gruppi metallari: gente vestita in modo inverosimile e truccata in una maniera ancora più improbabile, con in mano chitarre che sprizzavano fuoco e donne formose avvinghiate alle loro gambe. Si era fatto spiegare dove fosse il bagno, chiedendo con garbo se poteva rinfrescarsi, ma quando aveva messo piede nella toletta vide che era già tutto pronto per ogni eventualità.

Restò più di mezz'ora nella vasca, eliminando dalla

sua pelle ogni residuo di quella giornata stancante e, soprattutto, zeppa di novità. In cima a queste posizionò Ginevra. A lei, Marco dava la colpa per aver dimenticato di chiamare Lucio e dirgli le novità.

Disteso sul letto, al buio – così non aveva gli occhi dei metallari addosso – Marco infilò un braccio sotto la testa e chiamò l'amico.

Mentre lo salutava sentì un rumore oltre la porta. Posò il telefonino sul letto e con circospezione mise i piedi a terra. Il pavimento era freddo. Immaginò che Marino ed Elide stessero origliando per avere delle novità di prima mano sul loro futuro. A Marco non diede fastidio, capiva la loro preoccupazione e giustificò così la premura nei suoi riguardi. Per tutta la sera, anche durante la cena, con le loro domande avevano cercato di capire le intenzioni del nuovo proprietario, mentre lui non aveva fatto altro che evitare di rispondere.

Stupido da parte sua non pensarci prima. Vendendo tutto, che fine avrebbero fatto i due custodi?

«Questo non dovrebbe interessarti» gli rispose Lucio, quando riprese a conversare e gli ebbe raccontato tutto quanto. «Di sicuro, chi comprerà la casa li terrà per controllare la proprietà.»

«Può darsi di sì, e può darsi di no.»

«Se la casa è grande come dici, lo sai quanto ci vuole solo di tasse! Non farti fregare. Senti a me: vendi.»

«Ci penserò» rispose non molto convinto. «Scusami

Lucio, sono stanco. Mi metto a dormire. Domani sarà un'altra giornata di quelle.»

«Vabbè, ti lascio dormire. Mi raccomando fai il bravo con il tuo notaio. Ah. Non dimenticarti il preservativo!»

«Ma vai! Ciao. Ciao» e chiuse la comunicazione. Lucio non cresceva mai.

Ripose il telefono sul comodino e con gli occhi aperti fissò un punto nell'oscurità ripensando alle parole dell'amico. Il problema è che non era capace di tutto quel cinismo, non sarebbe mai riuscito a non pensare ai risvolti di una sua azione. Se di mezzo c'erano delle persone poi, risultava ancora più difficile.

La stanchezza iniziò a modificare la percezione della realtà e la casa e quello che la circondava assunsero l'aspetto di una maledizione. A un tratto il sonno costrinse gli occhi a chiudersi e la villa allora divenne un rifugio per spettri, con il cancello che cigolava sinistro e la quercia dai rami neri e prensili. Si vide correre intorno all'immenso albero cercando in tutti i modi di non farsi afferrare dai rami. Gli scuri delle finestre sbattevano in continuazione mentre lampi lontani cadevano in mare illuminando con la loro forza i denti aguzzi dei custodi. Quando l'incubo volse alla fine il ragazzo poté finalmente rilassarsi, lasciandosi galleggiare sulle acque calme di un sonno ristoratore.

Il mattino dopo, fermo al parapetto della scogliera, Marco osservava l'ampia distesa d'acqua che dall'alto poteva ammirare. La visione non era per niente bella. Il mare agitato disegnava lunghe strisce bianche in prossimità della spiaggia in basso, un frastuono continuo arrivava fino alle sue orecchie. Il vento umido a tratti sferzante portava con sé tutta una serie di informazioni olfattive che il povero naso del ragazzo non poté distinguere. L'ampia fetta di cielo che riusciva a inquadrare dalla sua posizione privilegiata non lasciava trapelare neanche un coriandolo di azzurro. Il timore iniziale che ebbe osservando la forza della natura si tramutò in fascino reverenziale. Marco non aveva mai visto tante nuvole, tanto mare, tanta roccia e tanta spiaggia tutto in un solo colpo d'occhio.

La sera prima il sonno l'aveva agguantato e trascinato lungo un tunnel buio, infine, intorno alle cinque, aveva aperto gli occhi senza nessuna speranza di riaddormentarsi. Anche se aveva dormito per poche ore si sentiva comunque riposato e carico di energia. Era sceso in cucina, il caffè già pronto spargeva il suo profumo per tutta la casa. Elide, di spalle alla tavola, riponeva i piatti sulla scansia, lo aveva salutato e aveva subito ripreso le sue faccende. Lui aveva chiesto un po' di latte da mescere con la bevanda nera. Lei, sempre senza aprir bocca, aveva posato sul tavolo una bottiglia di latte.

La tazza con i residui di caffellatte, ora poggiata sul

muretto, rischiava di essere travolta dalle sferzate sempre più possenti del vento, Marco lasciava che le trame invisibili dell'aria penetrassero dentro di lui. Quel posto gli piaceva, sentiva di poterne far parte senza sentirsi un estraneo. Il tempo pessimo non modificò l'opinione, anzi, amava quella manifestazione così estrema.

«Quello è Monte Sant'Angelo.»

Sussultò udendo la voce rauca di Marino, si era avvicinato senza che se ne accorgesse. Teneva le mani in tasca. Il viso serio. Guardava lontano, dove un lembo di terra si allungava nelle acque allacciandosi poi a un monte isolato confuso nella nebbia del mattino.

L'uomo indossava una giacca verde di panno che si intonava poco ai capelli grigi, la barba tenuta sempre ispida aveva consumato il collo della camicia. Marco rimase a studiare il viso paffuto meditando sui suoi passati, ora non mostrava tutta la cordialità della sera prima. Lui e la moglie pensavano già di dover abbandonare quel luogo da lì a qualche settimana. Marco desiderava con tutto il cuore poterli rassicurare. Non era sicuro di niente e dare loro false speranze avrebbe solo peggiorato le cose.

Marino indietreggiò di qualche passo, seguendo sempre il muretto. Accennò un movimento con la testa.

«Capri» disse. Continuava a non guardarlo. Il vento agitava i lunghi fusti di un giunco.

Marco fin dall'inizio aveva avuto qualche difficoltà a orientarsi, non capiva dove si trovava la villa. Con quell'indizio fu semplice collocarla. Immaginò allora alle sue spalle il golfo di Napoli, con la costiera sorrentina a far da barriera. Capri di guardia e Ischia che si godeva il largo. Tutto sembrava bello. Malgrado il tempo non fosse granché poteva solo intuire quanto sarebbe stata straordinaria la vista in una giornata limpida e con il sole che riscalda la pelle. I due custodi amavano quel posto, glielo aveva visto negli occhi fin dal primo istante. Perdere tutto quello sarebbe stato un duro colpo. Rimase in silenzio. Non era mai stato un chiacchierone, il momento gli tolse anche le ultime parole che avrebbe voluto dire.

Marino alla fine si volse e guardandolo negli occhi chiese: «Dica la verità, lei vuole vendere. Vero?».

«Io...»

L'uomo diresse lo sguardo al panorama, muovendo gli occhi cercando qualcosa che non c'era.

«Sa. La grande paura del signor Anselmo era proprio questa. Fino all'ultimo mi ha pregato di dirle di non farlo.» Si volse di nuovo a guardarlo. «Se le sto dicendo questo è perché me lo ha chiesto in punto di morte. Io posso capirla. Lei non è di queste parti... che ci farebbe qua? Ma me lo ha chiesto... Stava morendo e gliel'ho promesso», si interruppe indurendo la mascella. Deglutì saliva e finì: «Ecco. Questo è tutto».

Marco assunse un aspetto accigliato.

«Io ancora non ho deciso niente.» Marino dava per scontata una decisione che ancora non aveva preso e che lo turbava più di quanto immaginasse. Per quanto lo riguardava poteva benissimo trasferirsi in Sicilia o in Sardegna, non avrebbe fatto nessuna differenza, un luogo valeva l'altro pur di stare lontano dai posti che gli ricordavano Giulia. Marino non poteva capire. «Io devo ancora decidere» ripeté concentrando l'interesse sull'isolotto alla sua destra.

Il vento spazzava via l'umidità bassa, alcuni particolari iniziarono a prendere forma, come la lingua di pietra e le barche ormeggiate. Non ricordava come si chiamava. Lo chiese a Marino, scordandosi per un attimo la loro discussione.

«Monte Sant'Angelo. E questa quaggiù è la spiaggia dei Maronti. Bello, vero?» Si mise di schiena, appoggiandosi al muretto come per prepararsi a non dover più vedere quel paesaggio.

«È tutto molto bello. Anche troppo per me, a dire la verità.»

Marino preferì cambiare discorso.

«Allora. Vuole vederla la casa?» diede un'occhiata al suo orologio. «È ancora presto per andare giù al paese. L'ufficio del notaio apre solo fra una mezz'oretta, le darò un passaggio io. Abbiamo giusto il tempo di far prendere un po' d'aria alle stanze.» Senza attendere una risposta si allontanò a passo svelto.

Titubante e allo stesso momento incuriosito Marco

lo seguì prima con gli occhi, infine si decise: il momento era arrivato.

Marino lo fece attendere un attimo nell'anticamera in penombra, dileguandosi attraverso una porta nell'angolo opposto, sulla destra, che dava in un ambiente buio. Marco si volse intorno riuscendo a scorgere un mobile di fronte all'ingresso e porte alla sua sinistra. Si udirono alcuni rumori in lontananza, poco dopo la luce lo invase dalla porta lasciata aperta. Alla sua destra scoprì una grande scala in legno che saliva ai piani alti, accanto, una porta chiusa dalle fattezze importanti. Per il resto l'ingresso risultò spoglio.

Marco avanzò verso i rumori attraversando l'unica porta aperta, ritrovandosi in un'ampia sala ora ben illuminata. Marino si adoperava con una corda per liberare pesanti drappeggi che nascondevano tre porte bianche dotate di vetrate, queste davano accesso verso l'esterno, sul retro della casa. Il riflesso della giornata grigia impediva di vedere in modo chiaro cosa ci fosse oltre. Incantato vagò con gli occhi tutt'intorno, osservando le dimensioni e l'arredamento in tono con l'età della costruzione.

Un numero imprecisato di divani occupava gran parte della stanza, come se l'arredatore non avesse avuto altro modo per riempire tutto lo spazio. Alla parete di sinistra vi era una robusta credenza in mogano, con intarsi chiari sul ripiano e due file di cassettini poggiati sopra. Piante alte nascondevano entrambi gli angoli. Dal lato opposto faceva bella mostra una vetrina in ciliegio a quattro ante, con ai lati due pendole antiche, una di esse anche se sembrava in ottimo stato era ferma. Marco si chiese perché non fosse stata aggiustata. Proprio davanti alla vetrina stava un lungo tavolo in stile Chippendale, tutt'intorno sedie a seduta gonfia color ruggine e due capotavola con spalliera ampia.

I divani sparpagliati un po' ovunque erano tutti diversi e avevano, nella loro illogica disposizione, una coerenza che Marco notò solo dopo alcuni istanti di meditazione: ognuno dava la possibilità di inquadrare un diverso lato della stanza. Solo due, collocati ad angolo, stavano di fronte alle porte bianche. Non era sicuro del risultato delle sue deduzioni, sembrava comunque l'unico motivo plausibile di quell'ordine sparso.

Dopo aver del tutto scoperto le porte, Marino si apprestò ad aprirle, dando la possibilità al ragazzo di appurare l'errore commesso. Il vetro traslucido delle finestre lasciava passare la luce senza far intravvedere l'esterno, a Marco venne da chiedersi il perché della scelta. Il giardino da quel lato era ampio e ben curato, tappezzato da aiuole colorate da grossi fiori rossi e alberi bassi dalla chioma prosperosa. Tutto sommato una visuale bella da osservare anche stando seduti in uno dei due divani rivolti verso il giardino. Allora perché i vetri delle tre porte bianche erano opachi? Chi è che non voleva vedere, chi stava dentro o chi stava fuori?

Tornò di nuovo a interessarsi della pendola in movimento, soffermandosi sull'orario sbagliato che segnava. Il pendolo si muoveva con eleganza, il ticchettio costante e rassicurante, oltre il vetro l'altezza dei pesi testimoniava che veniva caricato regolarmente. Un ultimo sguardo intorno alle pareti tappezzate da arazzi e quadri antichi bastò a fargli capire come andavano le cose prima che morisse il padrone. La certezza della sua deduzione fu avallata anche dall'odore stantio che circondava gli arredi. Si infilò le mani in tasca. Scosse la testa.

Si avviò verso l'esterno dove Marino era scomparso ormai da diversi minuti, e tra le aiuole fiorite notò con meraviglia un tipo a lui molto conosciuto. Scese la lunga scalinata con gli occhi fissi davanti a sé, avanzò verso un gruppo di piante di generi diversi tagliate tutte alla stessa altezza e tutte dello stesso colore di fondo, giallo con pistilli scuri. Alcuni fiori avevano la corolla folta e bassa, altri un petalo lungo come le margherite, molte avevano il colore che sfumava nel rosso verso l'interno. Un mix che donava piacere al solo guardarle.

«Queste sono gerbere, vero?» chiese all'uomo.

Marino era intento a sistemare un tubo per l'irrigazione, con la coda dell'occhio aveva seguito il ragazzo e notato la sua espressione alla vista del giardino.

«Sì, sono gerbere» rispose drizzandosi e massaggiandosi la schiena.

Marco sfiorò alcuni petali con delicatezza. Un tuono si fece sentire da lontano, rotolando piano e dissipandosi con lentezza. Con preoccupazione gettò uno sguardo verso l'alto cercando di capire come si metteva il tempo.

«Non si preoccupi, non pioverà. Non è il tempo adatto.» Marino lo disse con molta sicurezza, mentre finiva di sistemare il tubo e senza neanche verificare il cielo di persona.

Marco concentrò la sua attenzione di nuovo sulle gerbere, apprezzando la cura con cui venivano trattate.

«Al signor La Marmora dovevano piacere molto. Ho visto anche alcuni divani con la stampa di questo tipo di fiore... È curioso. Anche una persona che conoscevo, molto cara, aveva la passione per le gerbere gialle.» Questo gli fece ricordare di inviarne un mazzo a Vittorio, in modo da far arrivare sulla tomba di Simonetta anche un suo pensiero, pur lontano che fosse.

«Sono fiori molto comuni ed è abbastanza facile coltivarli. E, comunque, al signor Anselmo non piacevano, almeno così mi sembrava. Non sono riuscito mai a capire il perché.» Marino aveva abbassato la voce, vergognandosi per quanto poco conoscesse l'uomo che serviva. «Però non voleva che le tagliassi. Per il salone poi,» fece un cenno con la mano in direzione della casa, «da quando noi siamo qui, non l'ho mai visto stare lì dentro.» Si strinse nelle spalle e continuò: «Non mi chieda il perché. Non gliel'ho mai domandato né tantomeno mi ha spiegato di sua volontà. Non erano affari miei. Al contrario, amava molto intrattenersi in questa parte del giardino. Il salone: niente».

A quest'ultima cosa Marco c'era arrivato da solo. Quello che invece non capiva era la faccenda dei fiori. Non credeva a Marino quando diceva di non essersi mai chiesto perché l'uomo per cui lavorava avesse un ritegno per la camera dei divani e continuasse a coltivare fiori che odiava. Come al solito, tentava sempre di dare una spiegazione a tutto, e quando non ci riusciva era capace anche di non dormirci la notte.

Alzò la testa scrutando le nuvole veloci, odori di ogni genere lo schiaffeggiavano con garbo. Scosse la testa e si sedette sui gradini. Chiuse gli occhi, appoggiò i gomiti sulle gambe e nascose la faccia tra le mani.

«Non si sente bene?» Marino lo guardava accigliato strofinando le mani sui pantaloni. Non ricevendo risposta si accomodò di fianco a Marco. «Ehi! Cosa succede!» domandò.

Marco si volse a guardarlo e scuotendo la testa rispose: «Cosa ho? È questa casa» enfatizzò l'affermazione aprendo le mani lunghe e muovendole a semicerchio.

«Non le piace?»

«Signor Marino, è bellissima, è... troppo, troppo esagerata per me. Che ci dovrei fare? E come la mantengo una casa così. E voi due?» spalancò gli occhi.

«Non capisco.»

«Signor Marino, io non ho un lavoro che mi permetta di mantenere questa casa. Con quello che faccio a malapena riesco a pagare l'affitto dove abito, figuriamoci pagare le tasse a questo... castello! E voi, poi. Come vi pago?» Scosse la testa con rammarico. Avrebbe voluto potersela tenere quella proprietà. Tuttavia era fuori portata per lui: Lucio aveva ragione.

«Sul nostro conto si sbaglia,» disse l'uomo «a noi non deve pagarci.»

«Come non devo pagarvi! E come fate?» si strinse nelle spalle.

«Senta...»

Marco non ne poteva più.

«Per favore la smetta di darmi del lei. Potrebbe essere mio padre, e poi questo distacco non mi piace.»

«Come vuoi» Marino annuì con la testa. «Ma lo stesso vale per te. Mi devi dare del tu.»

«Oh, no. Non credo di riuscirci. Ho avuto un'educazione troppo rigida, non so se ci riuscirò.»

«Almeno provaci.»

«Ok.» Intrecciò le mani come per pregare e poi

riprese: «Allora,» si concentrò «dimmi perché non devo pagarvi».

«Il signor Anselmo ci lasciava vivere nella dépendance senza pagare niente, in cambio noi non chiedevamo nulla. Abbiamo le nostre pensioni per vivere.»

«Vuoi dirmi che tu curi il giardino e tua moglie la casa senza ricevere niente in cambio? Cos'è una scusa per non farmi vendere?»

«Puoi non credermi, ma le cose stavano così. E se vorrai possono continuare in questo modo.» Ci fu un silenzio rotto solo da un altro tuono. «Ma non ti sei accorto in che posto viviamo? La gente farebbe di tutto per vivere qui. Io e mia moglie siamo stati fortunati. Fino a ora.»

L'uomo spostò lo sguardo lontano, oltre la cima gialla delle ginestre, sul limitare del giardino. Marco seguì la traiettoria invisibile e immaginò più in là la vastità del mare, scuro e tormentato in quella giornata eccessivamente autunnale. Sopra le loro teste navigavano colline di nuvole color cenere, miglioramenti non se ne vedevano e il ragazzo ipotizzò che a breve avrebbe diluviato.

Tornò a guardare il profilo barbuto e tenne a precisare come stavano i fatti: «Ancora non ho venduto».

Marino ammise le ragioni di Marco: anche se gratis, la proprietà non si teneva su da sola e lui non immaginava come il signor Anselmo facesse a mantenerla. Lesse l'ora e disse: «Manca ancora un po' all'apertura dell'ufficio. Vuoi vedere il resto della casa?».

«No» rispose, mettendoci troppa asprezza nel tono. «Vorrei scendere giù al paese. Ci saranno un bar, una piazza.»

Marino lo guardò divertito. Poi aggiunse con enfasi: «Certo. Ci sono una piazza e un bar, e l'ufficio del notaio è proprio in una traversa lì vicino. Come vedi, non ci facciamo mancare niente».

«Non dicevo questo. È solo che sento il bisogno di allontanarmi da questo posto. Da ieri mi sembra di vivere la vita di un altro. Il proprietario non lo conoscevo eppure ha lasciato tutto a me. Ora mi viene il magone al solo pensiero di dover vendere tutto, con il rimorso di essere un problema per voi. No. Devo sedermi da qualche parte, dove si vive la vita di tutti i giorni.»

Marino gli diede due pacche sulle spalle incitandolo ad alzarsi.

«Andiamo. Ti accompagno io. Non posso rimanere con te, ho delle cose da sbrigare in paese», lesse di nuovo l'ora. «Tanto fra una ventina di minuti l'ufficio apre» ripeté fra sé.

Rientrarono in casa attraversando la sala e uscendo dalla porta principale. Marco rifletté su ciò che avevano appena fatto e subito gli sorse un altro dubbio. Tutta quella storia, ogni frammento che non si inquadrava nel puzzle complessivo, lo incuriosiva, facendolo diventare come quelle vecchie signore senza null'altro da fare che starsene a ficcanasare al balcone.

Prima che Marino si allontanasse esternò il suo dubbio: «Un'ultima cosa». Era fermo sulla striscia di prato antistante la casa. Ruotò il busto indicando con il pollice alle sue spalle. «Stavo ripensando a quello che hai detto, riguardo alla repulsione di La Marmora per la sala.» Marino lo fissava con interesse dal piazzale, più in basso, costringendolo a tenere gli occhi in giù. Per una forma di cortesia Marco scese i gradini e si avvicinò. «Dici che non metteva mai piede in quella sala. E allora, come ci arrivava al giardino?» Parte della risposta gli venne in mente solo in quel momento. «Ah, sì. Che stupido. Poteva fare il giro intorno» finì guardando l'angolo verso la casa dei custodi.

«Io non ho detto che non ci metteva piede, ma che non ci stava più di tanto. E poi, dalla dépendance non si accede. Cioè, si potrebbe passare a patto di scavalcare un cespuglio messo apposta per creare una certa privacy. E questo non era da lui. No, proprio no», sorrise al ricordo del vecchio padrone. «La realtà è più semplice. Vieni, ti faccio vedere.»

Salirono di nuovo passando davanti all'ingresso e lo condusse verso il lato opposto a dove si trovava la dépendance. Subito dopo l'angolo vi era un cancelletto sbilenco, tenuto fermo da un lato con del fil di ferro a un chiodo al muro, dall'altro a un muretto di tufo che saliva dai piedi di un leccio. Marco rimase di stucco quando alzò gli occhi per guardare: quello era il suo posto.

Il giardino che aveva visto prima era bello, bello nella sua simmetria, grazie anche a Marino che ogni giorno lo teneva in ordine e pulito. Bello nelle aiuole di fiori colorati e nelle siepi che creavano una rottura in quell'angolo riservato. Ma un giardino così a Marco faceva tristezza. Lui amava la spontaneità, la natura lasciata libera con minimi tocchi dell'uomo, e oltre l'angolo nascosto scoprì questo.

La fetta di terreno sotto i suoi occhi descriveva una tenue curva, ed era racchiusa tra il bosco e il lato ovest della casa. Al centro campeggiava un pozzo antico in muratura, con un'arcata sorretta da due colonne che con il tempo avevano perso la forma originale. Da un lato fuoriusciva un canaletto che serviva a versare acqua in un trogolo, divenuto col tempo vaso per gerani. Tutt'intorno l'erba incolta formava ciuffi sporadici, dove facevano capolino margherite e marcorelle. Una carriola capovolta stava per essere fagocitata da un rovo con gli ultimi frutti ormai maturi. Tutto sembrava genuino, rurale, senza costrizioni; un angolo di vera natura. La parte più lontana e adiacente al bosco era stata livellata e sistemata, tanto da ricavarne un orticello, spiccavano basse piante di pomodori con i loro frutti rossi e invitanti.

Dall'austera parete della casa, con solo alcune finestre in alto ad adornarla, scendeva una scala di pochi gradini con tanto di ringhiera in ferro battuto, più in là una porticina in legno dava alla cantina. La scala si apriva in alto in una balconata interna con porta e finestra, sulla ringhiera piantine di gerani rosa e fucsia adornavano con tocco femminile quello che altrimenti sarebbe apparso scarno e logoro.

«L'uscita posteriore della cucina» spiegò l'uomo. Dopodiché continuò ad avanzare lungo un camminamento, fatto di pezzi di marmo bianco per tutto il lato fino a scomparire nella parte posteriore: Marco poté immaginare cosa ci fosse. «E in fondo, arriviamo al giardino.»

Marino si fermò poco prima di svoltare.

«Il signor Anselmo utilizzava l'uscita laterale della cucina per recarsi nel giardino» indicò le scale. «Di rado attraversava la sala per uscire. In genere lo faceva solo quando aveva ospiti. Per non portarli qua fuori passava dal salone. Io ho sempre pensato che gli amici del signor Anselmo sapessero di questa sua... repulsione», si strinse nelle spalle. «Per questo non chiedevano niente né pretendevano spiegazione. Almeno per quanto ne sappia io. Chissà, magari nel privato, tra un bicchierino e l'altro, ne avranno anche discusso. Io però non lo posso sapere.» Si fermò un attimo a guardarlo. «Ora che tutte le tue curiosità sono state soddisfatte, vogliamo andare? Altrimenti rischi di scendere al paese da solo e a piedi.»

Un tuono lontano e per niente impressionante accelerò i passi di Marco, avanzava come un automa immerso nei propri pensieri. Le sue curiosità non erano state per niente esaudite, il perché ancora gironzolava nel cervello, tuttavia non era sua intenzione insistere.

Attese Marino seduto sul muricciolo che circondava il grosso albero pensando che di lì a poco, con una firma su un pezzo di carta, la casa e tutto il resto sarebbero entrati in suo possesso. Aveva bisogno di fare una colazione tale da riempire di calorie lo stomaco e l'anima. Per quella volta non avrebbe pensato alla dieta, in fondo l'idea di iniziarla era stata di Giulia e ora lei non lo controllava più dicendogli "questo sì, questo no". Però doveva ammettere che gli sforzi stavano fruttando, aveva già perso alcuni chili, se abbinava alla dieta anche dell'attività fisica i risultati sarebbero stati più evidenti.

Marino si presentò con un Ape sgangherato verde scuro, scoppiettava e mandava fumo nero tutt'intorno. Il piano posteriore tracimava di cassette di legno, tra le quali Marco notò una motosega e alcuni badili ammaccati. Il giovane rimase a fissare il tre ruote tremolante come se fosse un'astronave aliena. Lo sportello dal suo lato si aprì e una mano venne fuori incitandolo a entrare.

Salì a bordo con poca convinzione, si strinse di lato mentre Marino teneva il manubrio stando al centro. Urtava dappertutto, il rumore all'interno era assordante per non parlare dell'odore forte di serraglio. Arrivati al cancello ebbe un attimo di pace intanto che Marino si adoperava per aprirlo, aveva tentato in tutti i modi di aiutarlo, senza ottenere nessun risultato. Questo non gli piaceva, abituato a rendersi utile, l'eccessivo ossequio gli stava dando sui nervi. Decise in quell'istante che, se per qualsiasi ragione sarebbe rimasto a Ischia, avrebbe come prima cosa messo in chiaro che non desiderava affatto quel servilismo ottocentesco.

Chiuso il cancello si avviarono lungo la strada deserta che portava al paese. La discesa costringeva il trabiccolo a un numero di giri troppo elevato, tanto che pareva un animale in agonia. Poco dopo, sulla sinistra iniziarono a vedersi i primi caseggiati di colore bianco, frammezzati da pini alti che con la loro chioma ampia coprivano il poco spazio visibile.

In breve il numero delle costruzioni crebbe, tutte diverse e tutte attaccate a formare un lungo casermone rotto da finestre e terrazze. Le auto occupavano ogni anfratto disponibile e quando la strada si ingrossò ecco che entrambi i lati furono invasi da ogni sorta di automezzo. Marco osservava come se vedesse il paese per la prima volta, chiedendosi come mai non ci avesse fatto caso il giorno prima.

Nell'ultima curva, in prossimità della destinazione, un muretto con il ripiano in mattonelle rosse delimitava un panorama sulla valle sottostante, tappezzata di tetti. Più oltre, il mare opaco confuso nel grigiore delle nuvole cariche di pioggia.

Marino lo lasciò in una piazza ampia più lunga che larga, dove in fondo, nascosta dagli alberi che adornavano le aiuole ben curate, stava una chiesetta dalla facciata di stucco arancio e dal modesto campanile con tanto di orologio. A dispetto della semplicità di costruzione la chiesa di San Rocco aveva diversi secoli sulle spalle, Marino tenne a precisare che già dall'inizio del 1600 la sua campana regolava la vita nel paese.

«Ora devo lasciarti» disse infine con tono di scusa l'uomo. «Devo andare a sistemare come prima cosa la faccenda della luce. Così stasera potrai startene a casa per conto tuo. Dovrai solo sceglierti la stanza dove dormire.»

Marino mostrò un sorriso strano che Marco non capì. Lasciò perdere. Salutò e ringraziò, dopo essersi fatto spiegare come arrivare all'ufficio del notaio.

Poche macchine e poche persone in giro a quell'ora, presto per andare a zonzo e troppo tardi per chi si recava al lavoro. Le scuole già aperte poi limitavano di molto la ressa mattiniera che, pensò Marco, nei periodi di villeggiatura doveva essere notevole. Si guardò intorno in cerca di un rifugio per passare quella mezz'oretta, e l'insegna di un piccolo bar faceva al caso suo. Stava tra una farmacia e una tabaccheria, affacciava sulla strada e non aveva tavoli esterni. Senza esitare un minuto entrò, richiamato anche dal buon profumo di caffè e di cornetti appena sfornati.

Il locale era semplice ma accogliente, dovette ammettere con senso critico: un lungo bancone sulla sinistra e una fila di tavolini tondi dall'altro lato. A uno di questi stavano sedute due persone anziane, che si voltarono appena lo videro entrare. Si soffermarono a guardarlo con una certa insistenza, squadrandolo e frugandogli dentro. Sapeva per sentito dire della cordialità spontanea delle persone del Sud, stava sperimentando questo? Si chiese, ricambiando lo sguardo ai due che salutarono con un cenno della testa.

Il ragazzo dietro al bancone era intento a sistemare alcune bottiglie di liquore, e anche lui lo salutò con calore e con un sorriso. In barba alla dieta Marco chiese un cappuccino e un cornetto alla crema. Si avvicinò a un tavolino per accomodarsi. Uno dei due anziani lo invitò a sedersi al loro tavolo, con un gesto veloce della mano dall'alto in basso.

«Assettateve ca', sempe meglio che sta ra sul. Si nun ve scucciat eh!»

Marco si fermò a metà inarcando le sopracciglia scure, cercando di capire cosa avesse detto. A parlare era stato quello seduto verso il muro, con voce fin troppo acuta per l'età, la bocca allargata in un sorriso mostrava i denti larghi e deformi. L'altro, più grasso del primo e con pochi capelli in testa, diede una pacca sulla spalla all'amico accennando un segno con la testa.

«Chistu non è re Baran', è furastiero. Nun 'o vir' comm'è janco.»

Allora l'altro, quello che lo aveva invitato a sedersi, sorrise benevolo e disse: «Se non vi scoccia potete sedervi con noi, è inutile sporcare un altro tavolo. Prego». Rinnovò l'invito scostando la sedia libera dal tavolo. Marco su due piedi non seppe cosa fare, poi si disse che forse un po' di compagnia non guastava. Si avvicinò e si sedette con un "grazie" e con un timido imbarazzo.

L'uomo senza capelli continuava a fissarlo con un sorriso, come chi attende il finale di una barzelletta, la faccia estasiata era tonda e rossiccia.

«Voi non siete di qua, vero? Siete furastiero!» disse con tono di chi sa già la risposta.

In quel momento il caffè iniziò a fuoriuscire borbottando dai beccucci, cadendo schiumoso nelle due tazze, saturando il piccolo ambiente del suo profumo.

Quando stava per presentarsi ai due intervenne il ragazzo al di là del bancone: «Il signore deve essere il nuovo proprietario del Casale della Quercia. Mi sbaglio?». Diede due botte al braccetto e le ultime gocce succulente caddero nelle tazze.

Marco lo osservò preparare il cappuccino in una nuvola di vapore. Quando ebbe finito di far rumore rispose: «Sa anche il mio nome?».

Il ragazzo si irrigidì, congelando per un attimo i suoi movimenti. Con gli occhi cercò quelli dei due vecchi, sperando di capire dove avesse sbagliato. Abbassò gli occhi e iniziò a preparare il vassoio, poggiando la tazza fumante stracolma di schiuma densa e un piattino caldo con sopra il cornetto. Spolverò il primo con del cioccolato e il secondo con zucchero a velo.

Marco anticipò la sua mossa alzandosi e prelevando il portavivande da sé, era tutto molto invitante. Aveva esagerato con il tono della voce, non era sua intenzione inquisire nessuno, allora cercò un punto di dialogo: «Sembra buono…» annusò la tazza.

«Non vi dovevate disturbare, ve lo portavo io.»

«Non ti preoccupare», diede del tu di proposito. Almeno lui, che doveva essere suo coetaneo, avrebbe potuto dargli più confidenza, senza farlo sentire così distaccato. Si sedette al tavolino con i due anziani che non gli levavano gli occhi di dosso, ognuno di loro aveva una tazza di caffè ormai vuota poggiata davanti a sé.

Prima di addentare il cornetto caldo e fragrante doveva togliersi una curiosità. Si girò verso il ragazzo al bancone e domandò: «Come fai a sapere che sono io il nuovo proprietario del Casale?».

«Il paese è piccolo…»

«La gente chiacchiera…»

Marco non si fece distrarre dai due anziani e attese la risposta del ragazzo, assaggiando con l'acquolina in bocca la brioche stracolma di crema. Chiuse gli occhi mentre quella delizia si scioglieva in bocca e assorbiva la sua fragranza con tutti i sensi.

Il barista sembrò cercare una scusa plausibile per rispondere, infine con un'alzata di spalle disse: «Di questi tempi si vedono pochi vacanzieri in giro, di più i fine settimana, se il tempo è buono. E voi non siete di qua e non siete nemmeno in vacanza» accennò un sorriso compiaciuto. Guardò di nuovo i due vecchi di sfuggita. «Con questo tempo… E poi… Ieri la figlia del notaio mi ha detto che andava al porto a prendere il nuovo proprietario del Casale.» Si liberò delle ultime parole come se fossero un peso, fece spallucce e si mise ad asciugare i bicchieri appena tolti dalla lavastoviglie, senza guardare in faccia il suo interlocutore.

Marco dal canto suo aveva ascoltato usando solo una parte del cervello, il resto era troppo indaffarato a gustarsi la colazione. Accettò come vera la spiegazione, anche perché lui stesso aveva pensato a qualcosa di simile. L'ufficio di Ginevra stava in una delle traverse e quello sembrava l'unico bar della zona. Poteva dedurre che la donna si fermasse talvolta al bar e, essendo del luogo, magari conosceva anche bene il barista.

Alzò lo sguardo fissando con rinnovato interesse la

figura del ragazzo: alto, snello, abbronzato e con dei tatuaggi sull'avambraccio per i quali – non aveva dubbi in proposito – le ragazze andavano matte. Un bel ragazzo insomma, con un ampio sorriso e molta furbizia negli occhi. Si chiese *quanto* fossero amici.

«Vi conoscete?», la domanda scappò via senza volerlo.

«E chi non conosce Ginevra a Barano!» Il vecchio seduto verso il muro aveva preso la tazza vuota dal tavolo e se l'era portata alla bocca. Piegando la testa indietro cercava di spillare qualche altra goccia di liquido nero. Quando vide che non c'era più niente da succhiare aggiunse: «Il padre era molto conosciuto in paese. La sua morte è stata una grande disgrazia».

L'altro annuì con la testa facendosi subito serio e segnandosi con la mano. «Una grande disgrazia, sì», assentì anche lui a quelle parole.

Ci fu un silenzio sacro, come se tutti e tre avessero deciso di mettersi a pregare in cuor loro per la tragedia di Ginevra, Marco rispettò la strana comunione di sentimenti e attese che l'attimo di imbarazzo scemasse da sé. Fece scorrere lo sguardo sul vassoio con la tazza ormai vuota e il piattino con solo le briciole del cornetto saporito, immerso nell'atroce dubbio del bis.

«Il mio amico qui anni fa lavorò per il vecchio proprietario, sa?»

Sobbalzò udendo la voce squillante dell'anziano signore, aveva ripreso a sorridere e a guardare a malincuore la tazzina vuota. Marco allora decise di ordinare altri due caffè per i compagni di tavolino, invitando l'uomo a spiegarsi. Sapere del vecchio proprietario lo incuriosiva molto, specie dopo aver sentito parlare delle sue strane abitudini casalinghe.

«Se lo faccia spiegare da lui» continuò, poi rivolgendosi all'amico gli chiese: «Se non sbaglio era prima che se ne andasse in America, o no?».

L'altro fece una smorfia curiosa, che deformò l'intera faccia diventando per un attimo la caricatura di se stesso.

«Ma che stai dicendo!» accompagnò l'esclamazione con un movimento veloce della mano. «Io non ho mai faticato per lui. L'unica cosa che ho fatto per lui è stato piantare la quercia in mezzo, davanti alla casa. E basta.» Gli occhi azzurri incastonati nella faccia rutilante e sorridente sembravano sul punto di sputare fuoco. «E poi se n'è iuto. E chi l'ha visto più!»

Il forte accento dialettale mise a dura prova l'orecchio poco avvezzo di Marco, tuttavia il senso lo aveva compreso.

«Lei ha piantato l'albero nel piazzale?»

«Ormai sono passati quasi quarant'anni» agitò entrambe le mani all'indietro. Il vecchio seguì con gli occhi il barista che sistemava le ordinazioni sul tavolo, poi si affrettò a continuare: «Manco me lo ricordo più, ormai. Mi ricordo però che quello, il proprietario, se ne andò subito. Ricordo che mi sono chiesto perché mi aveva fatto piantare l'albero, se poi se ne doveva andare via. Boh!».

«Allora lo conosceva! E mi dica, com'era?»

Il vecchio disse no con la mano, mentre con l'altra sorseggiava il caffè. Quando ebbe finito si pulì il muso e rispose con faccia soddisfatta.

«Non lo conoscevo. Mi ero appena trasferito da Casoria. Mia moglie, maestra, si trasferì qui per lavoro e io ho trovato un posto come giardiniere.»

«È in gamba questo qui» aggiunse l'altro. «Se vi serve una mano per il giardino…»

«Lo terrò presente.» Marco rimase interrogativo. Il ragazzo del bar si avvicinò sparecchiando il tavolo e passando un panno sul ripiano. Quando si fu allontanato convenne con il vecchio giardiniere: «Dopo che lei piantò la quercia lui andò via».

«Subito dopo. Già.»

«E se ne andò in America.»

L'uomo annuì con un rumore gutturale, fissandolo con occhi spiritati. Sembrava che avesse bevuto grappa anziché caffè.

«E quando è tornato?» continuò a chiedere Marco.

«Solo dieci anni fa» aveva risposto l'altro, con una cadenza dialettale più flebile, facile da capire.

«E lei non lo conosceva?» gli domandò.

«Io non sono nato a Barano, mi sono trasferito qua da Lacco quando mi sono sposato. Il signor La Marmora l'ho visto qualche volta solo quando è tornato dall'America.»

«Dieci anni fa» ripeté Marco.

«Esatto» rispose il vecchio.

«E per tutto questo periodo la casa è stata chiusa? Non ci abitava nessuno?»

L'altro confermò col capo.

«Vediamo… Sono passati trent'anni», Marco rimuginò su quel dato: era un mucchio di tempo. Sembrava una fuga, come era accaduto al giovane "smilzo" in un romanzo di De Luca. «Ma perché tornare?»

«Non so. Io non lo conoscevo bene, te l'ho detto.» Il vecchio perse il sorriso, coinvolto dalle domande di Marco partecipava con interesse alle curiosità del ragazzo. Si grattò il mento ispido cercando nella memoria. «Sono passati troppi anni, forse poteva sapere qualcosa il suo padrone, il datore di lavoro cioè» indicò con un dito il compagno giardiniere al suo fianco. «Mi sa che ogni tanto, quando non abitava nessuno lassù, andava a tagliare il prato per non far mangiare la casa dalle erbacce», strinse le labbra e inarcò le sopracciglia. «Purtroppo è morto però.»

«Pace all'anima sua» fece eco l'altro, segnandosi un'altra volta. «Forse la moglie sa qualcosa!» continuò, illuminandosi di gioia, «a volte andava con il marito. Lei era molto brava coi fiori.»

«E lei non c'è mai andato?» chiese al vecchio giardiniere.

«Nooo, io no.» Scosse la testa in modo così brusco che le guance flaccide sembrarono sul punto di staccarsi. «Avevo altro da fare... E poi non avevo il permesso del padrone per andarci.»

«Ricapitoliamo. Il signor La Marmora quarant'anni fa pianta la quercia e se ne va», entrambi annuirono col capo. «Poi ritorna dopo trent'anni e rimane a vivere qui fino alla sua morte», confermarono di nuovo. «Da solo. Giusto? Da quanto ho capito non aveva famiglia.»

«Boh. In questi ultimi dieci anni è stato da solo. Se prima aveva famiglia... Dovremmo chiederlo a Giuseppina, la moglie del giardiniere che aveva il permesso per accudire il prato. Forse lei lo conosceva o gliene parlava il marito, chissà!»

«Ho capito. E il marito di Giuseppina, quando ha smesso di lavorare per lui?»

«Morì poco prima che arrivasse La Marmora, fu allora che prese con sé Marino ed Elide.» Il vecchio al suo fianco, con le spalle alla parete, sembrava interessato.

Marco continuava a non capire perché piantare un albero così importante per poi andarsene, fuggire via.

«È probabile, ragazzo mio, che ti stai facendo troppe storie nella testa» proseguì, intuendo i suoi pensieri. «La Marmora lasciò Barano forse solo per motivi di lavoro, ritornando poi quando era già troppo vecchio e forse iniziava a stare già male.»

«Sono solo curioso» seguitò Marco facendosi serio, «non mi faccio nessuna storia. Mi chiedo allora cosa c'entro io in tutto questo.»

«In che senso.» Questa volta a rispondere era stato il ragazzo oltre il bancone, rimasto ad ascoltare per tutto il tempo. Si era così accanito a quelle vecchie storie che aveva trovato il modo di sedersi e affondare il mento nelle mani poggiate sul tavolo.

Quei tre lo facevano sentire bene, a proprio agio, come se fosse tra vecchi compagni di scuola. Cosicché Marco non si adirò di quell'intrusione, né tantomeno gli passò per la testa di dirgliene quattro. La faccia del ragazzo appariva attenta, interessata, tanto che gli venne spontaneo rivelare i propri dubbi sull'intera faccenda, senza nessuna remora, come se, appunto, stesse discutendo con vecchi amici.

«Con la casa intendo. Che c'entro io con La Marmora? Io non lo conoscevo. Ginevra dice che aveva frequentato mio padre. Voi mi state dicendo che è stato via per dieci anni, allora la loro amicizia risale a molti anni fa.»

«Quaranta» precisò il ragazzo, testimoniando l'attenzione messa nell'ascoltare i due vecchi clienti.

«Esatto. All'epoca mio padre aveva all'incirca vent'anni ed è più o meno il periodo in cui si fidanzò con mia madre. Non mi ha mai detto di essere stato qui a Ischia, né che avesse un amico a Barano. E poi il signor La Marmora quanti anni aveva all'epoca?

Ginevra se non sbaglio mi ha detto che non era più giovane…»

«I manifesti dicevano ottantaquattro anni.» Il barista parve sicuro.

«Vediamo… Quando partì aveva… Sì, fa quarantaquattro. Quando è andato in America aveva quarantaquattro anni. Non è impossibile pensare a un'amicizia tra i due, ma da qui a farmi l'erede di quel po' po' di Dio…»

«Però avrebbe potuto conoscerlo negli ultimi dieci anni vissuti qua. Non fai prima a chiederlo a tuo padre?»

Fissò il ragazzo, improvvisamente conscio della realtà sui suoi nuovi conoscenti. Marco poteva anche immaginare che fossero amici, che il barista fosse un suo *vecchio* amico, ma nella realtà non lo erano. Non sapevano nulla della sua vita. Oltre a quei pochi minuti passati al bar non sapevano assolutamente niente.

«Mio padre e mia madre sono morti quasi cinque anni fa. E…» deglutì appoggiandosi allo schienale «non mi hanno mai parlato di questo tipo, mai.»

Il vecchio senza capelli si segnò di nuovo con faccia triste, senza distogliere lo sguardo da Marco.

«Tutti morti» disse infine. Fece il giro degli sguardi e aggiunse con tono grave: «Che tristezza!».

Se Ginevra fosse stata presente a quella discussione si sarebbe incavolata non poco, ne era sicuro. Marco rise fra sé, non solo a quel pensiero, anche per l'atteggiamento che aveva lui verso l'intera faccenda. Molte volte si era visto giudice di se stesso, chiedendosi "ma che stai facendo?". Ora ripensava critico al motivo che lo portava a rovistare nella vita del suo benefattore, invece di seguire il consiglio di Ginevra infischiandosi di tutti quei perché e godersi quel dono dal cielo.

Prese il telefonino dalla tasca e scorse la rubrica fermandosi sul numero di Giulia. Aveva tanta voglia di sentire la sua voce, spiegarle cosa gli stava capitando, magari lei aveva qualche buon consiglio da dargli. Rimase a fissarlo per un po', mentre la vita intorno a lui si svegliava piano e le persone iniziavano ad affollare i negozietti che mostravano le merci lungo i marciapiedi della piazza. Aveva lasciato da poco i nuovi amici al bar e già gli mancavano. Avrebbe voluto starsene tutta la mattinata a parlare e a ricordare i vecchi tempi, quando le macchine non affollavano le vie e i *signori* andavano in giro con un fiore all'occhiello.

Rimase fermo immerso nei suoi pensieri davanti a un fioraio con il simbolo dell'Interflora sulla vetrina. Trascorsero alcuni minuti, infine entrò nell'ambiente poco illuminato e carico di odori di ogni sorta. Chiese al negoziante il catalogo per le spedizioni e Marco scelse un mazzo di fiori colorati tra i quali risaltavano gerbere gialle. Era un po' in ritardo con i fiori, confidava nel buon senso di Vittorio; visto com'era finita la storia con sua figlia avrebbe capito.

Pagò e uscì sotto le nuvole fuggevoli, nell'aria umida e ventilata. Si sedette a una panchina del parco e chiamò Vittorio. Lo avvertì dei fiori, quelli che piacevano tanto a Simonetta. Vittorio all'altro capo del telefono rise carico di amarezza. Quando Marco gli chiese il motivo di quella reazione, lui rispose che in realtà quel tipo di fiori piaceva a suo padre.

Marco si fece più attento, si drizzò come fosse seduto davanti al pianoforte.

«Mio padre?» domandò perplesso.

«Tuo padre, sì.»

«Vittorio, non capisco» disse Marco, «le gerbere piacevano a mio padre?»

«È una vecchia storia, di quando eravamo giovani, voi due piccoli... Non puoi ricordarti.»

Si interruppe e dal telefonino non si udì più nulla. Una coppia di anziani passeggiava sul marciapiede portando a spasso un cane dal pelo folto, quando il suo sguardo si incrociò con l'anziana signora questa gli sorrise cordiale.

Vittorio riprese a parlare.

«Le gerbere gialle... Ricordo che Simonetta, non so come, intuì che tuo padre alla vista di questi fiori si rattristava. Iniziava a fissarli e li toccava... no, no, la frase corretta fu "li accarezzava" così disse, sì, ricordo bene. Usò proprio queste parole. Tu ricorderai come amava stuzzicarlo e così, intuito quel suo curioso atteggiamento, prese a sfotterlo in continuazione. Tuo padre rimaneva sempre impassibile, non so come facesse. Simonetta arrivò anche a regalargli una pianta enorme con fiori lunghi e steli grossi. Ricordi Simonetta com'era, non devo spiegarti niente…

Comunque, a furia di infastidirlo con le gerbere finì che piacquero anche a lei e allora iniziò a colorare il nostro giardino con queste piante. Ecco come è nata la storia. Quando…» degluti. Rievocare quei momenti costava un grande sforzo di volontà. «Quando mi hai telefonato e mi hai parlato delle gerbere… Mi si è aperto un flusso di ricordi.»

Prima di chiudere Marco si scusò più di una volta per non essere lì con lui e per aver tardato a telefonare. Voleva molto bene a Vittorio, lo considerava un padre non solo perché quello vero non c'era più.

La scoperta che a suo padre naturale piacessero le gerbere riaccese di nuovo la fiammella della curiosità, immaginando legami con La Marmora dove i fiori facevano da collante. Mentre si avviava all'appuntamento con Ginevra rafforzò il desiderio di saperne di più, convincendosi sulla necessità di trovare un legame tra il defunto signor La Marmora e suo padre.

La stradina che gli aveva indicato Marino dopo alcuni passi si strinse a tal punto che a stento poteva passarci un'auto. In leggera salita, Marco avanzava cercando la targa che indicasse l'ufficio del notaio

Salzillo. La via si snodava diritta per un lungo tratto poi curvava verso sinistra, ai lati si affacciavano porte e finestre, alcune allo stesso livello del manto stradale, altre un po' rialzate con una breve scala in muratura di fianco. Tra quelle mura alte e strette il vento si incanalava e correva veloce, alzando nuvole di polvere e trascinando ogni sorta di cartacce.

Marco intravide una piastra in ottone lucido subito dopo un cancello che delimitava un giardino. Era quello che cercava. Premette il pulsante sotto l'insegna. Il cancelletto di alluminio dorato attiguo si scansò con un rumore di serratura, avanzò e lo chiuse alle sue spalle. Una vecchia scala malandata con un corrimano in ferro battuto si inerpicava verso l'alto e verso il buio, cercò un interruttore per la luce e, non trovandolo, avanzò con cautela.

Dopo la prima rampa si ritrovò di fronte a un'ampia vetrata trasparente, oltre la quale riusciva a vedere solo un lungo étagère stracolmo di faldoni. Quando entrò scorse all'altro lato della stanza una scrivania; una donna impettita batteva a una tastiera in modo furioso. Era truccata in modo esagerato e indossava occhiali da gatta, di quelli che andavano anni prima. I capelli lunghi raccolti con cura sulla testa formavano un fiore nell'atto di sbocciare, così tirati e allineati da sembrare finti.

Appena lo vide la donna abbassò le lenti squadrandolo per intero. Dopo il fugace sguardo distaccato, con voce squillante e infastidita chiese chi fosse e cosa volesse, sicura che avesse sbagliato ufficio.

Marco, cercando di trattenere la voglia di rispondere a tono, spiegò con cortesia ostentata che era atteso dal notaio, che aveva un appuntamento e se lo poteva annunciare, chiudendo la richiesta con un "grazie" forzato.

La segretaria alzò gli occhi su di lui con flemma, mostrando un viso che metteva il nervoso al solo guardarlo. Con quelle labbra poi, strette in modo perenne in una smorfia di fastidio, risultava impossibile non provare un moto di repulsione.

«Io non so niente di questo suo *appuntamento*» intonò lei.

«Se prova ad avvertire la signorina Ginevra...»

«Senta signor...» fece schioccare le dita in modo fastidioso.

«Tolessi» sibilò stringendo i pugni.

«Tolessi, sì. L'ufficio è chiuso e riapre solo lunedì prossimo.» Mise i gomiti sul tavolo e strinse le mani, continuò alzando la voce. «È evidente che non può averle dato un appuntamento!» Serrò la bocca in una linea ancor più marcata, poi spalancò gli occhi trafiggendolo con lo sguardo da biscia.

«Senta...»

In quel mentre la porta tra l'étagère e la finestra si spalancò. Ginevra, richiamata dalle voci concitate, aveva deciso di vedere di persona cosa stesse succedendo.

«Marco! Scusa Aurora, non ti ho detto niente... me ne sono proprio dimenticata. Ieri poi sono stata via tutto il giorno e... Dovevo dirtelo, sono proprio una scema. Sono scusata?» Sorrise alla sua segretaria in modo così smagliante che Marco rimase a fissare quel viso luminoso e raggiante imbambolato.

Aurora contrasse la bocca e con stizza si rimise a battere sulla tastiera, con rinnovato impeto nelle dita.

Ginevra afferrò una mano di Marco trascinandolo nel suo ufficio, chiuse la porta rimanendovi appoggiata per un istante. Sbuffò.

«Ha un caratteraccio ma è un'ottima segretaria. In questi giorni, se non era per lei non sapevo dove sbattere la testa. Dai siediti, ho preparato tutto.»

Marco prese posto in una delle due poltrone davanti a un'enorme scrivania. Lei, prima raccolse alcune carte da un archivio, anch'esso in legno, poi si accomodò dall'altro lato. Lui vagò con lo sguardo tutt'intorno, ammirando l'eleganza degli arredi. L'odore di legno e di pelle galleggiava leggero nell'ambiente, illuminato da una luce diffusa che penetrava da una finestra attraverso una tenda color crema.

Ginevra rimase a fissarlo rilassata allo schienale con fare divertito, in attesa che finisse di ispezionare lo studio e si mettesse finalmente a suo agio.

Marco ritornò su di lei trovando due occhi luminosi che lo guardavano curiosi. Si soffermò sulla pettinatura a coda di cavallo che le toglieva qualche anno di vita, la camicetta ampia e merlettata che evidenziava con discrezione le forme rendendola ancora più sensuale. Studiò lo sguardo sincero, le curve del viso che disegnavano un profilo dolce e armonico, la ciocca di capelli lasciata cadere da un lato forse per un eccesso di vanità, le braccia affusolate che terminavano in mani lunghe e ben curate. Non poté negare che quella donna gli piacesse, e con uno slancio d'orgoglio arrivò a pensare che forse anche lei provava qualcosa per lui.

Trovò rilassante la seduta, trovava rilassante tutto l'ambiente. Accarezzò i braccioli sostenendo senza difficoltà lo sguardo di lei, non avendo nessuna intenzione di terminare quell'attimo magico. In quel momento desiderò avere abbastanza coraggio da alzarsi, avvicinarsi a lei e, piegandosi su un ginocchio, poterla abbracciare tanto da scaldarsi con il suo calore. Solo questo e nient'altro desiderava.

Si accorse di non aver mai provato un desiderio simile in tutta la sua vita, lui era nato fidanzato con Giulia, tutte queste cose: la voglia di baciarla, di stringerla, del solo toccarla le sperimentava per la prima volta. Frustrante, però, desiderare a tal punto una cosa e non poterla avere. Per ora gli bastava starle vicino, poterla guardare, come stava facendo ora, o solo assaporare l'odore della sua pelle sulla scia dei suoi passi. Anche se la fantasia galoppava più della realtà Marco si ritenne fortunato, fortunato di stare lì a guardarla saziandosi della sua figura.

Capitolo 3

Giacomo alla fine trovò il tempo di restare a pranzo, con la riserva di scappare subito via, causa una serie di visite programmate nel pomeriggio.

Tutti insieme, seduti intorno al tavolo grande della sala, mangiavano e ricordavano i vecchi tempi passati proprio in quella stanza, in occasione delle festività natalizie e di grandi eventi. Un piccolo tavolino quadrato sistemato vicino a quello più grande ospitava i più piccoli: Maria ed Elena, i figli di Rosaria, e Paolo, l'unico figlio di Assunta. Paolo, di tre anni, era il più piccolo e se ne stava buono buono a spiluccare una fetta di pane che tra le sue manine sembrava una fiorentina. Maria, la più grande, di cinque anni, rincorreva intorno al tavolo dei grandi la sorella più piccola di un anno, strillando con affanno incurante dei moniti della madre. Giulia, in silenzio, osservava i bambini giocare, così immersi nel loro mondo da estraniarsi con assoluta devozione.

Non aveva toccato cibo. Aveva fatto finta di tagliare, infilzare, sorseggiare del buon vino rosso. Suo padre se n'era accorto, ogni tanto le faceva un cenno con la testa per invogliarla ad assaggiare qualcosa. Lei gli sorrideva e portava alla bocca il bicchiere, si svincolava dal suo sguardo inserendosi in un discorso del quale non conosceva un accidente. Solo a fine pasto si accorse che Giacomo la osservava, tagliava una mela e tra un boccone e l'altro le lanciava un'occhiata penetrante. Per un istante i loro sguardi si incrociarono. Giulia ebbe la sensazione di essere studiata, una sensazione, quella, che non le era mai piaciuta.

Giulia aveva sempre immaginato nei riguardi di Giacomo un lato nascosto. Era solo una sensazione, una percezione che si portava dietro dai tempi della scuola. Con Marco le bastava esaminare i suoi movimenti, osservare il guizzo degli occhi, come piegava il capo in avanti in modo impercettibile per capire il suo stato d'animo, quello che pensava. A volte riusciva anche ad anticipare le sue risposte.

Con Giacomo questo non era mai accaduto, e non stava accadendo neanche in quel momento, quando decise di scrutarlo con più interesse richiamando di nuovo su di sé lo sguardo dell'uomo.

La nausea che per tutta la notte aveva risparmiato il suo povero corpo decise di farsi sentire in quell'istante, partendo dalla bocca dello stomaco e rivoltandole le viscere. Giulia si alzò con una smorfia repressa in faccia, accarezzò di sfuggita la chioma bionda di Paolo e si diresse fuori, godendosi l'aria carica di elettricità di quella giornata più che mai autunnale.

Il fastidio scivolò via lasciando dietro di sé qualche strascico di poco conto, Giulia si appoggiò a un montante della veranda e chiuse gli occhi, come in meditazione, respirando fino a riempire i polmoni ed espirando con lentezza. Il padre le aveva raccontato che negli ultimi tempi la madre amava starsene lì fino a sera, osservando l'azzurro del cielo versare nel nero passando per infiniti colori, le chiome basse del giardino muoversi appena quando il sole abbandonava l'orizzonte. Ammirava tutto con interesse, aveva detto il padre, come se volesse a tutti i costi portare con lei quel ricordo.

Un rumore alle spalle richiamò la sua attenzione, Giacomo l'aveva seguita fuori con un abbozzo di sorriso stampato in faccia. Le sembrò non sincero: falso.

«Ciao», disse lui.

«Ciao.» Giulia rispose senza neanche guardarlo, cercava qualche minuto per starsene in santa pace, nel dolore e nella nausea, da sola, invece quello non aveva altro da fare che scocciarla nel momento sbagliato.

Con la coda dell'occhio vide il sorriso sparire dalla faccia dell'uomo e le parve di notare qualche traccia di imbarazzo. Si sentì in colpa per come lo aveva evitato per tutto il pranzo e per come lo stava trattando adesso. Fu solo per quel motivo se tentò una conversazione banale.

«Oggi sembra faccia più caldo rispetto a ieri.» Lanciò lo sguardo verso l'alto, il tappeto azzurro era macchiato da solitarie nuvole scure che da sole non facevano paura.

«Già. Però dicono che cambierà», l'assecondò lui.

«Cambierà! Ormai non ci indovinano più neanche loro. Non si capisce più niente, oggi fa caldo e stai in maniche di camicia, domani magari devi uscire con cappotto e sciarpa.»

Ci fu di nuovo il silenzio, nel quale gli unici disturbatori furono il fruscio delle foglie e il cinguettio degli uccelli che nidificavano nel piccolo giardino davanti a casa. Un potente acuto della figlia di sua cugina riuscì ad arrivare dall'altro lato della casa, fino a loro, rompendo il silenzioso imbarazzo.

«L'ingenuità dei bambini... Sembra quasi fuori luogo.» Giulia abbassò gli occhi verso la sedia in vimini, vuota, immaginando la madre con le gambe allungate sul tavolino. L'immagine era impressa su una foto che Vittorio custodiva gelosamente sul comò della camera. Giulia ne aveva fatto un ricordo suo.

«Perché non ti siedi? Hai l'aria stanca.» Giacomo confuse il suo atteggiamento.

Lei scosse la testa.

«Tuo padre mi ha detto che da alcuni giorni non ti senti tanto bene» disse lui. «Se non ti dà fastidio, potrei visitarti io, ci vorranno solo pochi minuti...» Vedendo che non rispondeva continuò: «Oppure possiamo fissare un appuntamento nel mio ambulatorio, quando vuoi».

«Ti ringrazio. Sei molto gentile, penso che mi passerà subito. Giusto qualche giorno di riposo.» Mostrò un sorriso forzato.

«Come vuoi, Giulia. Se cambi idea, chiamami in qualsiasi momento. Se sono occupato e non posso risponderti, ti richiamo io. Non ti devi preoccupare di niente, questo è un brutto momento per te, lo capisco. Anche a me... Ecco, mi dispiace. Tua madre...»

«Sì, lo so.»

Aveva proprio il tono del perfetto dottore, pensò Giulia, doveva essere molto bravo nel suo lavoro. Proprio non le riusciva di prenderlo sul serio, in lei albergava ancora il vivido ricordo del Giacomo bambino, escluso da tutti, che una volta le dedicò una poesia ricamando i bordi del foglio con cuoricini e fiorellini. Lei allora ne rise, con cattiveria, come solo i bambini sanno fare a volte, stringendosi al suo Marco facendosi grande di quel legame unico, che nessuno poteva e doveva rompere.

Rientrò in casa senza dirgli altro continuando sempre a non guardarlo. Sapeva di trattarlo con poco garbo e non volle curarsene. Come dottore avrebbe capito il suo stato: avrebbe fatto meglio a starle alla larga. Non voleva nessuno intorno, il suo unico desiderio in quell'istante era potersi stringere a suo padre come era solita fare da piccola. Non era più una bambina e l'unico che riusciva a infonderle la stessa energia del genitore lo aveva allontanato, escluso per sempre e con forza dalla sua vita.

Giulia si riteneva una donna forte, capace di un totale controllo su se stessa in qualunque situazione. Su questo aveva lavorato tanto, sia con lo sport che con l'alimentazione, non come Marco che si lasciava andare senza curarsi dei chili che metteva. Il fastidio che da alcuni giorni la tormentava le era sconosciuto, non riusciva a gestirlo, malgrado si impegnasse con tutta la sua volontà. Aveva sperato che finisse e così era stato, ma solo per un breve tempo. Era ritornato peggio di prima.

Giorni dopo il padre la convinse a farsi visitare da Giacomo, che non aveva più rivisto dal pranzo di famiglia. Non si fece pregare più di tanto, le nausee e i conseguenti rigetti la calarono in uno stato di repulsione per il cibo e questo non andava bene, lo capiva da sola.

Con sua grande meraviglia Giacomo la trattò come un qualunque paziente, parlandole con garbo e soffermandosi a pensare su qualsiasi informazione lei gli desse. Forse metteva un po' troppa gentilezza nel tono della voce. La sottopose a una visita accurata senza tralasciare niente, per tutto il tempo l'attenzione di Giulia fu distratta dalle sue domande e dalle spiegazioni che dava a ogni sintomo che denunciava.

Quando infine le sembrò che il controllo fosse finito cercò di dedurre, in base a ciò che aveva riferito, cosa potesse avere, invertendo le parti e divenendo lei stessa dottore. Il suo intento risultò vano, almeno fin quando lui non ripeté una domanda fatta in precedenza e alla quale non aveva dato grande importanza.

«Quando hai avuto l'ultima mestruazione?»

Sedevano l'uno di fianco all'altro, dal lato sbagliato della scrivania, Giulia dedusse che fosse un comportamento adottato dal Giacomo dottore per rendere il colloquio meno formale.

«Te l'ho detto: una settimana fa.»

«I disturbi che accusi invece risalgono a prima» considerò lui stringendo le mani.

La guardava con una particolare espressione assorta, Giulia si rese conto che in realtà rovistava nella sua esperienza personale.

«Sì, ma erano meno forti rispetto agli ultimi giorni.»

«Ti ho segnato qualche analisi del sangue e delle urine, giusto un controllo. È tanto che non le fai, mentre andrebbero fatte con regolarità. Anche le visite ginecologiche dovresti farle con una certa regolarità…»

«Hai qualche idea? Mi devo preoccupare?» lo interruppe con decisione, non le andava di sorbirsi una ramanzina da lui. «Forse è solo un esaurimento nervoso dovuto alla morte di mia madre?»

«Vorrei aspettare le analisi. Quelle delle urine me le puoi portare anche prima. Ci mettono un giorno a farle.»

Lei guardò le ricette che aveva in mano

confermando con il capo chino. Le stava antipatico quel comportamento, tipico dei medici, che evitavano di spiegarti fino a quando non avevano una certezza assoluta.

«Hai già capito? Non vuoi...» insisté.

«Giulia, stai benissimo. Non c'è nulla per cui preoccuparsi. Continua a fare quello che fai tutti i giorni e appena hai i risultati fatti sentire. Se domani mattina fai le urine, per dopodomani dovremmo sapere qualcosa. Anzi, ti dirò, se vai da questo», prese da un contenitore trasparente sulla scrivania un biglietto da visita e glielo porse. «Domani, sul pomeriggio, gli telefono – il direttore è un mio amico – così sapremo subito i risultati. Tuttavia, per la carta dovremo aspettare l'indomani.»

Giulia prese il biglietto colorato e lo voltò per leggere l'indirizzo e il nome del dottore. Non lo conosceva. Lo aggiunse alle altre carte e si alzò per andarsene. Aprì la borsa per pagarlo, lui la bloccò con una mano.

L'accompagnò nella sala d'attesa deserta, la sua era stata una visita fuori programma, ma la ragazza all'accettazione c'era, e le sorrise anche lei con garbo. Si lasciarono con la promessa di lui che l'avrebbe di sicuro chiamata il giorno dopo per i primi risultati. Di nuovo le raccomandazioni di non preoccuparsi e di evitare di prendere medicine prima dei risultati.

Da alcuni giorni, e in ritardo, il tempo volgeva a un

autunno vero, nuvole basse e pioggerellina fine adombravano le giornate umide abbassando notevolmente le temperature pomeridiane. Giulia strinse la cintura della giacca e s'incamminò verso casa, osservando le persone sfuggire dalla giornata uggiosa, senza riuscire a non pensare alle parole del dottore. Solo dopo l'insistenza di Giacomo a non prendere nessun tipo di medicina le era balenata l'idea di cosa fossero quei malanni, anche se l'ultima mestruazione doveva annullare i suoi dubbi.

Si diresse di gran lena a casa, con l'intenzione di effettuare ricerche su internet riguardo alla remota possibilità di poter essere incinta anche in presenza del ciclo, sperava, e desiderava con tutto il cuore, che le due cose fossero incompatibili tra loro. In quel momento dubitava anche delle sue certezze.

In fondo al cuore ne era già convinta, la ricerca soddisfaceva solo il suo cervello, tutto il resto del corpo ne era già a conoscenza. Si distese in posizione fetale sul divano pensando a come fosse stato possibile. Prendeva la pillola, con regolarità, come andava fatto, e allora? Aveva smesso di assumerla la sera stessa del ritorno a casa di suo padre. Con Marco era finita e non aveva nessuna intenzione nel prossimo futuro di avere altre storie, con chiunque, anzi, la sua intenzione, con grande convinzione, era di non avere più nessun'altra storia.

Il giorno seguente si recò di buon mattino al centro analisi consigliato da Giacomo. Non aveva detto niente al padre, non voleva preoccuparlo con le sue sensazioni, infatti sperava con fermezza fossero solo quelle: brutte sensazioni. Tuttavia la sera prima, nuda davanti allo specchio, aveva notato piccoli cambiamenti. Conosceva troppo bene il suo corpo, ogni curva femminile e ogni muscolo scolpito dallo sport, per non ammettere che dentro di lei erano in atto degli sconvolgimenti di portata immane.

Consegnò il contenitore sterile all'impiegata oltre il bancone e attese il suo turno per farsi succhiare il sangue, inutilmente, se le sue paure risultavano fondate. Aveva scartato – senza sapere nemmeno lei il vero motivo – l'idea di comprare uno di quei test veloci in farmacia: era appunto troppo veloce.

Giacomo la chiamò solo a pomeriggio inoltrato, quando una pesante coperta di nuvole nere aveva gettato nell'oscurità l'intera zona, preparando il terreno a una delle solite piogge torrenziali. Il medico confermò i suoi sospetti andando al punto senza girarci troppo intorno. Giulia assorbì l'informazione senza fiatare, gli occhi si inumidirono, li strinse forte per evitare di piangere. Giacomo capì il suo stato e si defilò con garbo, rinnovando l'invito a farsi sentire quando tutte le analisi fossero state pronte.

Ormai era sera. Sola nella sua camera, rimase seduta sul letto con il telefono in mano che rimandava le note continue di fine chiamata. La debole luce del lume tenuto al minimo le consentì di liberarsi del dolore sordo che l'angustiava. Le lacrime sgorgarono immediate esplodendo subito dopo in un pianto convulsivo, tenuto in sordina da una mano premuta con forza sulla bocca.

Quando il padre bussò alla porta per avvertirla della cena, Giulia tentò invano di cancellare dalla sua faccia l'ultima ora, gli occhi rossi e il viso contratto erano ben visibili. Vittorio non capì il suo stato, stette in silenzio comunque, sistemandole i capelli sulla fronte più per ottenere un contatto con quella sua figlia così addolorata che per necessità. Abbracciata al padre la ragazza scese le scale senza nessuna voglia di mangiare; sfinita, svuotata, con un desiderio fisiologico del suo Marco a sorreggerla. Una necessità che non avrebbe avuto il coraggio di ammettere davanti a nessuno.

Cenarono davanti al camino acceso della sala, ognuno sprofondato nella sua poltrona ai lati del focolare, con un piatto di maccheroni riscaldati poggiato sulle gambe e un tovagliolo come tovaglia. L'aria greve e silenziosa tolse l'appetito a entrambi. Vittorio, timoroso, senza capire il cambiamento d'umore repentino stentava a proferir parola. Dalla morte di Simonetta aveva assunto un ruolo mai occupato nei confronti di Giulia, una posizione diretta e incontrastata della figura materna.

Il suo rapporto con Giulia era sempre stato dei più

belli, fatto di giochi, passeggiate, lunghe chiacchierate spensierate e innocui consigli. A Simonetta era demandato il duro compito di tirarla su: dire tanti no e pochissimi sì. Simonetta però era morta, più nessuno teneva le mani della piccola Giulia per riscaldarla, o l'accarezzava cercando di strapparle un sorriso. Ed era tutto molto difficile ripensando alla difficoltà che avevano le due donne ad andar d'accordo. Vittorio cercò di farsi forza abbracciando quel ruolo nuovo, studiando i suoi ricordi e le spiegazioni che gli dava Simonetta quando le chiedeva "come hai fatto?".

Alzò lo sguardo dal piatto e osservò la figura esile della figlia fagocitata dalla grandezza esuberante della vecchia poltrona, così simile a sua madre e così caparbia nell'ammetterlo che vedendola sotto il riflesso rutilante ebbe un attimo di mancamento. Posò la cena sul tavolino basso e si avvicinò a lei, le tolse il piatto dal grembo e si sedette sul bracciolo. Portò la testa della ragazza al petto e rimasero così per lunghi minuti, scaldandosi alla luce della brace ammirando lo scoppiettio del fuoco.

Quando la misura fu colma Giulia scoppiò in lacrime, e quando il padre chiese il motivo lei gli raccontò tutto, tra un singulto e una soffiata di naso.

«Devi parlarne con Marco», fu la sua risposta, usando un tono deciso. «Perché è di Marco, vero?»

«Certo!» Giulia alzò il viso con sopracciglia arcuate sopra la faccia rossa. «Che razza di domanda. Come fai a pensare una cosa simile! Marco...» si soffiò il naso «Io... Non ho mai avuto altri. Solo lui. Sempre e solo Marco!» Nascose la faccia tra le mani.

«Scusa, Giulia. Da quando sei tornata, da quando lo hai lasciato, l'unica cosa che mi hai detto è stata "io e Marco non stiamo più insieme", e basta. Senza darmi una spiegazione. Io posso anche capire che sono fatti vostri, e che la vita è vostra, e che non devo impicciarmi, e... tutto il resto appresso. Marco, santa miseria, è anche un po' figlio mio. Diamine, siete cresciuti insieme, vi abbiamo tirati su con amore – almeno mi pare –, mi resta difficile pensare che Marco abbia combinato qualcosa per cui tu...»

«Ah! Allora secondo te sono stata io a combinare qualcosa, eh! Come al solito è sempre colpa mia!» e scoppiò di nuovo in lacrime peggio di prima.

«No! No! Non volevo dire questo!»

Decisamente quel ruolo non gli si addiceva. Vittorio si alzò di scatto passandosi una mano tra i capelli, strofinò forte la fronte in cerca di una soluzione. Fece un gran respiro raccogliendo un po' di forze, si inginocchiò ai piedi della figlia e cominciò a carezzarle il capo scosso dai singhiozzi.

«Scusami. Sono un cretino... anche tu, se non mi dici niente come faccio a capire, eh? Me lo dici? Io so solo che vi siete lasciati, non conosco il motivo. E ora... questa bellissima notizia... Un figlio... Dio, Simonetta ne sarebbe entusiasta», le scostò i capelli scuri dalla fronte e la baciò. Con una mano al mento alzò il viso con delicatezza e cercò i suoi occhi fuggenti. «È una cosa bellissima, Giulia! Ehi! Diventerai mamma! E io nonno... ti rendi conto!» riuscì a strapparle un sorriso.

«Che bella mamma!» disse laconica.

«Perché dici così. Vedrai, sarai una mamma affettuosa e amorevole.»

«Lo dici solo per farmi piacere.» Giulia scostò suo padre con garbo, strofinò il dorso delle mani sugli occhi cercando di cacciare le lacrime rimaste, altrimenti avrebbero richiamato altre lacrime. Terminò l'opera aiutandosi con l'ultimo fazzoletto rimasto. «E comunque hai ragione, glielo devo dire. Lui è il padre, è giusto che lo sappia.»

«Gli puoi telefonare se vuoi, domani magari. È meglio non farti sentire in questo stato. Marco è sempre molto apprensivo nei tuoi riguardi.» Ravvivò i tizzoni nel camino, mentre lei raccoglieva i fazzoletti usati facendone una palla e mettendoseli in una tasca. Ripose l'attizzatoio e stette con le spalle al caldo, mentre lei sistemava i capelli, alla fine calma. Decise di farle la domanda che non riusciva più a trattenere.

«Mi dici che ti ha fatto Marco? Non fare quella faccia, ti voglio bene, e sai quanto ne voglio a lui. Non voglio vederti così, specie ora che aspetti un bambino non ti fa certo bene. E poi, chissà quanto sta male lui, non voglio neanche pensarci. Anche tu, il tuo stato sì, anche tu ne soffri, e non è solo per la morte di tua madre. Non prendermi in giro: Marco è ancora nei tuoi pensieri.»

Lei assunse la posa di sfida, serrò le mani in tasca ergendosi e indurendo i muscoli, l'atteggiamento tipico di quando iniziava una litigata con la madre. Aveva già dimenticato le lacrime, anzi, se ne vergognava.

«Vuoi sapere cosa mi ha fatto Marco? Forse è più corretto dire quello che non ha più fatto» sporse il capo stizzita, caricando di cattiveria il tono della voce. «Io non esistevo più, eravamo arrivati al punto da non scambiarci nemmeno più il buongiorno la mattina, sempre arrabbiato e sempre con quel cavolo di lavoro alla pizzeria che non gli piaceva. La sfortuna di qua e la sfortuna di là! Io non esistevo più per lui, i miei problemi anche, invisibile, trasparente. Solo e solamente lui! Ti pare vita questa?» Come impensierita attenuò il tono della voce, ritornando allo stato normale. «Non ho certo preso la decisione in due ore. Mesi sono passati, sì, mesi nei quali mi chiedevo se era il caso di continuare quel rapporto univoco. Un milione di volte gli ho dato una possibilità, fin quando… non ce l'ho fatta più.»

«Dovevi capirlo, il lavoro…»

«*Cosa* dovevo capire!» rispose alzando di nuovo la voce, come se la colpa fosse del padre. «Cosa! E a me, nessuno mi capisce? Io problemi non ne ho? E poi, porcaccia miseriaccia, siamo o non siamo una coppia?

Se hai un problema perché non me ne parli? Davanti al pianoforte suonava come un matto, e per farsi dire le cose poi! Metteva il broncio come i bambini. Vabbè, lasciamo perdere. E poi mi trattava anche male, sì. Che ti credi.»

«Come ti trattava male! Che ti metteva anche le mani addosso!»

«No, no, che hai capito» rise, indugiando su quella ridicola supposizione. «Marco che usa le mani! Per carità. Grande, grosso e fesso, no, no.» Tornò seria ricordando quei momenti. «Non...», ripensandoci si vergognava. «Non mi coccolava più, ecco», abbassò la testa e gli diede le spalle, imbarazzata per le cose che stavano uscendo dalla bocca. Non era con il padre che intendeva sfogarsi. Sfortunata anche in quello: nessuna vera amica con la quale liberarsi. «La cosa bella del vivere con lui, di condividere la stessa casa, erano le sue accortezze... la tenerezza che metteva in ogni singolo atteggiamento nei miei riguardi.

Insomma, la sua vita girava intorno alla mia e la mia intorno alla sua. Lui ha rotto questo microcosmo, questo rapporto che meravigliava anche me, tanto sembrava perfetto.» Strinse le braccia intorno alle spalle, strofinandole, per ricordare le sue carezze e la gioia che il contatto le procurava. «Negli ultimi giorni, quando seppe che mamma stava per morire e che io ti avrei raggiunta, il suo atteggiamento divenne addirittura dispotico, non più conciliante, arrogante.

Insomma, è diventato un altro.»

Giulia fece una pausa durante la quale il padre non trovò parole per colmarla. La ragazza infine abbandonò l'atteggiamento intimidito e si volse a guardarlo.

A Vittorio sembrò comunque un poco assurda quella storia, soprattutto ridicola.

«Scusa, mi stai dicendo che lo hai lasciato perché non ti coccolava?» disse lui indignandosi, «Ma... ti rendi conto della situazione in cui vi trovavate! Simonetta era anche un po' sua madre, come lo era per te la madre di Marco. No, no, scusa, penserai che sono di parte. Non me la sento di dare tutta la colpa a quel ragazzo. Ora, con il bambino di mezzo, sono sicurissimo che tutto questo ritornerà alla normalità. Sì, ne sono convinto. Io ti ho sempre appoggiata, qualunque decisione prendevi, litigando anche con tua madre, e questo non lo puoi negare.»

Vittorio si impose di non farsi intenerire dal viso abbattuto della figlia, Simonetta avrebbe fatto lo stesso. Continuò: «Non puoi gettare tutto all'aria solo per questi futili motivi. Io spero tanto che tu ritorni sui tuoi passi. Chiaritevi, confidatevi i vostri pensieri, come facevate da bambini. Non riesco a credere che tu non provi più niente per lui. Sono convinto che sei solo tanto arrabbiata, e con ragione! Non dico di no, certo. Così arrabbiata da offuscare il tuo amore per Marco. Sì, ne sono convinto: è così. E sai anche perché? Eh? Perché solo con un grande amore nel cuore si può provare una rabbia grande quanto la tua».

Giulia non aveva nessuna intenzione di mettersi a litigare con suo padre, era già caduta in errore spiegando le sue motivazioni, non desiderava aggiungere altro, e poi non era abituata. Nelle discussioni suo padre prendeva posto accanto a lei, combattendo la battaglia sul suo campo, nelle trincee si rintanava sempre la madre.

Lo lasciò da solo senza salutarlo, chiudendosi nella sua camera e gettandosi sul letto così com'era. Serrò gli occhi e immaginò lei e Marco ragazzi giocare proprio in quella stanza, azzuffarsi per misurare la forza intanto che i loro genitori ridevano e scherzavano in basso. Tutto così vivido che stentava a credere fossero passati tanto tempo e tante morti, sforzandosi poteva ancora ascoltare le risa acute della mamma di Marco echeggiare tra le mura.

Aveva di nuovo le lacrime a fior di pelle. Chiuse i pugni stretti intorno alla coperta e immerse la faccia nel cuscino, pur di non permettere a nessuna lacrima di fuggire. Sì, avrebbe avvertito Marco del suo stato, ma non con una telefonata, troppo triste, di persona. Sarebbe tornata nella città dove avevano progettato il futuro, ponendo tutta la loro fiducia sull'importante lavoro di Marco e su quello suo, più modesto ma significante per loro. Aveva sempre ripudiato la vigliaccheria e non sarebbe certo ricorsa a una telefonata per avvertire l'ex compagno della nascita, fra nove mesi, di suo figlio. Avrebbe dovuto pazientare ancora qualche giorno, almeno dopo che le analisi fossero pronte e dopo un'ultima visita dal medico.

Questa volta Giacomo la infilò tra una visita e l'altra, e quando fu il suo turno aveva alle spalle ben quaranta minuti di sfinimento. Appena entrata studiò il viso dell'amico notando un'assenza totale di qualsiasi indizio che le facesse capire il suo stato. Appena lui girò la testa per guardarla si illuminò con un ampio sorriso, porgendole una mano e facendole gli auguri, dimenticando, all'apparenza, la sua reazione quando gliel'aveva comunicato al telefono. Giacomo prese dalle sue mani la cartellina delle analisi e si sedette di fronte, nella poltrona libera davanti alla scrivania.

Sfogliava le pagine annuendo e mugugnando qualcosa di incomprensibile su un grafico o parametro, quindi fece le domande di rito: come stai, dormi bene, nausea, vomiti e altro, rispondendo "bene" a qualsiasi risposta lei dava. Con faccia seria la prese per una mano e l'accompagnò in una stanza attigua, piccola e ben illuminata, dove aveva l'attrezzatura per l'ecografia. La fece distendere sul lettino preparando l'addome con gel conduttore, le sorrise di nuovo – questa volta le sembrò di cortesia, da vero medico impegnato – e inserì i dati personali che Giulia gli dettava. La ragazza trasalì quando la toccò con la sonda fredda.

Giacomo confermò la presenza dell'ovulo fecondato grazie al fatto, come specificò in seguito, che fosse passato più di un mese dalla fecondazione, cosa che Giulia contestò con vivacità spiegandogli che dieci giorni prima aveva avuto le mestruazioni e che prendeva la pillola regolarmente.

«Quelle che hai prendendo la pillola non sono proprio mestruazioni, questo lo sai. È molto probabile che il tuo sia stato uno spotting in ritardo e l'amenorrea vedrai si presenterà già dal prossimo periodo.» Prese della carta per pulirla e gliela porse. «È strano che con la pillola contraccettiva tu sia rimasta incinta ugualmente... Mica per caso hai interrotto l'assunzione per qualche tempo?»

«Sì. In effetti l'ho dovuta sospendere, se non ricordo male, più di un mese fa.» Giulia cercò di ricordare la data, senza riuscirci. «Il giorno preciso non lo ricordo, era a metà settembre, sicuro. Una settimana, sì... Per una settimana non l'ho potuta prendere per via di un antibiotico. Poi ho iniziato a riprenderla. Dopo una settimana di pillola abbiamo... Insomma...»

«Ho capito. E da allora sei stata bene, nessun problema intestinale, vomiti, diarree.»

«Ho avuto la diarrea... Ma... Che c'entra con la pillola?»

«Chi ti ha detto di interromperla?»

«Il mio medico mi disse che la medicina annullava l'effetto di assunzione dell'ormone, insomma inutile prenderla.»

«Potevi assumerla ugualmente. Comunque il vero danno l'ha fatto la diarrea, se poi l'evento è stato importante e per più giorni...»

«Tre.»

«Tre! Giulia, come facevi a non saperlo. Queste cose sono scritte anche sul bugiardino.» Le prese la carta sporca dalle mani e l'aiutò a mettersi seduta. Poi con voce docile continuò: «È inutile ora andare a cercare la motivazione di questa gravidanza. Sappi che il tuo corpo inizierà fin da subito a prepararsi per il parto e ogni giorno ti sentirai diversa, come avrai già sperimentato».

Giulia con un saltello agile scese dal lettino e iniziò a sistemarsi i pantaloni, dimentica della vergogna che l'aveva presa appena si era scoperta.

«Sì, lo so: sbalzi d'umore, il seno che si ingrossa – almeno quello! –, gli odori che danno fastidio, la pipì, le voglie, ho letto qualcosa su internet.»

«Ah! Ti sei informata su internet, bene. Allora posso anche chiudere la baracca qua!» Scoppiarono a ridere entrambi di gusto. Giacomo colse l'occasione per osservare meglio il viso di lei che acquistava luce e colore quando non pensava più ai suoi problemi. «A parte gli scherzi», la costrinse a tornare seria. «Ogni donna si comporta in modo diverso, non affidarti alle esperienze degli altri. Quello che ti accadrà è un miracolo che sconvolgerà il tuo essere, ed è possibile che supererai questo periodo senza grossi disturbi.»

«Come no!»

«Su, non fare così. L'importante è farti seguire da un medico, che sia io o un altro, fare le analisi e i controlli che ti vengono chiesti senza tralasciare nulla.»

«Agli ordini dottore!»

Giacomo notò con estremo piacere il buonumore perdurare, quindi giocò la sua carta, tenuta in serbo per lungo tempo in attesa del momento propizio. Mandò in stampa le foto dell'ecografia e nell'attesa disse: «Io... Mi farebbe piacere poterti seguire in questi nove mesi. E non lo dico solo per amicizia. Tu... tu mi piaci. Non so se lo hai capito, è così. Non ridere! Ti prego, è la verità, e non sono tanto bravo in queste faccende. Sto facendo il cascamorto, eh!» Fece una breve pausa per poi riprendere. «Stasera che ne dici se andiamo a cena insieme? Ti porto in un ristorantino...»

«Quanto corri! Aspetta un attimo, Giacomo. Sei gentile, veramente. Stasera non posso. Domani vado via per alcuni giorni e questa sera non voglio lasciare mio padre da solo. Quando ritorno mi faccio sentire e organizziamo. D'accordo?»

Lui annuì con la testa e rientrò nell'ufficio. Si sedette alla scrivania battendo alcune note al computer per completare quella prima cartella. Spillò tutto e la tenne chiusa sul ripiano, poggiò entrambe le mani su di essa e osservò Giulia sedersi dandosi un'ultima sistemata alla magliettina leggera, lilla, che esaltava la sua figura snella e sensuale.

«Ritorni da lui?»

Lei fu di nuovo quella di sempre; senza peli sulla lingua e senza girare intorno alle cose.

«Se per "lui" intendi Marco, sì. Ma non per quello che pensi tu. Sono venuta qui in particolar modo per la morte di mia madre. Anche se mio padre ti ha detto tutto, sappi che non mi piace lasciare conti in sospeso. E sia con lui, che con altre persone, compreso il mio lavoro, ho ancora cose da sistemare.» Si alzò rigida, stringendo la piccola borsa come se dovesse scappare. «E per finire, e non perché meno importante; il bambino. Questo che porto con me è suo figlio. Nonostante non stiamo più insieme Marco è pur sempre il padre, e deve saperlo.»

«Gli puoi telefonare. Se hai deciso di lasciarlo niente ti obbliga ad andarci di persona a dirglielo. Telefonagli e spiegagli tutto. Semplicemente.»

Giulia rimase paralizzata ascoltando le parole di suo padre uscire anche dalla bocca di Giacomo. Allora stava sbagliando? Cosa erano quelle, manifestazioni subliminali con lo scopo di farle capire che forse la decisione più saggia era starsene quanto più lontano possibile dal suo ex? Marco credeva che tutti gli eventi dicessero qualcosa, per lui due impedimenti significavano lasciar perdere. In quel momento avrebbe tanto desiderato sapere cosa ne pensava di quei due ammonimenti. Lei però non credeva a quelle sciocchezze.

Rimase inorridita. Stava considerando Marco come se fosse ancora il suo ragazzo, cancellò quei pensieri concentrandosi sul suo interlocutore.

«Forse hai problemi a capirmi, ho detto che non vado in città solo per lui. E non devo certo spiegare a te quali sono i motivi che mi spingono a chiarirmi di persona al posto di attaccarmi a uno stupido telefono», finì la frase con tono agitato.

«Scusami, hai ragione. È... che ho paura. Paura di non... rivederti» la voce rotta dal forte sentimento tremava e arrancava.

Senza dire altro le diede la cartellina della visita e si sedette alla scrivania, abbassando lo sguardo senza il coraggio di guardarla. Non aveva saputo cogliere il momento, aspettare tanto per poi rovinare tutto quanto in così poco tempo...

Inizialmente le intenzioni di Giulia non prevedevano di ritornare a Viterbo, perché la sera che disse a Marco cosa avrebbe fatto fu, come sempre, molto precisa. Se aveva cambiato idea lo doveva solo al bambino che cresceva nel grembo, ignaro del casino in cui sarebbe nato. La realtà, invece, era che in quel momento non gliene fregava niente, né degli amici né del lavoro. Desiderava informare Marco nella maniera meno triste possibile, evitando una semplice telefonata o messaggino che sia. Perché lo faceva? Era ancora innamorata di lui? Può darsi, si disse con durezza, ma con altrettanta durezza ammise che non avrebbe messo l'amore davanti al rispetto personale.

Il fatto che Giacomo e suo padre intuissero le sue mosse le dava sui nervi; ora che lo notava, era anche possibile che i due fossero in contatto per passarsi le novità. E Giacomo, stupido com'era, si era lasciato sfuggire di bocca le parole dette da suo padre: patetico.

Giulia rimase a fissarlo per tutto il tempo che impiegò a sistemarsi l'indumento pesante e, prima di uscire, decise di non infierire su quell'uomo che, tutto sommato, provava dei nobili sentimenti.

«Mi dispiace se ti ho dato modo di pensare che sarei stata disposta a intraprendere una relazione con te. Mi devi capire. Non puoi pensare che possa scordarmi l'intera mia vita trascorsa con lui in poco tempo, sperando che stare lontani cancelli il suo viso e i suoi ricordi. Non può succedere e... credo non accadrà mai.»

Chiuse gli occhi un momento, nell'intento di far defluire la realtà a cui era arrivata due istanti dopo aver detto a Marco che era tutto finito. Poi continuò: «Siamo nati da un progetto dei nostri genitori, siamo cresciuti insieme perdendoci di vista poche volte. Nella nostra vita esistevamo solo noi, fino a ora ho vissuto con lui e con tutta probabilità non potrò fare a meno di morire con lui, anche se non lo rivedrò mai più.

Questa è la verità, mi dispiace» fece un sospiro. «Sei ancora disposto ad aspettarmi dopo quello che ti ho detto?» Rimase in attesa di una sua risposta, poi vedendo che Giacomo continuava a non guardarla e a non sentirla disse: «Appena ritorno mi faccio sentire. Ciao» e andò via.

Fu fortunata. Il tempo volgeva al meglio scontrandosi con tutte le previsioni che davano i notiziari, inoltre il treno era in orario e non accusava nausee. Il vagone poco affollato, moderno quanto bastava per avere in dotazione una connessione senza fili, la cullava in modo piacevole anestetizzando il corpo stanco. Dopo aver letto la posta ripose il piccolo PC nella borsa e chiuse gli occhi, per paura di essere catalizzata dal paesaggio veloce di quella giornata tiepida e luminosa. Fece un grande sforzo per liberare la mente da qualsiasi pensiero che riguardasse la sua vita passata, cercando di focalizzarlo su cose future, come il suo bambino, il luogo dove avrebbe vissuto e i nomi da utilizzare nel caso fosse nata una femmina o un maschio.

Niente di tutto questo accadde, si ritrovò invece addormentata in un attimo.

Il treno entrò in galleria e il rumore assordante la fece trasalire, aprì gli occhi di scatto incontrando quelli di una vecchietta ben vestita e truccata, seduta nella poltrona di fronte. Da dove era scappata fuori? Prese dalla borsa il libro di turno e scosse la testa osservando la copertina. *Cime Tempestose*. Lo aveva letto Marco e poi gliel'aveva passato. Era rimasto chiuso nella valigia per tutto il tempo, ora lo riprendeva ricordando le precauzioni alla lettura fatte da lui: «Preparati a conoscere i peggiori personaggi che tu abbia mai incontrato». Mostrando di non capire, lui aveva risposto: «Vedrai, ti arrabbierai per come si comportano a ogni pagina che leggerai, poi mi dirai».

"Poi mi dirai", sarebbe mai accaduto? Aprì il libro e poco convinta si immerse nella lettura del romanzo, sperando di non alimentare il senso di scoraggiamento che la opprimeva.

Il treno continuò a correre lungo le scarpate, attraverso le gole nascoste al sole, dentro gallerie rumorose. Sfiorava le pareti di cerri e le piccole stazioni desolate, sferragliava nelle curve e filava placido in campagna. Ogni tanto frenava, poi accelerava, lasciando alle spalle luoghi, facce e ricordi, fuggendo verso il futuro: nuovo e oscuro.

Dopo solo alcuni capitoli Giulia cadde di nuovo assopita, con il volume che lentamente le scivolava tra le mani sotto lo sguardo sorridente della vecchia signora. Sognò di prendere a calci Heathcliff lungo tutto il sentiero che da Wuthering Heights portava a Grange, e questo le infuse un senso di liberazione.

Aprì gli occhi sul libro ancora aperto in grembo, le mani intrecciate lo tenevano stretto per non farlo cadere. Tutto ritornò di nuovo attuale; il rumore delle rotaie e il fastidioso odore della tappezzeria. Il morale guadagnò qualche punto solo dopo essersi accorta che mancava poco all'arrivo.

Amava così tanto dormire comoda e in un letto conosciuto che ogni volta intraprendeva un viaggio, per qualsiasi motivo, partiva di buonora, magari sfruttando la prima corsa disponibile. Così fece anche allora. E in orario per il pranzo si ritrovò fuori dalla piccola stazione della città di adozione. Con il bagaglio in mano allungò il passo in direzione del bar, con l'intenzione di ordinare il panino più grande e più appetitoso che avevano.

Seduta e alla fine sazia, osservava la piazza antistante riempirsi di ragazzi che si affrettavano per assalire il pendolare che li avrebbe portati a casa. Giovani dalla faccia butterata pieni di energia e dal sorriso facile trascinavano sulle spalle pesanti zaini colmi di libri. Il tempo scuriva, nuvole basse si ammassavano per uno dei soliti pomeriggi piovosi. Il cameriere posò il caffè sul tavolo dileguandosi con un fruscio. Ritornò a concentrarsi sull'ingresso della stazione e le parve per un attimo di allontanarsi in alto, oltre gli edifici, sorvolando le piazze con le meravigliose fontane e le chiese con i sagrati larghi di marmo bianco. Sorseggiò il suo caffè con malinconia, senza assaporarne l'aroma.

Già pioveva quando prese il taxi, le strade lucide le ricordarono gli inverni trascorsi con Marco tra palazzi medievali, stradine strette, cortili antichi e giardini privati. Tutto così affascinante e carico di storia da spingerli a trovare casa nella zona più antica e caratteristica di Viterbo.

L'auto rallentò parecchio quando si immise nei vicoletti di San Lorenzo, il cuore di Giulia iniziò a martellare forte nelle orecchie, senza controllo. Le due settimane trascorse a casa di suo padre sembravano anni. Immaginò Marco già in pizzeria a sistemare il locale insieme a Lucio e non seppe decidersi se fermarsi prima lì o andare a casa.

Aveva intrapreso il viaggio di ritorno con idee ben chiare in testa, ora non era più sicura di nulla. Ritornare nella città dove avevano vissuto per tanto tempo insieme mise in discussione tutte le sue certezze. Ora temeva addirittura la reazione di Marco, pensava non la facesse entrare in casa costringendola a cercare un posto per la notte. Tra un veloce battito e l'altro sorrise: Marco non era il tipo da comportarsi così. Invece anticipò il loro incontro nella fantasia, fatto di lacrime in quantità stretta fra le sue braccia lunghe e generose.

Non vedeva l'ora di stringerlo.

In un baleno aveva dimenticato tutti i cattivi propositi nei suoi confronti scacciandoli via come si farebbe con la forfora sulle spalle. Allora lo amava ancora? Forse la rinnovata affezione era dovuta allo stato interessante, forse il bambino che portava dentro reclamava di crescere con suo padre o forse era lei, il suo corpo, la sua anima a reclamarlo al suo fianco.

Fatto sta che quando intravide l'insegna della pizzeria a momenti le si strozzò il respiro in gola, strinse forte il bracciolo della portiera fino a farsi male. Nel vicolo di fianco notò un tre ruote fermo, a marcia indietro; un signore in tuta da lavoro, in piedi nel vano posteriore, scaricava dei sacchi facendo traballare il piccolo mezzo. Giulia incuriosita chiese al conducente di fermarsi davanti all'ingresso, osservando la scena con la faccia incollata al finestrino, senza capire. La stradina veniva utilizzata solo da Lucio per scaricare la merce, a quell'ora non doveva esserci nessuno. Che avesse cambiato orario?

Uscì sotto la pioggia leggera infilandosi nel locale con lunghi passi affrettati, cercando di non scivolare sui sanpietrini lucidi. Dentro regnava il caos. I tavoli non esistevano più e la sala le sembrava più ampia. Teli di plastica ricoprivano grandi porzioni di pavimento e due uomini lavoravano su un muro messo a nudo. Scavi verticali mettevano in mostra tubi e fili penzoloni. Si guardò intorno sperando di riconoscere il locale com'era prima di quel terremoto.

«Giulia!»

«Ciao Lucio. Come stai?» rispose continuando a guardarsi intorno.

«Bene. Visto che casino?» Lucio allargò le braccia sbattendole poi sui fianchi.

«Ma che succede» Giulia era frastornata. Squilli di clacson arrivarono dall'esterno ricordandole il taxi in attesa lungo la strada. «Il taxi!» gemette.

«Mandalo via. Ti accompagno io a casa, non ti preoccupare, così mi allontano un poco da quest'inferno.»

«Ok.» Uscì per rientrare subito dopo, tirando il trolley nero lucido di pioggia. Abbandonò il bagaglio vicino alla porta e raggiunse Lucio che osservava il lavoro dei due operai. Avanzò con cautela cercando di non inciampare sulla plastica. «Ma non dovevi fare i lavori il prossimo anno, come mai li hai anticipati? Guarda che macello… Mi sa che verrà bello grande…» notò il segno dove il muro era stato abbattuto.

«Che ti devo dire… Sono rimasto da solo e mi sono deciso.» Sbuffò come una vecchia caffettiera. «Il geometra aveva già tutto pronto, anche i permessi, tutto a posto. Volevo aspettare l'anno prossimo sì,» abbassò la voce avvicinandosi, «anche per una questione di soldi eh!» Infilò le mani nella tuta e diede un'altra occhiata ai due intenti da un po' a studiare le carte anziché lavorare. «Speriamo di aver fatto la scelta giusta. La colpa di questa decisione affrettata è anche di Marco, sì. E se qualcosa mi va storto è anche colpa sua! Che combinano quelli!» sbuffò di nuovo, innervosito perché gli operai non riprendevano a lavorare. «Lo sai, mi sono lasciato con Marta. Non andavamo tanto d'accordo.»

«Sul serio? Non l'avrei mai detto» disse con sarcasmo. «Ma... Perché dici che la colpa è di Marco?»

Lucio la osservò con sopracciglia inarcate, conscio solo ora della sua presenza inattesa, lì, in quel momento.

«Scusa, ma, tu che ci fai qua? Non vi eravate lasciati? E non sai niente di Marco, del tuo ex?»

Quell'ex gli uscì dalla bocca con un filo di cattiveria e a Giulia gli si scaldarono subito i nervi. Sbollì immediatamente, sopraffatta dalla curiosità di sapere Marco che fine avesse fatto.

«Dimmi di Marco e cerca di impicciarti dei fatti tuoi.»

«Non ti alterare, Giulia, scherzavo. Marco mi disse che vi eravate lasciati, anzi, a essere corretti, tu l'avevi lasciato... Povero ragazzo, come ha sofferto...» Lucio imitò la faccia di un bambino allungando il labbro inferiore e facendo gli occhi tristi, ondulando la testa come un babbeo.

«Quando hai finito di fare lo scemo me lo dici.»

«Mamma mia come sei! Sei peggio del solito...»

«Lucio!»

«Marco è partito. Altrimenti perché avrei messo in mezzo tutto questo casino, guarda qua! Ehi!» sbottò alla fine. «Avete intenzione di starvene lì fermi per tutto il pomeriggio?» I due operai lo guardarono sardonici senza rispondere. Lucio fece ruotare gli occhi rivolgendosi di nuovo a Giulia. «Mi sa che non è stata un'ottima pensata.»

«Lucio mi vuoi dire dov'è andato Marco? Ha trovato un nuovo lavoro?»

«Macché. Il giorno dopo che lo hai lasciato ha ricevuto una lettera raccomandata da un notaio, per un'eredità, ed è partito dopo una settimana, per Ischia.»

«Ischia di Napoli?»

«Sì, Ischia di Napoli. È il suo momento, Giulia» spalancò gli occhi. «Non ci crederai, ha ereditato una villa favolosa e quasi trecentomila euro. Che culo.»

«Non c'è… Oh…» Giulia si sentì mancare il pavimento sotto i piedi iniziando a barcollare: non avrebbe rivisto Marco. Il loro incontro era saltato, non stava più a Viterbo ma in un posto così lontano da non immaginare quanto.

Lucio la sostenne con un braccio e la portò nella cucina, unico ambiente intatto. L'accomodò su una sedia e le portò dell'acqua.

«Dimmi, sei venuta per fare pace?»

Lei lo guardò con occhi lucidi e con la testa leggera, troppo leggera, tutto girava… Maledetta gravidanza. Riuscì ad annuire. Dovette chiudere gli occhi per non vomitare. Sorseggiò dal bicchiere seguendo con l'orecchio interno il tragitto dell'acqua fresca che passava dall'esofago fino allo stomaco, dove abbassò la temperatura quel tanto che bastava a destarla dallo smarrimento.

«Speravo di trovarlo qui... Ischia. Oddio, è dall'altra parte del mondo.»

«Esagerata. Con mezza giornata ci arrivi. Sul serio sei tornata per fare pace? E non sapevi niente dell'eredità? Non vi siete più sentiti?»

«Sì, no, sì. Cioè, no. Cos'è un interrogatorio? Mi fai incasinare, e poi perché mi stai così vicino, sento l'odore della vernice che hai addosso. Spostati.»

«Sei sicura di stare bene? Hai una faccia strana. Comunque, se proprio vuoi saperlo non credo che Marco si farà mai più vedere in questa città. Quando è partito mi disse che sarebbe tornato appena possibile. Ora per telefono non fa altro che parlarmi di Ginevra, della villa, del mare e della gente cordiale. Di ritornare manco gli passa più per la testa. Te l'ho detto: sono rimasto da solo.» Fece ruotare il bicchiere tra le mani, con fare pensieroso, poi lo posò sul tavolino e la guardò.

Dal viso paonazzo di lei capì di aver detto qualcosa di troppo, tanto che temette svenisse sul serio questa volta. Mentre si avvicinava per tenerle le mani si chiese come mai Giulia fosse diventata così *femmina*. Mise da parte quel pensiero e, preoccupato, domandò: «Giulia, sei sicura di sentirti bene? Hai una faccia così strana. Potevi telefonare, ti saresti risparmiata questo viaggio inutile».

Giulia s'irrigidì stringendogli a sua volta le mani, lo perforò con occhi felini.

«Siete tutti fissati col telefono, anche mio padre diceva di telefonargli. Io le cose le dico a voce, altro che telefono. Oddio...» si toccò la fronte con mano tremante. «Chi è Ginevra?» domandò senza guardarlo, timorosa di quello che avrebbe detto.

Lucio impiegò a rispondere giusto il tempo di trovare il modo più garbato per dirglielo. La ragazza si trovava in un evidente stato di shock, o almeno così credeva, e tentò di usare un po' di tatto, anche se non era il suo forte.

«Ginevra è il notaio che ha sbrigato le pratiche e...»

«Stanno insieme?»

«Ehm... Da quello che mi dice al telefono non mi pare...»

«Lucio.»

«Non me lo ha mai detto chiaramente, penso di sì comunque, sì» assentì grave, «credo che stiano insieme.»

«Oddio.»

«Non fare quella faccia; tu lo hai lasciato. Credevi se ne stesse chiuso in casa come un cane in attesa che ritornassi? Povero ragazzo... è stato così male.»

«Sì, così male che subito se n'è trovata un'altra. Ma va'», nascose la faccia tra le mani. Il castello di carta che aveva costruito nell'immaginazione crollava miseramente, lasciandole un vuoto dentro. Poi la rabbia sorse dall'istinto inondando quel vuoto. Si alzò di scatto, forse con troppo impeto: tutto iniziò a girare di nuovo. Gravidanza del cavolo!

«Giulia. Senti, forse è meglio che ce ne andiamo a casa. Il viaggio ti ha stancata troppo», Lucio si slacciò la tuta che portava sopra gli abiti e la fece scivolare a terra. «Andiamo» disse, avviandosi verso l'uscita. Da una sedia coperta dal telo di plastica prese un giaccone scarlatto e lo indossò. Con una mano afferrò il trolley e con l'altra Giulia, che si muoveva come un automa.

La pioggia aveva smesso di cadere, ciononostante le nuvole sembravano sul punto di regalarne altra. L'aria fresca schiaffeggiò con vigore la ragazza, che parve svegliarsi dall'incubo ritornando alla realtà con tutti gli strascichi del caso. Lucio s'incamminò lesto immerso nei suoi pensieri, Giulia lo seguiva traballante su piedi molli.

Marco così lontano, sia fisicamente che dal cuore, trasformava ogni cosa nota in estranea. Giulia conosceva così bene le facciate dei palazzi, e ogni singolo mattoncino su cui metteva i piedi, che ebbe paura, paura di dover ricominciare a studiarli come accadde la prima volta, come se tutto dovesse ricominciare daccapo.

Trovò l'appartamento nello stesso stato in cui l'aveva abbandonato, segno che Marco lo aveva utilizzato il minimo indispensabile, passando più tempo in pizzeria che lì. In cucina rivisse gli ultimi istanti prima di abbandonarlo, immaginando il dolore che gli aveva procurato quando decise di dirgli ogni cosa. Era convinta che fosse stata la decisione migliore per lei, l'unica strada da percorrere: scappare via il più lontano possibile.

Non riusciva a immaginare Marco tra le braccia di un'altra, lo sentiva troppo suo, quasi le appartenesse, non come fidanzato piuttosto come una proprietà. Era stata così sicura di non poterla perdere – la proprietà Marco – che lo aveva lasciato al primo ostacolo, certa di potersene riappropriare in qualsiasi momento. Si rendeva conto ora che Marco era un individuo, un universo intorno al quale girano sentimenti e interessi, capace di assoggettare nella sua orbita altri pianeti e altre comete, o lasciarle fuggire via.

Lucio l'aveva seguita come un cagnolino, in silenzio, osservando la sua espressione mutare a ogni oggetto inquadrato dagli occhi lucidi. A un cenno della ragazza mise la valigia sul letto, fece due passi indietro poggiandosi al comò. Desiderava potersene andare via, ma l'amicizia che lo legava ai due glielo impediva.

In camera da letto fu più duro per lei, lì stanziavano i momenti più difficili da dimenticare, carichi di passione e di reciproca condivisione. Giulia iniziò a tirar fuori gli indumenti sistemandoli sul letto a piccoli gruppi, con flemma esagerata, come se dovesse lottare contro quel corpo divenuto estraneo, ribelle.

Mentre Lucio osservava la ragazza muoversi, montò in lui una rabbia inattesa, in fondo la separazione l'aveva voluta lei, perché se la prendeva tanto? Trattenne la voglia di dirgliene quattro, impietosito anche dal dolore che le leggeva in viso. Non l'aveva mai vista in quello stato. Quando Giulia iniziò a piangere non riuscì a non provare compassione.

Con dolcezza la prese per le spalle costringendola a sedersi sul bordo del letto, lasciando perdere per un momento la valigia. Si accomodò al suo fianco interpretando un ruolo che non gli era congeniale.

«Mi dici cosa succede? Scusa la mia franchezza, ma non ti riconosco più. Dov'è la Giulia così forte e determinata?» Lei restò zitta, lasciando che le lacrime bagnassero il viso liscio e luminoso. Lucio tentò di cavare qualche sillaba dalla ragazza, stuzzicandola. «Credevi con tutta sincerità che Marco se ne stesse buono buono in attesa del tuo ritorno? Tu lo hai spinto a comportarsi così. Se tu non lo abbandonavi ora staresti con lui, a Ischia, godendovi l'eredità. Mentre...»

«Sono incinta» urlò lei asciugandosi le lacrime con rabbia.

«Cazzo!» Lucio si allontanò con un balzo come se avesse la peste. «Cazzo... sei incinta.»

«Sì, sono incinta. A casa di mio padre ho iniziato a star male. Giacomo, un amico di famiglia, è ginecologo, mi ha fatto delle analisi», il mento iniziò a tremare. «Aspetto un bambino.»

«Ma...»

«E non sono tornata solo per questo. Ho sbagliato, sì. Tu non commetti mai errori?» Attese una risposta che non arrivò. «Quando me ne sono andata non volevo più rivederlo, l'unico mio desiderio era ricominciare da zero senza di lui, lontano dalla sua vita. Mi sono sbagliata. Giacomo ha iniziato a farmi la corte, mi girava sempre intorno e io non riuscivo a togliermi Marco dalla testa. Lui... lui è nella mia testa, nei miei ricordi, nei sogni, in tutte le facce che incontro per strada, dappertutto. E ora porto anche suo figlio dentro di me», le mani tremarono sopra il ventre. «Non ci siamo mai allontanati per tutto questo tempo, pensavo di potercela fare. Non è stato così» la voce divenne un filo. «Come vedi, non sono poi così forte. Tu sei un buon amico, Lucio. Marco ha più bisogno di te che di me. Con questa nuova ragazza... Spero almeno sia felice.» Prese un fazzoletto dalla borsa e si soffiò il naso.

Chiamato in causa con tanta sincerità, Lucio si sentì ancora più fuori luogo. Il tono con il quale Giulia lo aveva affermato, lo caricava di una responsabilità tanto grande che non credeva di meritare.

«Giulia, forse mi hai frainteso. Marco non mi ha mai detto di essersi messo con Ginevra. Mi parla spesso di lei, certo. Però mai una parola su un eventuale rapporto con lei. Niente. E quello che penso io non ha nessun valore. Quindi non c'è nessun motivo per dire che stanno insieme. Io penso che se ritorni da lui tutto si può sistemare, come se non fosse successo niente. Voi siete fatti l'uno per l'altra. Nessuno è come voi due», tentò di insinuare un dubbio, usando una motivazione nella quale confidava poco.

«Dici?» sorrise con gli occhi pieni di lacrime. «Non so. Può darsi che mi abbia già dimenticato. Ti ha mai parlato di me?» La risposta la lesse nell'espressione del suo volto, senza dargli modo di rispondere. «Come pensavo. Marco... è buono, così sincero che non avrà avuto difficoltà a farsi piacere.»

Lucio si sedette di nuovo accanto a lei, stringendole una mano tra le sue.

«Non dire così. Tutto si sistemerà, ma tu devi reagire. Avrete un bambino. Un figlio vostro, Giulia! Vedrai che quando lo saprà desidererà solo abbracciarti. Devi andare da lui. Riposati un giorno o due e poi va' da lui. Non far passare troppo tempo, o l'amicizia che lo lega a Ginevra può cambiare. Diventare qualcos'altro.»

Smise di piangere, Lucio le stava indicando una via d'uscita, un motivo per cui combattere. Carezzò il ventre ancora piatto e le sembrò di sfiorare lui, il suo Marco.

«Non lo so. Marco potrebbe pensare che è una scusa. Ora che ha tutti quei soldi la prenderebbe come una scusa accampata solo per sfruttare la sua nuova posizione; la casa, il conto in banca. Non so.»

Lucio si alzò di nuovo e le si parò di fronte, allungò con uno scatto le mani indicandole la pancia.

«Una scusa! Hai un bambino in grembo, Giulia! Se la cosa ti può far piacere sfrutta la vita che porti dentro come scusa per amarlo. Se hai vergogna di dirti che l'ami, se hai paura di dirgli che lo ami ancora, usa questa scusa, usa qualunque scusa desideri. Non lasciare niente al caso, non fare questo errore.»

«Ho paura che mi dica di no», abbassò la testa e chiuse gli occhi stanchi.

«E allora? Sei una bella ragazza, giovane e piena di vita. Non credo che avrai problemi a trovarne un altro. Sì, sì, lo so, non sarà facile. Cosa c'è di facile quando di mezzo c'è il cuore?»

«Sentiti», sorrideva di nuovo. Dalla bocca dell'amico aveva sentito solo stupidaggini, in quella veste seria la faceva ridere. «Ora sei tu a sembrare un altro. Ci stai bene nei panni del moralista.»

«Scherza, scherza.»

Giulia si alzò rinnovata, con un fazzoletto si asciugò le ultime lacrime. Vedeva davanti a lei una strada da percorrere, qualcosa di diverso da starsene rannicchiata a piangersi addosso. Sì, Lucio aveva ragione, la partita ancora non era finita e lei avrebbe giocato fino alla fine. Avrebbe dovuto agire d'astuzia però. Prima doveva rendersi conto di come stavano le cose a Ischia. O stava, o non stava con quella Ginevra;

due sole alternative, nell'amicizia tra uomo e donna non ci credeva: solo due possibilità. In base alla situazione che avrebbe trovato si sarebbe comportata di conseguenza. Comunque non avrebbe lasciato nulla al caso.

Il modo più giusto di affrontare le cose era di ammetterc con se stessa che amava Marco, come e forse anche più di prima. La separazione le aveva aperto gli occhi sui suoi sentimenti. Non avrebbe intrapreso la riconquista del suo amore appoggiandosi solo su ciò che provava per lui, ci voleva un piano, e in quello le donne erano sempre state brave. Sì, avrebbe affrontato la cosa con calcolo e metodo.

Si diresse in bagno sciacquando il viso con acqua gelida, ritornò in camera e con risolutezza disse: «Tu verrai con me».

«Cosa?»

«Non voglio sentire ragioni. Tu verrai con me. Sono incinta, non ricordi? Mi lasceresti andare in giro in questo stato? Dov'è la tua coscienza?»

«Ma… Ma…» balbettò Lucio.

«Non sei stato tu a dire che devo andare da lui e spiegarmi?»

Lucio era allibito, Giulia era ritornata quella di una volta. La Giulia che a lui stava tanto sulle scatole, con l'aria da capitano dei Carabinieri e dal carattere odioso.

«Io devo seguire i lavori nel locale. Oddio, non oso immaginare cosa potrebbe succedere in mia assenza», si mise le mani nei capelli.

A quel punto Giulia capì di averlo in pugno.

«Sciocchezze. Chiama il tuo amico geometra e digli di prendere il tuo posto.» Iniziò a rimettere in valigia le cose appoggiate poco prima sul letto. «Ah, dimenticavo: io e te siamo fidanzati.»

«Cosa? Tu sei matta! La gravidanza ti ha dato di volta il cervello», uscì dalla camera con l'intento di andarsene via.

Giulia continuò tranquilla a sistemare la valigia senza badare minimamente alla sua reazione.

«Cos'è, hai paura di me?» continuò a voce alta per farsi sentire. Era certa di averlo colpito nel punto giusto, proprio nel centro dell'orgoglio maschile. E quando lui le si parò di fronte con aria di sfida disse: «Non avrai mica paura di una donna incinta?».

«Tu non sei una donna, sei una iena», la fissò con occhi spalancati per farle paura.

Giulia lo conosceva molto bene e sapeva che Lucio era incapace di essere violento e, soprattutto, di dire di no ai propri amici. Anzi a nessuno.

«Allora? Forza, telefona al tuo amico, spiegagli come stanno le cose. In fondo si tratta solo di pochi giorni» agitò una mano davanti al suo naso.

«Non riuscirai mai a convincermi.»

«Ma se poi tra me e Marco le cose andranno nel verso giusto, cosa dovrò dirgli io? Che quando ti ho chiesto un aiuto tu me l'hai negato?»

Lucio divenne paonazzo, sul punto di esplodere. Alzò una mano puntando un dito su di lei, e disse: «Fidanzati? Ok! Ma sappi che non ti metterò mai e poi mai la lingua in bocca. Siamo intesi? Eh. Mai!».

Capitolo 4

Il locale possedeva una posizione privilegiata sulla spiaggia sottostante, visibile nella notte solo grazie alle poche luci del lungomare. Lambita da riflessi vibranti, la battigia mostrava tutta la sua desolazione. Il promontorio lontano di Sant'Angelo era una macchia nera, illuminato alla base da tremolanti puntini luminosi che si specchiavano nelle acque del porticciolo creando lingue di fuoco dai movimenti sinuosi.

All'interno del locale, a ogni tavolo c'era un lume, cosicché la sala era un ambiente soffuso tale da esaltare l'effetto del panorama esterno, per la gioia dei commensali. Marco osservava con interesse attraverso il vetro, Ginevra lo studiava di nascosto e le sembrava un bambino in gita in una vecchia città, affascinato dai monumenti grigi e dagli obelischi ciclopici.

«Allora, ti piace questo posto?» gli domandò, sperava di distogliere la sua attenzione dall'immagine esterna.

«È molto bello. Questo posto ha una vista fantastica.»

«Lo avevo capito.» Sorrise e abbassò gli occhi, sistemando il tovagliolo sulle gambe. «Hai deciso cosa prendere? Il cameriere ha portato il menù dieci minuti fa, se non ordiniamo rischiamo di vedere anche l'alba.»

Marco aprì il menù e diede una rapida occhiata, in

quei giorni aveva esagerato con il mangiare, colpa anche della cucina ricca di Elide. Quella mattina, gettandosi dal letto e osservando la sua figura panciuta allo specchio, si era imposto di limitare quanto più possibile l'assunzione di calorie. Osservò cosa poteva ordinare, infine lo chiuse, non trovando niente che lo soddisfaceva.

«Tu cosa ordini? Io prenderò solo un primo leggero e verdure, sperando che abbiano il salmone per quello che ho in mente.» Marco sentiva la sedia pungergli con mille aghi; il nervosismo per la serata dilagava minuto dopo minuto.

Dopo una settimana trascorsa quasi del tutto insieme a lei, avrebbe dovuto almeno farsi l'abitudine ad averla vicino. Invece non riusciva a dir niente, gli si era anche chiuso lo stomaco. Questo lo aiutava nell'intento di buttare qualche chilo ma lo mortificava nell'animo. Ginevra gli piaceva, l'interesse per lei aveva acquisito caratteri più forti tanto da sconcertarlo, perché nella sua testa continuava a ronzare Giulia. Nei sogni faceva ancora parte della sua vita.

Non riusciva a liberarsi di lei, navigava sotto la pelle, si nascondeva, mostrandosi nei momenti meno opportuni, quando abbassava le difese. Quella serata ne era un esempio. Alzò per un attimo il viso su Ginevra cadendo nei suoi occhi scuri.

Ginevra non riusciva a spiegarsi il suo silenzio, ormai potevano dirsi amici, tuttavia Marco ostentava ancora una certa ritrosia nei suoi riguardi, come un timore nascosto. Era in evidente imbarazzo, glielo leggeva in viso e soprattutto nel comportamento, e anche questo non lo capiva. Cercò di colmare la distanza.

«Io ancora non ho deciso, penso mi fiderò del tuo gusto. Ordina per due.» Posò il suo menù e intrecciò le mani poggiando i gomiti sul tavolo. In quella posizione accostò il mento alle mani e rimase a fissarlo con insistenza, di proposito.

«Cosa c'è?» chiese lui dopo un po'.

«Cosa c'è *tu*. Da quando siamo qui non hai aperto bocca. Se non ti piace il ristorante dillo in tutta tranquillità, non mi offendo mica. Pensavo ti avrebbe fatto piacere passare una serata insieme, tutta per noi.»

«Certo che mi fa piacere. Questo posto è fantastico, è che... pensavo al piatto da ordinare. Forse mi sono assentato per troppo tempo.»

«Stavi pensando al piatto da ordinare? E ti capita spesso di leggere dal menù e rimanere imbambolato a pensare alla pietanza? Perché se la risposta è sì, dovresti sul serio pensare a farti vedere.»

Marco ci mise del tempo anche a capire che quella era ironia.

«Carina. No, non pensavo a quello che ho letto, ma a quello che voglio ordinare. Chiederò un piatto che non c'è sul menù... Sono un cuoco, Ginevra. Abbiamo discusso di tutto in questi giorni tranne del mio mestiere. Non fare quella faccia, sono un cuoco, sì. E pensavo a come utilizzare alcuni ingredienti presenti nei piatti disponibili per ottenere qualcos'altro. Sperando che lo chef non si arrabbi. Tutto qui.» Mentì perché il suo comportamento stava diventando fin troppo evidente e lei gli leggeva dentro. Non come accadeva con Giulia, che lo capiva, lo anticipava, ma con una certa malizia. «Qualche volta ti invito a cena, ti preparo dei piatti deliziosi, vedrai. Però dovrai mangiare tutto, e lasciar perdere per una volta il conteggio delle calorie.»

Ginevra soppesò le sue dichiarazioni con fare superficiale, infine disse: «Un cuoco eh? E chi l'avrebbe mai detto».

«Perché? Non capisco. Un cuoco ha caratteristiche che in me non vedi?»

«Così», alzò le spalle. «Non ho mai visto un cuoco con la fissa della dieta e del peso come ce l'hai tu, tutto qui.»

«Uh… Non sapevo fossi così esperta, devi averne frequentati tanti, di cuochi intendo, da farti un'idea così precisa.»

«Touché. Ora però dimmi cosa mi farai mangiare.» L'intento di trascinarlo in una conversazione che giustificasse una serata decente sembrava dare buoni frutti, rimaneva il mistero del suo comportamento chiuso a riccio.

All'inizio il loro rapporto e i motivi che li avevano

costretti a incontrarsi più volte erano stati di carattere professionale, legati al passaggio delle proprietà. Questo non aveva inibito i suoi sensi fino al punto da non accorgersi che tra loro maturava qualcosa. Marco le piaceva, e anche se l'intuito stava fallendo non si sarebbe data per vinta così facilmente: non avrebbe lasciato nulla di intentato.

«Allora?» incalzò lei.

«Ecco, arriva qualcuno.»

Un cameriere si avvicinò con la penna già sul punto di scrivere, il locale affollato non permetteva di perdere neanche un secondo.

Marco attaccò subito con la sua richiesta, senza dargli il tempo di prendere le ordinazioni.

«Se è possibile vorrei ordinare un piatto non in menù. Ho visto che gli ingredienti per realizzarlo ci sono tutti, nelle altre pietanze.»

«Mi dica», rispose con serietà il giovane senza scomporsi.

«Come primo vorremmo delle farfalle al salmone e zucchine, per il soffritto con scalogno, consiglio un goccio di extravergine allungato con due dita di vino bianco, così è più leggero. Se poi avete anche del sedano di Sperlonga sarebbe il massimo. Per le spezie lascio fare al cuoco. Come secondo io prendo un radicchio alla piastra senza pancetta, semplicemente accompagnato da un buon aceto balsamico. Da bere credo ci starebbe un D'Ambra», si rivolse a Ginevra incantata ad ascoltarlo. «Allora, va bene anche per te?»

La ragazza assentì con un leggero movimento della testa, e con occhi languidi e carichi di rinnovata curiosità studiò con interesse il viso pacioso di Marco. Attese che il cameriere si allontanasse con l'ordinazione, poi disse: «Mi ero proprio sbagliata. Sì, e secondo me ci sai anche fare come cuoco».

«Rinnovo la promessa di cucinare per te, qualcosa di speciale. Però non mi devi chiedere niente. Che ne dici?»

«Non vedo l'ora.»

Risero di gusto scambiandosi occhiate complici. Quando arrivò il primo, Marco assaggiò dal piatto come se dovesse dargli un voto, annuì compiaciuto della grande capacità del cuoco di aver donato al semplice piatto un gusto tutto personale.

La pausa tra le due pietanze fu riempita con un ottimo Biancolella e i complimenti di lui a lei per aver scelto il ristorante. Marco dovette rifiutare il secondo bicchiere di vino per paura di sprofondare nel sonno ebbro e dimenticare la bella serata.

Ginevra sopportava bene le bevande alcoliche, con il suo secondo bicchiere in mano lo sfidava con le parole e lo sguardo.

«Hai scelto bene anche il vino… Un uomo tutto da scoprire.»

«Sono un appassionato, amo il vino in tutte le sue innumerevoli varietà, soprattutto la sua storia,

ciononostante preferisco usarlo solo nei miei piatti.»
Posò il bicchiere e riempì quello dell'acqua.

«Un esperto di vini anche. Quante cose ancora mi nascondi, eh, Marco?»

Lui non rispose, dentro si fece serio, perché si stava divertendo. La serata trascorreva in modo piacevole, ma nell'animo stava nascendo un sentimento di tristezza. I momenti di gioia di Marco erano stati i momenti di gioia di Giulia. Quel connubio si era rotto e il rendersene conto lo addolorò. Dove si trovava lei in quel momento? Cosa stava mangiando? E con chi? Con Vittorio? Da sola?

La stava tradendo. Ecco cosa provava.

«Alla fine ci siamo riusciti a trascorrere una serata insieme», Ginevra poteva ritenersi felice. «Dopo tutti questi giorni a correre tra uffici amministrativi e banca, scommetto che non vedevi l'ora di sistemare tutto e riposarti un po'. Anche a me è servito, come diversivo. Tenermi occupata dopo la morte di mio padre, così improvvisa, ci voleva proprio.»

Poggiata al muretto dava le spalle alla strada, la baia sottostante luccicava per le illuminazioni stradali. Là dove stava il mare la notte lo rendeva invisibile. Ginevra osservava compiaciuta, come tante volte faceva da bambina immaginava le cose che l'oscurità celava: in primo piano la casa dal tetto verde, più in là un piccolo giardino privato, le case bianche abbarbicate alla collina, in mezzo la scuola che frequentava da piccola. Silenzio ovunque, niente vento, solo il fresco umido autunnale.

«Deve essere stato bello crescere qui. Trovo la vista del mare e il suo odore rilassanti. Anche ora che non si vede, in un certo senso, mi rilassa, solo saperlo lì.» Marco parlava fissando il vuoto.

«E la tua infanzia come è stata?» Ginevra si era voltata e lo guardava intensamente. Raccolse i capelli e li portò davanti, facendoli ricadere sul petto. Iniziò a lisciarseli come farebbe una bambina.

Marco trovò quell'atteggiamento molto sensuale, il riflesso dei lampioni nei suoi occhi li incendiava. Desiderò avere sangue freddo a sufficienza da trovare il coraggio per stringerla a sé e baciarla.

«La mia infanzia è stata… unica, meravigliosa potrei dire. Siamo cresciuti con due padri e due madri, eravamo una famiglia allargata per così dire. Mai un litigio, sempre d'accordo in tutto. Se fosse stato possibile non sarei mai diventato adulto, così da rimanere per sempre con loro, già. Ma… questo non è possibile purtroppo.»

«Ricordo, li hai persi entrambi», lo disse con un filo di voce, temendo di risvegliare un dolore. «Perché hai parlato al plurale, hai una sorella?» Lo chiese con un certo interesse intrinseco, come se una risposta affermativa l'avrebbe resa felice.

Senza volerlo, e senza rendersene subito conto,

Marco aveva tirato in ballo nel discorso Giulia. Tutto quel tempo lontano da lei non era bastato neanche a modificare i suoi pensieri al singolare. Considerava ancora se stesso come parte della coppia Marco-Giulia.

Cercò un modo garbato per uscire dall'impasse, non desiderava parlarne con Ginevra all'oscuro di tutto, ed era l'ultima cosa che desiderava fare in quel momento.

«Basta parlare del passato. Ora che ho finalmente deciso di restarmene qui a Barano dovrò comunque trovare un lavoro, e non so bene cosa fare. Non sono fatto per la vita da nababbo e poi sono giovane, starmene tutto il tempo a grattarmi e a vedere il conto in banca assottigliarsi, no.» Fece un rumore con la bocca, come se stesse rispondendo a delle domande e le risposte erano tutte negative. «Devo rifarmi...» fece morire la frase così, senza trovare un modo per finirla.

Dopo un tempo indeterminato, capendo che non avrebbe continuato, Ginevra lo incitò a finire: «Cosa volevi dire? Mica ho capito».

«Io... ah sì, certo. Ora che vivrò a Ischia e che abbiamo messo a posto tutte le carte» si grattò il pizzetto, un vezzo che dimostrava imbarazzo e mancanza di parole in bocca. «Ehm...»

Ginevra capì dove voleva arrivare. Non volle anticiparlo, desiderava sentirselo dire: vederlo imbarazzato la divertiva.

«Allora?» lo incalzò.

«Niente. Se... non ti dà fastidio, potremmo, qualche

volta, uscire di nuovo insieme. Così mi fai conoscere un po' questa bellissima isola.»

La ragazza lo prese sotto braccio e si incamminarono lungo la strada, verso la piazza dove aveva lasciato l'auto.

«Mi farebbe molto piacere, certo» rispose sorridendo felice.

I lampioni lanciavano il loro cono di luce accompagnandoli in quei quattro passi silenziosi. Marco ebbe il coraggio di poggiare una mano sul braccio di lei, poi carezzarlo con delicatezza, trovando in quel contatto fanciullesco un momento di appagamento come mai aveva provato prima. A lei pareva non desse fastidio, una conclusione che lo sbalordì tanto la riteneva improbabile.

Ginevra alzò la testa e gli regalò un sorriso compiaciuto, come se avesse desiderato per lungo tempo una cosa e ora, finalmente, fosse riuscita ad averla. I suoi occhi brillavano.

Si fermarono scrutandosi in viso, lei in attesa di una conclusione scontata, lui chiedendosi se quello che gli stava capitando fosse vero. Ginevra reclamava con forza silenziosa un bacio, si accontentava anche di un tenue tocco, tanto da farle capire cosa provava Marco.

Quando il bacio iniziò a farsi attendere il sorriso di lei iniziò a cedere il passo a due labbra strette. Gli occhi persero la brillantezza; ora cercavano una spiegazione, benché il ragazzo la osservasse con un ardore pronto a esplodere.

Marco dal canto suo scoprì che già starle vicino, poterla guardare senza riserve lo appagava. Catturato dalla profondità dello sguardo perse la misura del tempo, si incantò ad ammirare la perfezione del taglio delle ciglia lunghe e perfette.

La ragazza allora, accorgendosi che il tanto desiderato bacio non sarebbe mai arrivato, abbassò lo sguardo nascondendo un improvviso imbarazzo. Gli diede quindi due colpetti sul braccio, con l'intento di destarlo, incitandolo a proseguire. Marco ritornò con una frustata al buio della notte, al paese sonnecchiante, lasciandosi guidare dalla ragazza verso la piccola utilitaria.

In auto Marco rimase in silenzio, pensando all'indomani con rammarico; avrebbe ritirato la sua auto liberando la ragazza dall'impegno quotidiano. Sperò in un ritardo nella consegna così avrebbe potuto ancora passare del tempo con lei.

«A cosa pensi?» chiese Ginevra mettendo in moto. Aveva assunto il carattere serio di una ragazza che aveva perso le speranze.

«All'auto. Domani arriva la mia così non ti scoccerò più ogni volta. Non ci crederai, ma quando sei venuta a prendermi al porto, con quell'auto mastodontica, ti credevo una snob, una che bada alle apparenze.»

«Era di mio padre.»

«Già.»

«Quindi, per te non sono una snob? Una che bada solo alle apparenze?»

«No. Sei una donna deliziosa. Ammiro la tua naturalezza. Anche se hai tutte le carte in regola per essere una super snob, non te la tiri per niente, e questo ti rende ancora più *affascinante*. E voglio dirti con tutta sincerità che questa serata per me è stata molto piacevole. Non mi conosci ancora bene per capire quanto siano vere le mie parole… e forse non lo do a vedere… Mi sono divertito molto. Sono stato bene.»

Il ragazzo avrebbe voluto spiegarle ancora altro, cose che sapeva avrebbero chiarito quel comportamento distaccato, del quale lui stesso era consapevole. Avrebbe voluto dirle che si sentiva come rinato, affacciato alla nuova vita della quale, fino a quel momento, non aveva avuto coscienza.

Ginevra, turbata, ebbe qualche difficoltà a comprendere il comportamento bizzarro di Marco, che già altre volte aveva avuto modo di notare. Singolare a tal punto da lasciarla attonita. Sul punto di baciarla aveva esitato, e ora quelle parole così appaganti e significative. Mai le era capitata una persona tanto restia a esporsi.

Oppure era talmente innamorato da imbambolarsi ogni volta che le stava vicino? Preferì pensare questo, che dedurre altro. Ciononostante non riuscì a perdonarlo: odiava sentirsi in imbarazzo. Non rispose.

Passando davanti al bar, a Ginevra venne in mente

un particolare, un fatto che sapeva avrebbe dato fastidio a Marco, se ne avessero discusso. In quel momento amareggiata com'era non le interessò la sua reazione. Anzi, colse l'occasione come benvenuta, potendolo pizzicare su una questione che giorni prima li aveva messi uno contro l'altro.

«Ho sentito che domani pomeriggio vai a trovare la signora Giuseppina. Vai con i tuoi nuovi amici del bar? E come mai questo interesse per i nostri anziani?»

Marco non ebbe difficoltà a notare il cambiamento d'umore, senza capirne il motivo. L'imbarazzo e il sentirsi fuori luogo affiorarono con la stessa intensità dell'inizio serata. Ma la situazione era peggiore, in quanto Ginevra, sprezzante più che mai, pareva lo volesse provocare di proposito. Ed era certo che il motivo di quel comportamento non fosse da imputare al suo incalzante interesse per La Marmora. In fondo, lui era liberissimo di fare quello che gli pareva. Ginevra gli piaceva tanto. Nei suoi confronti *sentiva* comunque una barriera, invisibile, che impediva a loro due di concretizzare. Forse avevano molte affinità in comune, ma elettive, come scriveva Goethe, poche o addirittura nulla.

«Ah, vedo che hai parlato con Alfredo, il tuo amico del bar in piazza.» Il sediolino del passeggero regolato troppo in avanti lo costringeva a tenere le ginocchia quasi al petto, molto scomodo, dovette fare uno sforzo per gettarle uno sguardo. «Forse non lo sai, ma la signora Giuseppina è la moglie del defunto giardiniere di La Marmora» tenne a precisare con tono saccente, «pensavo di fare due chiacchiere con lei, giusto per curiosità. Ti dà fastidio?»

«Nessun fastidio. Perché dovrebbe darmi fastidio? Sei libero di fare quello che ti pare» borbottò stizzosa.

«E allora?» chiese Marco con tono calmo.

«E allora che!»

«E allora perché ti sei arrabbiata? Abbiamo passato una serata magnifica, splendida. Il locale meraviglioso, il cibo... tu. Tutto perfetto. Però...»

Lei continuò a tenere il volante con entrambe le mani serrate, lo sguardo fisso sulla strada, la faccia che a tratti compariva quando un lampione la illuminava: seria e impassibile. Così diversa dalla ragazza sorridente che per tutta la serata lo aveva ammaliato e trascinato verso l'allegria.

Marco ne rimase deluso, sconcertato, con la paura di essere capace di fare quell'effetto negativo su tutte le ragazze che avrebbe incontrato. Per quanto si sforzasse non riusciva a capire dove avesse sbagliato. E non comprendere aumentava l'oppressione negativa che lo stringeva, togliendogli il respiro. Percepiva il momento come la possibile causa anche del disfacimento lento e progressivo del rapporto con Giulia.

Nel cortile della villa la lampada di lato alla porta d'ingresso, unico punto luce in zona, rischiarava solo una piccola parte, oltre a rendere visibile la bassa umidità che iniziava a sollevarsi. La piccola utilitaria fece il giro della quercia fermandosi vicino agli scalini, Ginevra spense il motore lasciando che i fari allungassero i fasci fino alla barriera dei lecci.

Il ragazzo indugiò alcuni secondi poi disse: «Ci vediamo domani? La promessa di accompagnarmi dal concessionario resta sempre valida?» lo chiese con una speranza recondita.

«Certo. Ti aspetterò in ufficio.»

A Marco parve che le fosse tornato di nuovo il buon umore, per l'intero tragitto non aveva aperto bocca. Prima di uscire trovò il coraggio di baciarla con gentilezza su una guancia, augurandole la buona notte. Non attese reazioni e non verificò il risultato del suo gesto improvvisato. Perdendosi così la trasformazione del viso di Ginevra fino a mostrare soddisfazione e ammirazione.

Rimase a fissare l'auto che si allontanava come se stesse partendo per un lungo viaggio, rimuginando sul suo comportamento e giudicando pezzo per pezzo ogni singolo dettaglio degli ultimi minuti. Sentì il bisogno di mettersi al piano e scaricare un po' della tensione. Non potendo chiudersi in cucina a sperimentare una pietanza, l'altra cosa che lo distendeva era la musica. Si diresse così nello studio dove alcuni giorni prima aveva scoperto un meraviglioso Bechstein.

A Giulia il viaggio non l'aveva stancata più di tanto, aveva trascorso tutto il tempo a vagliare le possibili svolte che la sua storia poteva prendere, e alle eventuali soluzioni da adottare in caso avesse bisogno di alternative. Durante le ore trascorse in treno aveva elaborato una infinità di divergenze al suo piano di riscatto. Partivano tutte dai pochi dati a disposizione cercando di prevedere il risultato di ogni singola possibilità, facendo sempre in modo da condurre Marco tra le sue braccia. Un lavoro mentale che pochi avrebbero potuto sopportare, ma lei era spinta dal più nobile dei sentimenti e sorretta dalla più vivida convinzione.

Al porto presero un taxi fino all'albergo, prenotato la sera prima. Fecero velocemente il check-in e lasciarono i bagagli in camera, quindi ripartirono subito dopo per recarsi allo studio notarile.

La curiosità di Giulia stava nel vedere la faccia della ragazza, di quella Ginevra che aveva rapito il cuore di Marco, o almeno così supponeva. Non sapevano dove abitasse il ragazzo, nemmeno il nome del suo benefattore, l'unico indizio che avevano era la raccomandata pervenuta in pizzeria, rimasta a casa per tutto quel tempo. Curiosità, frenesia, impazienza, questi i sentimenti ospitati nel suo animo in attesa di sfogare la loro forza.

A quell'ora in ufficio non doveva esserci nessuno, Giulia lo sapeva, tuttavia volle andarci comunque, trascinando Lucio come se fosse legato con una corda al collo. Il cancelletto che portava allo studio era aperto, salirono le scale senza sapere il piano. Al primo pianerottolo si palesò una vetrina con la scritta "Notaio Salzillo" oltre la quale intravidero una donna al lavoro dietro una scrivania. Giulia entrò senza pensarci due volte.

La ragazza alla scrivania indossava un paio di occhiali curiosi e una pettinatura rétro, ed era arrabbiata più che mai. Giulia sussultò quando questa sfilò con veemenza un CD dal computer e dopo aver imprecato lo gettò nel cestino con un tonfo.

«Buongiorno» disse con tono fermo, sembrava che la segretaria non si fosse accorta di loro due.

La ragazza alla scrivania appoggiò il corpo allo schienale, dopo aver fatto roteare gli occhi in una posa scocciata disse con avversione: «E voi cosa volete a quest'ora? L'ufficio è chiuso per la pausa pranzo», prese un altro disco da una grossa pila e lo infilò nel lettore.

Giulia volse il capo alla vetrata e facendole il verso rispose: «Non mi pare sia chiuso, la porta è aperta e…».

«Ci scusi signorina», Lucio la interruppe ostentando un tono più pacato. «Cerchiamo il notaio Salzillo, Ginevra Salzillo. Siamo appena arrivati in paese e abbiamo bisogno di alcune informazioni, informazioni che solo lei può darci.»

«L'ufficio è chiuso» ripeté, «e il notaio è fuori.»

Eluse i loro sguardi e si dedicò allo schermo, pigiando forte alcuni tasti e terminando la sequenza con una botta sull'invio.

Giulia si morse un labbro accorgendosi che già prima di iniziare con il suo piano si trovava di fronte a un intoppo, buon per lei che lo aveva previsto. Rovistando nella moltitudine di alternative disse: «Possiamo attenderla su quelle sedie? Le promettiamo che ce ne staremo buoni senza disturbarla», sfoggiò un sorriso obbligato. «Andiamo!» disse sottovoce a Lucio, rimasto affascinato dalla sua recita di brava ragazza.

I due rimasero fermi senza fiatare sulle loro sedie lanciandosi delle occhiate saltuarie, intanto la segretaria in tiro continuava a litigare con il suo computer. Passarono una ventina di minuti durante i quali questa non riuscì nel suo intento, gettando nel cestino una moltitudine di dischi, reprimendo a ogni gesto una imprecazione scurrile molto evidente sulla bocca contratta all'ingiù.

Giulia nel frattempo pensava di aver capito cosa intendesse fare la ragazza, anche lei aveva sbattuto la testa una volta con alcuni dischi non di marca e alla fine ci era riuscita.

«Non riesce a masterizzare? Per caso sono file audio?»

La segretaria emise un grugnito e rispose: «Già». Incrociò le braccia e la fissò, chiedendosi se rispondere all'estranea così perspicace. Decise che non le sarebbe costato nulla ascoltare. «Devo assolutamente copiare delle registrazioni, sono mp3 e devo fare un disco audio, per l'archivio. Ma...» alzò le braccia e vibrò tutta, «non ci riesco. Questi maledetti dischi presi alla bancarella fanno schifo.»

«Ha provato a masterizzare alla velocità più bassa possibile? Ci metterà un po' di tempo in più ma il risultato è certo. Io ho fatto dei CD audio usando quelli del supermercato. Ci provi. Cosa le costa?»

Poco convinta ascoltò il consiglio, e dopo alcuni minuti il primo disco uscì masterizzato alla perfezione.

«Ehi! Ha funzionato. Che brava.» Contenta e raggiante come non mai mostrò per la prima volta i denti bianchi e perfetti. «A saperlo prima mi sarei risparmiata un'arrabbiatura. Dimmi un po', come ti chiami? Hai un appuntamento?» Lucio scomparve dal suo campo visivo.

Giulia, che iniziava ad aver fame in modo preoccupante, le andò incontro con una mano tesa.

«Giulia Alvisi» si presentò.

«Aurora» strinse la mano in modo deciso, quasi alla pari di Giulia. «Aurora Iandolo. Sono la segretaria del notaio Salzillo, la signorina Ginevra. Lo studio era diretto dal padre. È venuto a mancare alcune settimane fa, ora se ne occupa lei, con la mia collaborazione. Se posso esserti di aiuto... Non so quando rientra però» lesse l'orologio fucsia che aveva al polso, «sei un tantino in anticipo.»

«Ti ringrazio Aurora» cercò di tenersi stretta la nuova amica continuando ad avere un atteggiamento cordiale, anche se quel tipo di ragazza le stava tanto sullo stomaco. «Cerchiamo una persona venuta qui per una eredità, poco più di una settimana fa. Si chiama Marco...»

«Tolessi. Sì. Da quando c'è lui qui non si capisce più niente, Ginevra salta tutti gli orari e a me tocca fare lo straordinario.» Lo disse con tono esasperato, sistemandosi con una mano i capelli perfetti che non avevano nulla fuori posto.

«Ah. Sono usciti insieme?»

«Sì. Lui doveva ritirare un'auto appena comprata, uguale a quella di Ginevra. Con tutti i soldi che ha ereditato... Voi siete suoi amici, o creditori? A me quel tipo non piace per niente, fa il timidino, tutto preciso... ma non me la racconta giusta. Ronza troppo intorno a Ginevra.»

Giulia ascoltò quelle parole critiche senza trovarle per niente descrittive del suo Marco. Rispose che erano solo amici e si diresse di nuovo alla sedia, con Lucio sul punto di addormentarsi. Aurora si rimise al lavoro con uno sbuffo, sistemandosi gli occhiali da gatta e battendo forte i tasti sotto le dita.

Passarono solo pochi minuti che si udirono delle voci provenire dalle scale. Alcuni istanti dopo entrarono Marco e Ginevra ridendo di qualcosa accaduto prima, un fatto che li aveva divertiti talmente da piegarli in due tenendosi per mano. Davano le spalle a Lucio e a Giulia e non si accorsero della loro presenza. Aurora tentò di avvertirli senza riuscirci.

Quando l'euforia scemò Marco disse: «Ma hai visto quanto è silenziosa! Si sentono solo le ruote e il fruscio del vento. È fantastica, sono proprio contento».

«Mi fa piacere che ti piaccia» rispose Ginevra senza smettere di guardarlo. «Mi hai fatto venire voglia di comprarla. Vendo la mia a diesel e ne compro una come la tua. Peccato non ci siano ancora altri colori disponibili. Per differenziarla dalla tua vuol dire che ordinerò degli interni diversi, quelli sul rosso non sono male.»

Aurora alla fine si era alzata per richiamare la loro attenzione, compito che era parso subito non facile: i due non avevano occhi che per loro stessi.

Con la coda dell'occhio Marco notò i gesti convulsi di Aurora, quindi si volse dapprima verso di lei poi alle sue spalle, scoprendo con sorpresa i suoi amici.

«Giulia! Lucio!» esclamò con voce sorpresa. Subito dopo la fisionomia mostrò preoccupazione. «Giulia… Che ci fate qua», spostava l'attenzione sui due ospiti inattesi rimasti impassibili. Pensando al peggio disse: «Vittorio! È successo qualcosa a papà?».

«No, Marco, papà sta bene.» Giulia rimase seduta, stanca. Sperava di non dover vedere una scena del genere, invece era accaduto e per quanto avesse previsto anche quello non era preparata alla reazione del suo animo.

Lucio si alzò salutandolo con un abbraccio caloroso e due pacche sulle spalle.

«Tutto a posto, Marco, siamo venuti per dirti un paio di cose...»

Giulia si erse con uno scatto interrompendo l'amico. Si affiancò a Lucio e lo prese per mano, stringendo con forza, mostrando una faccia dura e decisa di chi si appresta a dire tutto senza tralasciare niente.

«Una cosa molto importante. Sentivamo il dovere di...», scambiò uno sguardo d'intesa con Lucio, imbarazzato, «di dirtelo di persona. Non ti disturberemo più di tanto. Vero caro?» chiese rivolgendosi all'amico in comune.

Lucio credette di dire qualcosa, in realtà non riuscì a emettere nulla di coerente. Dalla sua bocca scaturì un gorgoglio senza senso. Tentò di staccarsi dalla morsa gelida di Giulia senza riuscirci: la ragazza aveva colpito nel segno.

Marco, furente, si avvicinò a Lucio con la rabbia nel corpo che raddoppiava a ogni secondo. Davanti ai suoi occhi, la persona che credeva essere un amico, teneva per mano Giulia, la sua Giulia.

Ecco il loro piano svelato e lui stupido che non lo aveva capito. La tragedia si svolgeva sotto i suoi occhi e lui, deficiente più che mai, non aveva capito. Giulia e Lucio se la intendevano da un po' e lei aveva inscenato la partenza per starsene in santa pace con lui, con il suo amico. Ma quale amico! Si disse, quello era un animale, un viscido essere che andava solo calpestato. E con che coraggio – continuò Marco a pensare ormai fuori di sé – avevano deciso di raggiungerlo a Ischia? Cosa speravano, che benedicessi la loro unione? Quale strana pazzia deve celarsi dentro la testa di Lucio per aver pensato a una cosa del genere?

Volse loro le spalle e uscì con la schiena percorsa da brividi gelidi, scese le scale come un automa e senza rendersi conto si ritrovò seduto su una delle panchine della piazza, di nuovo distrutto e questa volta del tutto. Lacrime amare riempirono i suoi occhi. Le ricacciò indietro: Giulia non le meritava.

Giulia non si aspettava una reazione simile, averlo davanti e provare di nuovo la sensazione di leggergli fin dentro l'animo l'aveva estasiata e allo stesso tempo interdetta. Marco aveva risposto in modo imprevisto, sconcertante per quanto inaspettato. Giulia aveva letto nei suoi occhi irritati amore: un sentimento previsto *consumato* nelle sue elucubrazioni, e non così presente. Rimase senza riferimenti per lunghi istanti. Sarebbe stato molto meglio se lui l'avesse dimenticata, se al posto di amore nei suoi occhi avesse letto indifferenza.

Nella realtà, così diversa da quella immaginata sul treno, Marco era ancora legato a lei come lo era sempre stato. Forse anche quando pensava che non le volesse più bene in verità l'amava. Aveva sbagliato tutto?

Tuttavia Giulia non si dava per vinta facilmente, saputo che Marco l'amava ancora si destò ancor più convinta di prima, anche se la strada ora era tutta in salita.

Lucio teneva ancora stretta la mano nella sua, quando la ragazza se ne rese conto lo allontanò con repulsione, con uno scatto d'ira, accompagnando il gesto con un «E lasciami!».

Uscì dall'ufficio scendendo le scale forse con più vigore di quanto il fisico permetteva, l'ultimo scalino le scivolò sotto il piede a causa di un improvviso mancamento. Fu costretta a sorreggersi alla ringhiera traballante, la fame sua e del bambino l'avevano indebolita.

Uscita all'esterno, in quel primo pomeriggio luminoso, seguì quello che le dettava l'intuito. Rifece la stradina al contrario e svoltato l'angolo per la piazza lo vide piegato su una panchina, le mani in faccia a nascondere la disperazione. Si fermò ansimante. Guardarlo da lontano e non potergli parlare, non toccarlo, carezzarlo come un tempo era frustrante.

Venne superata in tempismo da Ginevra, agile come una gatta, che, senza degnarla di uno sguardo, si diresse verso il ragazzo a passo svelto, tracciando la traiettoria con un profumo delicato.

Un istante dopo le fu accanto Lucio, dalla faccia stravolta. Con una sola mossa Giulia era riuscita a stravolgere la vita di due, anzi, forse tre persone. Non

era più tanto sicura che il suo piano fosse così perfetto.
Fece un bel respiro e seguì Ginevra già ferma davanti
a Marco.

Quando Marco alzò il viso trovò tutte e tre le
persone più care a lui che lo guardavano, forse gli
parlavano anche. Non riusciva a sentire, il mondo, la
realtà che lo circondava indugiavano su di lui,
compresi quei tre. Ginevra alla sua destra e Giulia a
sinistra, in mezzo il povero Lucio che sembrava più
stravolto di lui.

Ginevra agitava le mani per richiamare la sua
attenzione, mentre Giulia doveva parlargli in tono
calmo: non udiva la sua voce soffice. Lucio se ne stava
in silenzio, non gesticolava, non parlava, lo fissava e
basta.

Ginevra e Giulia. Tanto diverse e così vicine a lui.

Dolce e sensuale la prima, forte e comprensiva la
seconda. Perché Giulia era arrivata fin lì? Solo per
ferirlo? Marco non lo credeva possibile, non poteva
essere diventata così cattiva in poco tempo.
Nascondeva altro dietro la parvenza da fidanzatina, e
poi gli era parso – non aveva più fiducia ormai nella
sua capacità di capirla al volo – sì, gli era parso di
vedere ancora un sentimento nei suoi occhi.

Marco concentrò la sua attenzione marmorea su
Giulia, fasciata in un jeans nero e con un parka
mattone con cintura. Scarpe basse come al solito e la
solita capigliatura nera e corta che tanto gli piaceva. I

lineamenti più delicati di quanto ricordasse e il fisico con qualche rotondità marcata lo indussero a pensare a qualche cambiamento avvenuto in quei lunghi giorni di assenza dalla sua vita. Giulia gli appariva più bella, la sua pelle luminosa e le labbra colorite e desiderabili come non mai.

Ginevra, così attraente e generosa nelle forme, vestiva una gonna lunga e stivali alti, un giubbotto in pelle nero con sbuffi di lana, e quella camicetta attillata che aveva richiamato la sua attenzione durante tutto il pranzo trascorso insieme. Bellissima anche lei.

Malgrado ciò voleva essere lasciato in pace, non aveva nessun desiderio di parlare, spiegare o chiedere chiarimenti. Con uno scatto si alzò ammutolendo le due ragazze e richiamando l'attenzione di Lucio. Il mondo intorno prese vita e alle orecchie ritornò il suono della vita che lo circondava. Sovrastava per altezza tutti e tre, dentro però si sentiva piccolo piccolo.

«Scusatemi. Ora devo andare» disse con voce flebile, senza guardare in faccia nessuno. Scostò con delicatezza Ginevra e si dileguò in direzione della piccola utilitaria parcheggiata lungo la strada, quasi a ridosso del muretto sul quale tante sere aveva chiacchierato con Ginevra.

La piccola Smart si mosse senza emettere un rumore, nelle orecchie ronzavano il flusso del sangue e il ritmo del cuore accelerato.

Marco guidò come un perfetto automa fino alla piazza dove aveva l'appuntamento con Serafino, senza badare a nulla cercando invano di dimenticare. Il vecchio del bar, divenuto in quei giorni un amico e un compagno sempre pronto a fargli compagnia, lo attendeva in Piazza Testaccio, con il consueto sorriso a denti storti stampato in faccia.

Serafino aprì lo sportello con preoccupazione, come se la piccola macchina fosse un fragile giocattolo di plastica. Vedendo lo spazio ampio all'interno, e Marco starci così comodamente, perse il timore e si sedette con un saluto, prima in napoletano, poi in italiano, temendo di non essere capito.

Si mossero sotto le indicazioni precise e dettagliate del vecchio, contornate da piccole storielle locali che Marco stette ad ascoltare talvolta senza prestare attenzione, vagando con il pensiero sugli stravolgimenti di poco prima. Serafino non smetteva mai di parlare. Infine, non trovando più argomenti, prese a raccontargli del suo passato, allontanando sempre più il ragazzo dall'abitacolo.

Superarono senza sforzo una sommità piatta, tappezzata da villette immerse nei loro parchi lussureggianti. Presero per un breve tratto una stradina di campagna in discesa e subito, con largo anticipo sulla svolta, Serafino diede indicazioni su come entrare nel vecchio podere dove viveva la vedova del giardiniere.

Il versante della collina si allacciava a un'altura pianeggiante, da un lato, proprio dove il declivio incontrava il pianoro, un vecchio casolare esaltava con il suo colore chiaro il verde rigoglioso tutt'intorno. La strada privata, sconnessa in più punti, costrinse Marco a ridurre la velocità e a concentrarsi ancora di più sulla guida. Solo con la coda dell'occhio poté ammirare la bellezza di un campo ben curato di vigneti e file di alberi da frutto.

Ci vollero pochi minuti per percorrere la stradina diritta. Si fermarono vicino a quella che un tempo doveva essere la stalla, il massiccio portone era occluso da vecchi attrezzi arrugginiti e di sicuro non veniva più utilizzata da lungo tempo.

Scesero sotto un sole luminoso carezzati da una leggera brezza, che trasportava odori rurali e profumo di terra umida. Serafino spiegò che la vecchia Giuseppina viveva da sola, aiutata dai nipoti che un domani avrebbero ereditato tutto quanto. Quello, a suo dire, era l'unico motivo per il quale il podere era tenuto ben curato e continuava a dare buoni frutti.

Marco scoprì che Giuseppina riusciva ancora a badare a se stessa, seppur lenta nei movimenti. Riconobbe Serafino senza esitazione, strinse la mano a Marco con la forza dei nervi abituati al lavoro duro della campagna. Con disappunto si rese conto che la vecchia non spiccicava una sola parola in italiano e quindi, dopo i convenevoli, il caffè e anche un bicchierino di "nocillo", fatto con noci colte nel periodo di San Giovanni, precisò concitata lei, dovette affidarsi alla traduzione in simultanea di Serafino, che in quella veste sembrò più curioso di Marco.

Dal primo resoconto che gli fece Giuseppina, il ragazzo venne a sapere che ai tempi in cui il marito lavorava al Casale della Quercia, tantissimi anni prima – queste furono le parole che utilizzò – La Marmora aveva una moglie e una figlia. La donna fece fatica a ricordare il nome di quest'ultima. Infine le venne in mente.

«Sì, ora ricordo» disse Giuseppina per voce di Serafino. «Si chiamava Giulia, ed era una gran bella figliola. Avevano avuto solo quella, era venuta su bene, educata e senza grilli per la testa. Na' vicchiarella insòmm», questo il vecchio non lo tradusse perché troppo intento a ridere.

Marco riuscì comunque a capire, restava il fatto che Giuseppina parlava troppo veloce e alcune parole gli sfuggivano.

Serafino riprese a tradurre: «La signora di casa era una gran bella donna, molto signorile, degna del padrone. Lui sempre dietro a lei, non la lasciava mai un attimo! Quando nacque la figliola mi dissero che tutto il paese fu addobbato a festa, il signor Anselmo era proprio un gran signore. Non uno di quelli, capitemi, un vero signore insomma, coi soldi, chilli verì! Prendetevi un altro po' di nocillo, l'ho fatto io».

La donna smise di raccontare offrendo di nuovo il suo liquore. Marco rifiutò con garbo, ebbe paura che smettesse di raccontare e lui non lo voleva. Serafino intuì che Marco non era tipo da attaccarsi alla bottiglia e allora per mitigare entrambe le parti chiese alla donna se per caso avesse nel forno il famoso dolce fatto con le sue castagne e le mele annurche. Con un gran sorriso sulle labbra Giuseppina si alzò con lentezza dalla poltrona infossata e, contenta di far assaggiare al giovane ospite uno dei suoi piatti del quale andava molto fiera, si recò in cucina per fare presto ritorno.

Marco, davanti al piatto merlettato con l'enorme fetta di torta poggiata sopra, non poté tirarsi indietro per la seconda volta. Per farla contenta e, soprattutto, indurla a continuare con il suo racconto, afferrò la forchetta d'argento scuro e portò un pezzettino del dolce in bocca. La vecchia ospite riprese a raccontare ancor prima di scaraventarsi in poltrona, con più energia di prima. Sembrava avesse preso in cucina la medicina adatta a farla parlare.

Serafino non mancò di servirsi un bel pezzo di torta anche lui, riprendendo a tradurre tra un boccone e l'altro, rischiando a tratti di essere meno comprensibile della sua conterranea.

«Il mio povero marito,» seguitò Giuseppina, «pace all'anima sua, lavorò al Casale della Quercia fino a quando il signor Anselmo non se ne andò in America, e fino a quel momento il signor La Marmora era stato sempre contento! Mai da ridire sul lavoro del mio povero marito. Mai!»

«Pace all'anima sua» intonò serio Serafino. Poi continuò a tradurre, interrompendosi solo per portare alla bocca un pezzo di torta.

«Proprio bravo il mio marito. Non mi ha fatto mancare mai niente. È grazie alla generosità del suo padrone che ci siamo potuti comprare questo pezzettino di terra e costruire questa casettina. Tre figli ci ho cresciuti qua, prima che mio marito se ne andasse. Povero lui...» smise di parlare fissando un punto lontano davanti ai piedi, immersa nella moltitudine di ricordi.

Riprese a raccontare con tono meno vigoroso, come se il continuo ricordare le portasse via gli ultimi aliti di vita.

«Il lavoro di Donato, così si chiamava il povero marito mio, andava bene, i nostri figli crescevano come si deve. Qualche volta la figlia Giulia del signor Anselmo veniva qui in campagna a giocare con loro. Quando aveva diciannove anni però successe una disgrazia.» Si segnò con mano tremolante. «Questa bella figliola, alta, bella, due occhi azzurri e i capelli lunghi, la dovevate vedere; degna proprio di quei signori. Insomma, non so bene come è successo, Giulia cade dalla scogliera e muore.» La vecchia a questo punto alzò lo sguardo fissando con i suoi occhi profondi il viso turbato di Marco.

A questi, che a tutto pensava tranne a una fine così tragica, gli si gelò la schiena e la bocca dello stomaco si chiuse definitivamente. Posò il piatto con il resto della torta e rimase pensieroso.

«Io ci sono rimasta proprio male,» continuò con tono mesto Giuseppina «così bella… Ero pure incinta dell'ultimo, ricordo che ho pianto tanto, il povero Donato marito mio non riusciva a consolarmi. Ho rischiato di perdere il figlio, sapete? Chiamò pure il dottore, sì, mi pare che lo chiamò…»

«E la moglie?» domandò Serafino. Anche lui aveva posato il piatto, vuoto. «La moglie che fine ha fatto? Quando è tornato dall'America era da solo. Lo ha lasciato? Poverina…»

«Ma che lasciato! È morta pure lei, subito dopo. Na' tragedia, Serafino mio, na' tragedia d'altri tempi. Che m'avete fatto ricorda'. Mamma mia. Dopo se ne andò via. E chi l'ha visto più. Poi m'è morto anche Donato, il marito mio… E m'ha lasciato da sola, eh!»

«E non ricordate come è successo?» Marco parlò con un nodo alla gola. «Come sono morte? Un incidente forse?»

«Nessun incidente, no! La signora non lo so come è morta, è successo subito dopo la morte della figlia, forse non ce la faceva più a campare senza la figlia, chissà.»

«E voi eravate incinta, non potete non ricordare…»
«Eccome se mi ricordo. Trentanove anni fa. Preciso

preciso gli anni dell'ultimo mio figlio, sissignore. Una tragedia, signore mio, una tragedia. Così giovane...»

Giulia calmò la fame con un paio di panini al bar. Da quando era incinta non riusciva a fare a meno di pensare al cibo, si sentiva impossessata da una creatura che desiderava solo mangiare. Poi, senza sapere più cosa fare, decise di rintanarsi in albergo.

Squillò il telefonino. Fece un mezzo giro sul letto e l'afferrò sul comodino. Lesse il nome.

«Ciao papà.»

«Giulia! M'avevi detto che chiamavi appena arrivata. Tutto bene? E Marco l'hai visto? Gli hai parlato? Come sta?»

«Papà! Fammi respirare. Sto bene, sì. Marco l'ho visto... non siamo a casa. Sono in un albergo a Ischia.»

«Ischia! Dove, a Napoli? E che ci fai lì. Non dovevi tornare a Viterbo, per spiegarti con Marco riguardo al bambino? Oddio non ci capisco più niente...»

Dopo aver calmato il padre e averlo rassicurato sulla propria condizione fisica, Giulia spiegò in poche parole cosa fosse successo a Marco in quei giorni che era mancata, e cosa l'aveva spinta ad andare sull'isola. Raccontò di Ginevra, dell'eredità, della villa, dei soldi, tutto, perfino il motivo per cui Lucio l'aveva accompagnata a Ischia, per così dire, pur con poca convinzione. Omise di dire che, con la sua malsana idea di far passare l'amico come suo fidanzato, aveva peggiorato ancora di più le cose con Marco.

«Ora sono in albergo, mi stavo riposando» mentì. In realtà pensava a un modo garbato per dire tutta la verità senza far passare l'intera invenzione, quella di Lucio amante, come subdola. «Marco ha detto a Lucio di non conoscere il suo benefattore e la cosa appare un po' strana. Tu per caso sai se i genitori di Marco conoscevano qualcuno qui a Ischia?» Deviò con intenzione il discorso in un'altra direzione, per paura di sentirsi fare l'ennesima ramanzina; poi ricordò che a fargliele era sempre sua madre, mai il padre.

«Fammi ricordare... In effetti Innocenzo ha fatto il militare a Napoli, sono passati una quarantina d'anni almeno, possiamo anche desumere che abbia conosciuto questo tizio durante la naia. Anche se non me ne ha mai parlato. Il che è strano: eravamo come fratelli», il tono della voce si abbassò ricordando l'amico scomparso.

Giulia senza volerlo era venuta a conoscenza di un particolare forse ancora sconosciuto a Marco, ragion per cui fu felicissima di poter utilizzare quella notizia per tentare di accorciare le distanze tra loro.

«Grande notizia! Ora ti lascio. Ciao.»

«Ma Giulia!»

«Trentanove anni.»

Marco appoggiò la schiena alla sedia dopo tutto quel tempo a essere stato in tensione, non immaginava certo che nella vita del suo benefattore ci fosse una tragedia così immane. La fuga in America, la solitudine e le manie della casa, che con molta probabilità gli ricordavano i momenti passati con i suoi cari. Ora le capiva.

Il casale acquistò in quel momento un'aura di sacralità, impregnato com'era di amore e morte. Alla fine il povero La Marmora era stato costretto a scappare lontano da tutto e da tutti, per farvi ritorno solo dopo molti anni e tanto dolore.

Ma il nesso con lui, Marco Tolessi, dov'era? In quel momento vibrò il telefono. Guardò il nome sul display e fece un cenno a Serafino, che intanto tentava di rincuorare la vecchia caduta in un mutismo ossequioso. Si alzò piano come fosse in chiesa e si allontanò con l'aggeggio che gli vibrava in una mano.

«Giulia. Dimmi», tenne un tono neutro di proposito. La telefonata non la capiva e allora si tenne sull'indifferente.

Giulia dall'altro capo, anche senza guardarlo negli occhi, sorrise all'atteggiamento forzato di lui, sapendo quanto fossero bravi loro due in quel gioco muto delle parti.

«Ciao Marco. Ti chiamo solo per dirti che ho appena parlato con papà e mi ha riferito una cosa che forse potrà interessarti. Lucio mi ha spiegato che stavi cercando di capire il legame del tipo che ti ha lasciato l'eredità con la tua famiglia, e allora ho pensato di dirtelo subito.»

«Tuo padre conosce La Marmora?»

«Così si chiama il tipo? No, non lo conosceva. Ma mi ha detto che tuo padre, una quarantina di anni fa, ha fatto il militare a Napoli. Forse in quel periodo si sono conosciuti, sono diventati amici... Però papà dice che è strano che Innocenzo non gliene abbia mai parlato. Tu sai quant'erano amici.»

«Sì, lo so.» Avrebbe voluto ricordarle che anche loro una volta erano legati da una profonda amicizia, e in quell'unione così eccezionale c'era tanto amore. Lei se n'era dimenticata in modo così veloce che preferì tacere. «Questa di Napoli mi è nuova. A dire la verità non sapevo nemmeno che papà avesse fatto il militare. Mai visto una sua foto in divisa, tanto che pensavo appunto che non l'avesse mai fatto.»

«Già.»

Cadde un silenzio immediato, reso ancor più assoluto dalla lontananza e dal piccolo oggetto che reggevano in mano.

«Senti.»

«Senti.»

Entrambi decisero di rompere la difficile situazione nel medesimo istante, rendendo la circostanza più fredda e distaccata, dimostrando ancora una volta come le loro corde oscillassero in simpatia.

«Parla prima tu» disse Marco.

«Niente... Volevo solo... Ecco, io devo

assolutamente parlarti, dirti delle cose molto importanti, spiegarti.»

«Mi sembra tutto abbastanza chiaro e limpido, non vedo cosa ci sia da spiegare.»

«Marco, per favore.» Giulia si rese conto che non riusciva più a stare nel piano che si era prefissato, i sentimenti che pensava di tenere a bada erano liberi di stravolgerla. «Vorrei parlarti di persona. Sai quanto li odio questi affari.»

«Sì, lo so.»

«Allora cosa ne dici? Ci vediamo?»

Marco non capiva più nulla. «Stasera ho organizzato una cena a casa, se vuoi...»

«Ah! Va bene. Mi sembra una bellissima idea.» Combattuta se salutarlo con rigore o con amore, Giulia decise di ascoltare il suo cuore, e disse: «Ti voglio bene. A stasera» e chiuse la comunicazione, come se avesse paura della sua risposta.

Marco non ebbe nemmeno il tempo di pensare al saluto così promettente di Giulia che il telefono squillò di nuovo; questa volta era Ginevra.

«Ciao Ginevra. Io devo chiederti scusa...»

«Aspetta Marco, sono sconvolta. È successa una cosa assurda, devo parlarti con urgenza.»

Capitolo 5

L'intenzione di Marco per quella sera era di affiancare
al primo di Elide un paio di piatti leggeri, una scusa per
evitare le pettole e fagioli della donna e ingurgitare
meno calorie possibili. Le ricette scelte con molta cura
piacevano anche a Giulia, anche se non erano le sue
preferite in assoluto. Infatti la decisione era caduta su
queste pensando a quanto stesse attenta a ciò che
mangiava e alla loro semplicità d'esecuzione, così da
non mostrarsi troppo predisposto a una pace senza
riserve. E poi, non sarebbe riuscito a concentrarsi su
pietanze elaborate; dopo i fatti raccontati da Ginevra
nel pomeriggio le perplessità sul lascito di La Marmora
a questo punto assumevano contorni più netti, meno
ambigui.

Elide entrò in cucina posando il suo fagotto
ingombrante sul tavolo, assicurando di nuovo al
ragazzo che pettole e fagioli riscaldati acquistavano un
sapore in più. Lo lasciò di nuovo da solo a sbucciare le
patate e a pensare alla sua storia con Giulia: la
giovinezza trascorsa insieme, quella casa e i misteri che
celava, La Marmora e la morte di moglie e figlia, suo
padre e quello di Ginevra, e ad altri mille pensieri,
tranne che concentrarsi sulla preparazione delle patate.

Giunse all'ultima patata. Le immerse tutte nel
pentolone di acqua bollente e guardò l'orologio:
dovevano passare dieci minuti esatti. Intanto scelse la

verdura fresca del suo orto per realizzare la salsa che avrebbe accompagnato le patate impanate, la tagliò a pezzi medi realizzando mucchietti che gli servivano per capire le quantità da usare. Ruppe un paio di uova, sempre delle galline che razzolavano nell'orto, e separò i tuorli facendoli passare più volte da un guscio all'altro. Scolò le patate e le tenne sul piatto per farle raffreddare, frullò le verdure con una goccia di extravergine, limone e aceto balsamico, ne fece una salsina che assaporò e aggiustò con pochissimo sale.

Sul tagliere mise prezzemolo, sedano e aglio, ridusse il tutto e lo mischiò con il pan grattato. Spennellò le patate con un poco di albume appena sbattuto e le passò nel pangrattato preparato, le infilò su lunghi stuzzicadenti appoggiandoli sui bordi di una teglia per non farle toccare, a mo' di spiedino: subito in forno senza guardare il tempo.

Un rumore attutito dalle spesse pareti della casa arrivò fino in cucina. L'auto mastodontica di Ginevra aveva appena parcheggiato nel cortile portando con sé Giulia e Lucio. Il cuore accelerò con decisione.

Giulia mise piede nella stanza d'ingresso e subito fu colpita dall'odore di vecchio che saturava la casa, un odore che non le dava fastidio, anzi, l'avvolgeva con la sua sicurezza degli anni di vita. Lasciarono i propri indumenti a una parete in legno attrezzata con una serie di appendiabiti, proprio di fianco all'ingresso per la cucina, da dove Marco li invitava a entrare. Marino fece strada al piccolo gruppo con la cordialità di un anfitrione.

Entrarono nella cucina. Proprio di fronte all'entrata si apriva una porta con finestra, Giulia si chiese dove portasse. L'ambiente occupava quasi tutto un lato della casa e viste le dimensioni del casale risultava enorme. Un tavolo lungo e le pareti con credenze e dispense di vario tipo non minimizzavano le dimensioni, la vecchia stufa a legna coi fuochi per cucinare faceva ancora la sua bella presenza. Marco si era adoperato per procurarsene una a gas e un forno elettrico moderno, poggiati sul ripiano dove cucinava.

L'odore che persisteva metteva l'acquolina in bocca e lo stomaco di Giulia iniziò subito a borbottare. Si tenne in disparte, timorosa, salutandolo con una mano e un sorriso forzato. Non si aspettava che ci fossero tutti. Avrebbe atteso il momento propizio per parlargli e spiegarsi, incerta se dirgli del bambino.

Li raggiunse la moglie di Marino, salutandoli anche lei con calore, come aveva fatto poc'anzi il marito accogliendoli sulla soglia del casale. Quando Marino annunciò di scendere in cantina a prendere delle bottiglie di vino, Giulia si offrì volontaria per un aiuto. Imbarazzata com'era, colse il momento per allontanarsi.

Impegnato in uno scambio di battute con Lucio, e le patate nel forno, Marco perse di vista Giulia.

La vide poco dopo rientrare con Marino recando

alcune bottiglie in mano. Non riuscì a distogliere lo sguardo dalla sua figura, lei se ne accorse e gli parve arrossire.

Lucio e Marino sembravano aver legato subito, rubando la scena al resto dei commensali, costringendoli a sorridere alle battute stupide del giovane e ad annuire a quelle sempre pronte dell'altro. Marco si accorse dello stato amareggiato di Ginevra, dal comportamento degli altri capì che ancora non aveva detto niente a nessuno. Arrivati a quel punto sarebbe stato grato a uno di loro se lo avesse aiutato a riscaldare le pettole e a occuparsi dei secondi. Costrinse Elide a non toccare nulla, invece invitò con uno sguardo Giulia, che con sua grande meraviglia si avvicinò con occhi che non aspettavano altro.

«Togli le patate dal forno per favore. Poi prendi l'altra teglia e mettila a riscaldare, così, grazie.»

«Hai fatto le patate in crosta, è da tempo che non le mangio.» Giulia evitava di guardarlo negli occhi, timorosa di leggergli cose che non desiderava sapere. Oramai preda dei sentimenti si lasciava trascinare dal momento. «E nell'altra che c'è?»

«Ti ho fatto la spuma di baccalà.»

«Peperoni ripieni? Con il prezzemolo?»

«Arrostiti, senza pelle, con spuma di baccalà e tanto prezzemolo. Sono papaccelli però, un po' piccanti. Penso ti piaceranno.»

La ragazza rispose di sì con la testa, alzando gli

occhi verso i suoi giusto in tempo per vedere che lui la osservava attentamente. Capì che la stava studiando. Conoscendolo fin dentro l'anima, seppe senza ombra di dubbio di aver perso la battaglia immaginata sul treno, fatta di sotterfugi e di piani per fargli capire quanto l'amava: tutto inutile. Lui sapeva, ma non capiva.

Marco trasse un profondo beneficio dal loro contatto così intimo e unico.

«Le pettole» disse.

«Cosa?»

«Dai una mischiata alle pettole, altrimenti si attaccano sul fondo. Io intanto preparo le patate. La pasta la lasciamo agli altri, eh?»

Giulia rimestò nel pentolone, più la pasta si riscaldava e più il profumo la stordiva.

«Per niente al mondo mi perdo questo ben di Dio.» Aveva occhi solo per le pettole e fagioli. Volse lo sguardo un attimo alla tavola già imbandita da Elide e decise che la pietanza era pronta per essere impiattata. Senza curarsi degli sguardi increduli di Marco disse: «Forza! Tutti seduti, si mangia» con ritrovata allegria.

Marco continuò a preparare i piatti del secondo non riconoscendo più la sua ex: la vecchia Giulia avrebbe preso le distanze da cibi così elaborati e, per usare le sue stesse parole, pieni di odio contro la natura umana. Lui rifiutò in modo categorico il primo piatto, impegnandosi nella preparazione dei peperoni ripieni con spuma di baccalà, con un orecchio sempre teso alle discussioni a tavola.

Il brusio scemò appena iniziarono a mangiare, e ripresero subito dopo con i complimenti a Elide per quanto era saporito quel piatto tradizionale.

Quando Marco prese posto a tavola si accorse che Ginevra non aveva toccato niente.

Lucio, notandolo già da prima, le chiese cosa avesse.

Ginevra con un filo di voce raccontò che nel pomeriggio, dopo aver lasciato lui e Giulia in albergo, aveva ricevuto una telefonata dalla polizia, pregandola di recarsi in questura.

Una volta lì, le avevano riferito che la Scientifica, poco persuasa sulla prima ricostruzione dell'incidente dove aveva perso la vita suo padre, aveva approfondito le indagini sui rottami dell'auto, scoprendo una manomissione sulla centralina elettronica.

Con molta probabilità questo aveva causato lo sbandamento in curva e la conseguente uscita del mezzo dalla traiettoria. Quindi l'incidente era stato provocato, non dovuto a un errore di valutazione del padre, peraltro un esperto e tranquillo guidatore. Alla luce di questi nuovi fatti le indagini si modificavano in presunto omicidio, quindi le avevano chiesto della vita privata di suo padre e altre domande inerenti al suo lavoro.

Il racconto costò qualche lacrima alla ragazza, subito confortata da tutti i presenti. Marco sapeva già tutto, nella sua mente fiorirono legami con la sua storia.

Intanto che la discussione sull'incidente proseguiva, Giulia e Marco tolsero i piatti vuoti dal tavolo, il ragazzo ebbe modo di osservare la faccia incupita di Marino. Così cordiale e sorridente con tutti, balzò subito in evidenza il suo protratto silenzio.

Fingendo di non accorgersene, Marco, aiutato sempre da Giulia, iniziò a portare i due secondi, osservando con la coda dell'occhio il commensale silenzioso. Intanto Lucio si prodigava a strappare qualche sorriso a Ginevra, aiutato anche da Elide che sembrava ignorare il cambiamento d'umore del marito.

Quando furono di nuovo tutti seduti a tavola, il discorso cadde sull'eredità, ed Elide, in sintonia con Giulia, chiese a Marco se avesse fatto qualche scoperta sull'amicizia che legava il vecchio padrone a suo padre. La richiesta della donna fu accompagnata da un'occhiataccia di Marino che non sfuggì a Marco, il quale, non riuscendo a capire, decise di esporre il dubbio che lo aveva attanagliato appena saputo del padre di Ginevra.

«Non ho trovato ancora la prova di un'amicizia tra mio padre e il signor Anselmo, però sono venuto a conoscenza di un paio di fatti, anzi tre, ora che ci penso, che mi hanno dato da pensare. Per esempio, Giulia,» e si rivolse alla ragazza «non te l'ho detto al telefono… La Marmora aveva una figlia con il tuo stesso nome e, guarda caso, mio padre faceva il militare a Napoli nell'anno in cui la ragazza morì insieme alla madre.»

«E questo che c'entra» rispose lei assaggiando il baccalà. «Il mio è un nome molto comune. E cosa intendi far capire con la coincidenza delle date?»

«Niente, devi sapere che La Marmora amava le gerbere gialle. Più o meno. Marino mi ha detto che in realtà non gli piacevano, tuttavia voleva che le curasse.»

L'uomo continuò a tacere, anche dopo esser stato nominato.

Giulia posò la forchetta e si appoggiò allo schienale.

«I fiori che piacevano a mia madre...» disse pensierosa. Anche per lei quelle coincidenze divennero a un tratto fatti appartenenti alla medesima storia.

«Non precisamente» tenne a chiarire lui. «Sì, è vero che tua madre amava questo tipo di fiori, ma forse ignori da dove è partita la cosa. Era mio padre ad amare quei fiori in realtà, tua madre si limitava a prenderlo in giro per questa sua mania. Con il tempo la passione è passata a lei. Ecco come sono andati i fatti.»

«E tu come lo sai?»

«Me lo ha raccontato tuo padre», spostò lo sguardo su tutti i commensali, soffermandosi su Marino, con il capo chino sul piatto ancora pieno. «Sono tante piccole coincidenze che mi danno da pensare. Anche se non riesco a unirle. E secondo me – è solo una supposizione – la morte di tuo padre», ora si rivolgeva a Ginevra, «c'entra qualcosa. Non vorrei che occupandosi di questa eredità si sia trovato immischiato in cose strane.»

«Ora mi sembra che stai esagerando» rispose Ginevra. «Addirittura immagini un complotto» finì la frase inviando un'occhiata ironica a Giulia, in cerca di un'alleata.

Ma Giulia ne era rimasta colpita quanto Marco e, ragionando allo stesso modo, vedeva ciò che agli altri pareva invisibile.

Senza preavviso Marino si alzò tenendo la testa bassa. Bofonchiando una giustificazione abbandonò la tavola adducendo un dolore lancinante allo stomaco. La moglie, senza capire, si accomiatò anche lei salutando tutti e scusandosi con ognuno di loro per il comportamento del marito. Accampò la scusa di una vecchia gastrite che lo tormentava da qualche giorno e scappò via.

Si ritrovarono loro quattro con ancora un secondo abbondante da finire e poca voglia di continuare. Marco offrì le patate senza aspettarsi niente.

L'unica che tentò un timido assaggio fu Giulia, e fu anche l'unica a tentare di tirar su il morale sceso a livello di guardia troppo presto.

«Non avrai mica messo del veleno nelle pietanze per liberarti di noi», lo disse senza smettere di spiluccare.

Lucio scoppiò a ridere. Ma smise subito, pensando

facesse sul serio. Lei mantenne il gioco per attirare l'attenzione di Marco.

Marco dal canto suo non badò alla battuta e disse: «Spero non sia grave. Marino stava bene quando si è seduto a tavola. Hai notato il suo cambiamento d'umore?» lo chiese a Ginevra seduta al suo fianco, dall'aria scocciata di chi si sentiva di troppo.

«Mi è parso, sì» rispose con indifferenza.

Marco allora indagò verso Giulia.

«Io l'ho notato e non mi sembrava sofferente» rispose lei con arguzia.

«Ho visto che rientravi dalla cantina con lui» osservò Marco, «per caso hai notato qualcosa?»

«Niente. Tranne che chiamarla cantina mi sembra riduttivo.»

«Sul serio? Pensa che non ho ancora avuto tempo per darci un'occhiata. È grande?»

«Non ho idea di quanto sia grande questa casa. La superficie che si estende sotto credo sia molto di più, hai delle cantine favolose. Alcuni ambienti sono zeppi di botti di legno. Dove mi ha portato Marino era pieno di scaffali portabottiglie e c'era perfino un mobile a forma di grossa botte chiuso da un lucchetto, faceva un freddo! Una bella fortuna per te, appassionato come sei di vino.»

«Mi hai incuriosito. Domani ci scendo a dare un'occhiata. Chissà, forse nel mobile chiuso sono conservate vecchie bottiglie; magari trovassi un

Masseto dell'86, sai che fortuna. Queste bottiglie di Sassicaia che avete portato… ce n'erano delle altre?»

«Tu lo sai che non ci capisco granché, per me sono tutte uguali. Poi messe in quel modo, che si vede solo il tappo. No, non lo so.»

Il dialogo stava sempre più prendendo il verso di un discorso a due, Lucio e Ginevra si scambiavano occhiate basse palleggiando il senso di noia che cresceva. Lucio si chiedeva come fosse finito avvinghiato alla rete di Giulia e per quale maledetto motivo si trovava lì anziché starsene a casa sua a controllare l'andamento dei lavori. Fosse stata estate avrebbe colto l'occasione per prendersi una vacanza tutta per sé, magari rimorchiando una straniera mordi e fuggi.

Ginevra, piuttosto seccata della situazione ambigua, aveva immaginato una serata dove poter rafforzare il rapporto con Marco, dopo il promettente pranzo fatto insieme. Invece lui faceva il cascamorto con Giulia, che in un primo momento aveva creduto stesse con Lucio. Un casino nel quale non amava trovarsi e dal quale cercava un modo per dileguarsi. E lui, Marco, con la fissazione dell'eredità e ora con le insinuazioni sulla morte di suo padre…

La voce del ragazzo si insinuò nei suoi pensieri fermando il treno delle riflessioni, costringendola a raccattare il senso del discorso che Marco e Giulia avevano continuato a tenere. Le era parso discutessero di vino e di quanto lui se ne interessasse per migliorare i suoi piatti.

Si rese conto che le avevano rivolto una domanda, tuttavia senza capirne il senso.

«Anche qui a Ischia abbiamo degli ottimi vini,» disse con prontezza scolastica «sono sicura troverai modo di esaltare qualche tua creazione.» Ginevra si mantenne sul vago, non riuscendo però a nascondere il senso di scocciatura.

Marco decise di abbandonare il discorso, intuendo che agli altri due non interessasse molto e Ginevra, estranea ormai da alcuni minuti, appariva addirittura infastidita. Fece un veloce esame di coscienza e decise di spiegare la realtà dei fatti, sentiva di doversi chiarire.

«Scusami Ginevra, forse è meglio che ti spieghi come stavano le cose tra me e Giulia.» Sedeva accanto a lui con un atteggiamento distaccato, teneva la testa bassa e la forchetta affondata in quello che restava del peperone. «Fino ad alcune settimane fa io e lei stavamo insieme.» Una piccola pausa durante la quale Ginevra continuò a fissare il piatto. «Mi ha fatto molto piacere rivederla, una visita inaspettata direi. Come è inaspettata la notizia che si sia legata al mio amico più caro», le ultime parole uscirono come frecce scoccate a Lucio, per quanto sembrasse una farsa. «Mi viene solo da augurargli tutto il mio bene.»

Ginevra si sentì rincuorata da quelle parole,

cogliendole come un messaggio diretto a lei, felice anche di apprendere che effettivamente Giulia e Lucio avevano una relazione. Forse il comportamento di Marco nei confronti della ex fidanzata era solo pura cordialità, e le sue fantasticherie erano dettate solo da un pizzico di gelosia.

Lucio ebbe un sussulto a sentire le parole di Marco e iniziò a muoversi di continuo sulla sedia con fare innervosito. Tentò di intervenire, di confutare la tesi del fidanzamento, ma fu bloccato da un'occhiataccia di Giulia, come si farebbe coi bambini. Fece di tutto per trattenersi, di non aprire la bocca, riuscendoci tuttavia solo per pochi secondi.

Infischiandosene delle minacce non verbali che Giulia gli lanciava esclamò concitato: «Marco, devo dirti la verità, non riesco più a portare avanti questa storia. Ti dico subito che l'idea non è stata mia, e se proprio devo darti un consiglio spassionato, beh stai lontano da...»

Giulia gli sferrò un calcio sotto il tavolo tentando di fermare la linguaccia del rinnegato. Il suo intento non andò a buon fine e Lucio, anche se dolorante, continuò con la sua confessione.

«Io e lei non stiamo insieme, anzi, me ne vedrei bene di farmela con una come questa!»

A questo punto Giulia abbassò la testa nascondendo il viso tra le mani.

«Io... Questa è una vipera!» continuò Lucio

corrucciato. «Tu non sai come mi ha trattato, mi ha costretto a venire qui, con tutto quello che ho da fare. Ma...»

«Va bene Lucio, calmati. Lo avevo immaginato, il vostro gioco è durato poco. Mi pareva così strano. Voi due, che non siete mai andati d'accordo, vedervi insieme... Non capisco perché tutta questa messinscena. Giulia, sei stata tu a lasciarmi, perché inventarti tutto questo?»

Giulia alzò il capo e spostò gli occhi da Marco a Ginevra, poi di nuovo su Marco e infine li abbassò. La sua intenzione era di parlargliene personalmente, appena avessero avuto un momento libero tutto per loro. Invece l'idiota non aveva saputo tenere la bocca chiusa. Avrebbe dovuto immaginare che non sarebbe stato in grado di reggerle il gioco, però anche lei aveva sottovalutato il problema non avvertendolo delle sue intenzioni di parlare con Marco...

«Ah, ho capito», Marco annuì con la testa e si morse un labbro, la nebbia si schiariva e iniziava a capire il casino nel quale si era cacciata lei.

«*Cosa* hai capito!» sbottò Ginevra, la quale si sentiva una palla in gioco su un campo da tennis. «Io non ci capisco più niente...»

«È meglio che ci fai l'abitudine, Ginevra,» intervenne Lucio «questi due fanno sempre così: parlano guardandosi. Molto frustrante direi, un linguaggio empatico che metterebbe in crisi lo studioso più accanito.»

«E allora che ci faccio io qui? Perché hai organizzato questa cena, solo per prenderti gioco di me? Perché non mi hai detto niente? Almeno ti sei divertito a insultarmi?» Ginevra si alzò di scatto, mentre una lacrima cadde veloce, giù lungo la guancia, trasportando il dolore ancora vivo della morte del padre e tutta l'amarezza della sua storia con Marco, finita ancor prima di cominciare.

Marco si alzò a sua volta, senza sapere cosa dire per calmarla. Non desiderava vederla così, le voleva bene. Con una mano accennò a toccarle una spalla, lei si ritrasse istintivamente.

«Mi dispiace, non volevo… Sono un imbecille. Io… volevo dirtelo, poi sono arrivati loro… Mi hanno preceduto. Ho sbagliato a non parlartene subito. Giulia ha detto che doveva dirmi qualcosa. Io ti avevo invitata per fare un po' di chiarezza in tutta questa storia, poi…»

«Ma quale chiarezza, Marco! Qui non c'è niente da chiarire. Ti stai fissando su delle sciocchezze», si batté un dito alla tempia. «Le tue sono solo fisse che non porteranno da nessuna parte.»

«L'assassinio di tuo padre non è una mia fissa, è un fatto reale, capisci? E la polizia non si fermerà, vedrai che la matassa si sbroglierà e allora…»

«Allora che!» Ginevra afferrò il telefonino poggiato sul tavolo con uno scatto felino. «Me ne vado» e si allontanò con grandi passi.

Lucio non rimase a pensarci più di tanto, si scusò con l'amico e la seguì chiamandola a gran voce, cercando di rimediare un passaggio per tornare in albergo.

Marco sprofondò nella sedia e chiuse gli occhi, volendo solo ritornare a un mese prima, nella loro casa e con Giulia al suo fianco. Lui con il lavoro di pizzaiolo che non gli piaceva e i sogni di un gran ristorante di lusso, lei che pagava la maggior parte delle bollette con il suo impiego dal commercialista e immaginava di aprire una palestra di arti marziali per bambini. Con i loro problemi sì, problemi di giovani che preferiva di gran lunga all'impiccio in cui si trovava in quel momento. Così lontano da casa, in un paese bello, non c'è che dire, ciononostante estraneo e distante dai luoghi dove aveva vissuto. Forse la mossa più corretta da fare era vendere tutto e subito, ritornare a essere quello di prima, e perché no, sposare Giulia, sempre se non avesse cambiato di nuovo idea.

«Marco.»

La voce dolce di Giulia lo costrinse ad aprire gli occhi, posarli nei suoi e leggerci dentro, liberamente, senza tentare di dare spiegazioni ai comportamenti. La conosceva a tal punto che capì solo in quel momento di non poter fare a meno di lei, qualsiasi tentativo di trovare un'altra Giulia sarebbe stato vano. Avrebbe dovuto morire e rinascere.

«Marco. È tutta colpa mia» le tremava la voce. «Ti ho rovinato la serata, anzi, ti ho rovinato la vita. Quando Lucio mi ha accennato a una tua presunta storia con Ginevra non ho capito più niente... In verità... Ecco, ero tornata a casa per dirti una cosa importante, una cosa tutta nostra, Marco. E... mi sono resa conto che ti volevo ancora bene e tutte le stupidaggini... ora mi sembra di non averle dette io. Eppure sono stata proprio io! Non dovevo venire.» Una sensazione alla bocca dello stomaco iniziò a infastidirla: la ignorò. «Per non parlare della storia inventata tra me e Lucio... Scusami, non so cosa mi passava per la testa...» La nausea iniziò a risalire l'esofago e non riuscì più a fingere.

Marco distolse lo sguardo ascoltando la storia dalla sua bocca, fatti che aveva già immaginato e che un po' lo compiacevano.

«Ho passato dei giorni d'inferno, spero te ne renda conto. Comunque la separazione è soprattutto colpa mia, ti ho trascurata molto in quest'anno, pensavo solo al mio maledetto lavoro. Nel frattempo ti allontanavi e non me ne accorgevo. Ora che faremo? Per me non è cambiato niente.»

Alzò il viso con l'intenzione di dirle che l'amava come la prima volta che ebbe il coraggio di baciarla, anche se allora era solo un bambino e fu tutto molto più semplice. Marco la scrutò con preoccupazione, perché la ragazza non parlava e tratteneva con evidenza un malore improvviso.

Giulia intanto tentava con tutte le forze di ricacciarsi dentro ciò che aveva mangiato, le era piaciuto, e vomitare le pareva sgarbato nei confronti di lui.

«Il bagno» disse sbiancata quando il malessere divenne insopportabile.

«Anche tu! Oddio allora qualcosa...»

«Marco, il bagno dov'è!»

«La porta di fianco alla cucina. Vieni.» Fece di volata il giro del lungo tavolo e le prese una mano gelida. Quel contatto freddo lo fece tremare pensando a una intossicazione. Uscirono dalla cucina. «Qui. Accendo la luce», fece per accompagnarla ma lei lo cacciò via e si chiuse dentro.

Prima di chiamarla e chiedere come stava, Marco fece trascorrere alcuni minuti, durante i quali sentì i rumori del rigurgito e si rincuorò pensando che vomitare era anche una cosa buona. Lo scarico fu svuotato un paio di volte e allora decise di bussare e domandare, sempre con più insistenza.

Giulia uscì con un sorriso stanco in viso e lo abbracciò senza pensarci due volte, in fondo era quello che entrambi speravano da quando si erano rivisti. Perché attendere ancora e camuffare i loro sentimenti? Quell'abbraccio così ampio e generoso le mancava, lo aveva desiderato così tanto che ora faticava a liberarsene.

Decise di smetterla di eludere e mentire.

«Sono incinta.» La testa appoggiata al petto di Marco ebbe un fremito.

«Giulia! Ma... Mi stai ancora prendendo in giro!» Le scostò la testa con delicatezza, l'accarezzò in viso e vide la verità nei riflessi lucidi delle pupille. La strinse di nuovo con le braccia accarezzandole il capo. «È la cosa più bella che ci poteva capitare. E sei venuta fin qui per dirmelo?»

«Sì. Volevo dirtelo di persona. Guardarti mentre ascoltavi. Ho capito subito che mi amavi ancora, quando ti ho rivisto allo studio, e allora tutti i piani stupidi che avevo pensato per riconquistarti... Vabbè, lasciamo perdere.»

«Eh no, mia cara, ora mi racconti tutto.»

«Ma sono stanca.»

«Vieni, ti faccio vedere un posto dove potrai riposarti in completo relax.»

«A quest'ora voglio vedere solo un letto. Lo sai che giornata ho passato!»

«Va bene. Però prima devo assolutamente farti vedere una cosa.»

La prese sotto il braccio come per accompagnare un'anziana signora sulle strisce pedonali, e si diresse verso il lato opposto del grande ingresso, sotto la luce gialla del vecchio lampadario, che gettava strane ombre sui muri e tetri riflessi sulle vetrate delle porte.

Sempre stretta nel suo abbraccio la tenne davanti a
sé e accese la luce. Le carezzava la pancia liscia e ancora
forte dei muscoli in tensione quando Giulia sussultò
alla vista dello studio.

Come tutto il resto della casa anche quella stanza
aveva proporzioni esagerate, intorno al camino si
raccoglievano i divani invitanti mentre il pianoforte a
coda lunga, nero, maestoso e splendente occupava
tutto l'angolo in fondo. Tranne le due pareti ai lati del
pianoforte, tutto il resto era un susseguirsi di librerie e
mobili a ripiani stracolmi di volumi, alcuni massicci,
altri piccoli, tenuti in orizzontale su altri libri.
L'atmosfera ovattata da drappeggi alla finestra e da due
tappeti persiani rendeva l'ambiente caldo e accogliente
come una piccola chiesa.

L'intera superficie era occupata da: un tavolino con
lume, una mastodontica scrivania di legno scuro
coperta da un vetro trasparente, un tavolo da
scacchiera con una partita lasciata a metà e perfino un
altro dalla forma particolare, utilizzato per il gioco del
poker, anch'esso in legno.

Giulia abbandonò il caldo abbraccio di Marco e si
diresse verso il Bechstein, alzò il cilindro della tastiera
e premette qualche accordo a caso ricavandone un
suono poderoso e ricco di brillantezza.

«Molto meglio del vecchio Korg che abbiamo a
casa, eh?» Marco si sedette sulla panca e accennò
Souvenirs d'Andalousie di Gottschalk, un pezzo molto

veloce che Giulia amava moltissimo e che ascoltandolo sortiva l'effetto di incantarla. Si interruppe, con grande disappunto di lei. «Ma non è questo che volevo farti vedere. Vieni.»

Marco la prese per mano e si avvicinò a una parte della libreria, spostò alcuni volumi liberando una maniglia, tirò senza particolare sforzo mettendo in vista una porta come le altre.

«Non è una stanza segreta. La Marmora deve averla coperta in seguito con questo marchingegno.» Abbassò la maniglia ed entrò in un ambiente buio. «È stato Marino a dirmelo, la prima sera. Sembrava avere una voglia matta di entrarci.» Accese le luci e la stanza si rivelò essere una veranda in muratura, con un lungo divano bianco di fronte alla vetrata e alcune sedie in vimini.

«Non ci vedo nulla di particolare» disse Giulia.

«Aspetta. Siediti sul divano.» Spense di nuovo le luci e fece scattare un altro interruttore. Oltre il vetro l'esterno si illuminò in più punti, una porzione di prato e alcuni alberi lontani fecero capolino tra le tenebre. «Che te ne pare?»

«Beh, ora sì che è interessante. Di giorno deve essere una bella vista. Con il sole di fronte si deve stare un gran bene anche quando fa freddo.»

«Infatti.» Marco prese posto al suo fianco, così vicino da toccarla con tutto il corpo. E rivisse con i ricordi quel giorno di anni prima, sul dondolo di casa sua, quando si rincontrarono dopo gli anni di studio superiori e si promisero di non lasciarsi mai, per nessun motivo al mondo. Una promessa tenera come solo due cuori innamorati possono suggellare, che ora riteneva potesse avverarsi senza più alcun ostacolo.

Giulia si strinse sotto il braccio di lui e fu attraversata da un brivido di freddo. Il sonno la rapiva, non voleva rovinare l'atmosfera.

Marco l'avvolse con un braccio e l'accolse sul petto.

«Quando Marino mi ha portato qui c'erano delle grosse tende pesanti e scure alle vetrate» fece il giro del perimetro con una mano. «I divani coperti da lenzuoli. Anche quelle sedie là. Tutto pieno di polvere e con un odore di marcio che dava il voltastomaco. Abbiamo pulito tutto, tolto quelle tende orribili e fatto entrare la luce. I divani ho dovuto buttarli. Questi sono nuovi.»

«Perché avrebbe dovuto sigillarla?» chiese lei. Tirò le gambe sul divano in posizione fetale.

«Immagino che questo posto, come altri in questa casa, fossero molto amati da sua figlia o dalla moglie. Penso più dalla figlia. Forse questa veranda – da fuori sembra essere stata costruita in un secondo momento – fu un'idea della ragazza. Forse qui dentro ci studiava, chissà. E poi, quando è morta, l'ha sigillata.»

«Che storia triste», Giulia ascoltava mezza addormentata.

«E non è tutto. La parte di giardino qui di fronte è racchiusa da siepi, così è impossibile vederla dal parco sul retro e dalla dépendance. Per arrivarci bisogna scostare delle piante in vaso.»

«Che strano, come se non volesse farlo vedere a nessuno» disse lei con occhi pesanti.

«Già. È molto bello, domani te lo faccio vedere. Stando seduti qui sembra di stare in un altro posto, un po' isolato.»

«Ma pensa... Hai detto dépendance?» Giulia ravvivava il discorso con domande al solo scopo di farlo parlare. Stava così comoda che sentiva di poter trascorrere l'intera notte abbracciata a Marco, anche se iniziava ad avere freddo.

«Sì, dove vivono Marino ed Elide» rispose.

Marco non riusciva a tranquillizzarsi. Giulia al suo fianco avrebbe dovuto liberarlo da tutte le sue preoccupazioni, invece non trovava pace. La storia del vecchio padrone di quella casa la sentiva sua e soprattutto molto legata al padre. Non ne conosceva il motivo, ma ne era convinto più che mai.

«Io credo che mio padre conoscesse La Marmora, non so in quali rapporti fossero, però si conoscevano.» Si accorse che lei tremava. «Giulia, stai tremando dal freddo. Aspetta.» La sollevò a sedere e scomparve nello studio. Tornò con un plaid abbastanza ampio da coprire l'intero divano, Giulia si rannicchiò di nuovo al suo fianco sotto la coperta calda, poggiando la testa sulla spalla di Marco. «Stai bene?» chiese il ragazzo.

«Sto benissimo.»

Marco lesse in quelle parole molte cose, e tutte positive.

«Cosa stavi dicendo?» Giulia si era scostata un attimo per porgere la domanda e per invitarlo a parlare ancora.

«Basta parlare. Sei stanca e a quest'ora dovresti già stare a letto. "Ricordati che aspetti un bambino", diceva Venditti.»

«Ancora un po', ti prego. Allora?»

«Ok.» Riordinò le idee e continuò: «Ricordi che ti ho raccontato della vecchia, oggi pomeriggio. Lei dice che la ragazza è cascata dalla montagna. È quasi impossibile cadere sai? A meno di scavalcare il muro. È abbastanza alto e circonda tutto il lato che dà verso il mare. Non era più una bambina. Poter pensare che andasse a spasso sul bordo del muretto senza capire il pericolo che correva... No. Non mi convince».

«Tu cosa pensi.»

«Non lo so. Questa storia mi incuriosisce, ma non posso certo sbatterci la testa fino a diventare scemo. Se voglio rimanere qui, e ne ho tutta l'intenzione, devo trovarmi un lavoro. Dovrò pur pagare l'ICI e le bollette, no? Tu, invece, rimarresti qui con me? Lo so, sei appena arrivata e non hai avuto modo di orientarti. Ti posso assicurare che è un buon posto dove crescere nostro figlio.»

«Nostro figlio... Se lo dici in questo modo come faccio a dirti di no?»

Sorrise compiaciuto. «Tu lo sai che non ho smesso un solo attimo di amarti, vero? Anche quando pensavo di averti persa non riuscivo a togliermi dai miei pensieri.»

«Ti capisco,» disse Giulia «mi è capitata la stessa cosa. Non smetterò mai di scusarmi con te per come ti ho trattato.»

«Non pensiamoci più. Siamo entrambi colpevoli del nostro comportamento individualista. Questo non accadrà più, non lo permetteremo.»

Lei piegò la testa all'indietro con occhi insonnoliti, in un invito più che chiaro. Marco fece scivolare un braccio dietro la sua schiena e lei divenne più piccola e indifesa. La baciò come desiderava fare da molto tempo, con avidità e passione. L'attimo idilliaco fu interrotto dallo squillare frenetico del cellulare di Giulia.

«Mio padre» disse senza guardare il display. Si diede una sistemata ai capelli arruffati e rispose. «Ciao papà, ti stavo chiamando» fece una smorfia. Marco rise.

Giulia ascoltò in silenzio, poi rispose:

«Sono con Marco, a casa sua…»

«Sì, tutto bene papà, non preoccuparti…»

«Sì abbiamo fatto pace. Contento?» Mentre ascoltava guardava Marco che annuiva con un'espressione felice.

«Non lo so cosa faremo. La casa è bella, il posto è bello. Forse rimaniamo qui.»

«Sì, la casa è grande!» sbuffò senza farsi sentire.

«Va bene. Ok.»

Giulia rimase ad ascoltare per un certo tempo, poi sbottò alzandosi dal divano.

«Cosa? Come ti è venuto in mente?» rispose con tono alterato. Ora fissava un punto lontano, attenta alle parole che diceva Vittorio. Poco dopo replicò: «E ora?» pausa lunga, poi riprese: «Telefonagli e spiega come stanno le cose. Tu mi hai messo in questo impiccio! Anche qui esisteranno ginecologi, non ti pare?» si interruppe un breve istante, poi si accomiatò e chiuse il telefono.

«Ma cosa è successo?» chiese Marco che non aveva capito niente.

«Uffa. Nella settimana che ho passato a casa ho rivisto Giacomo, te lo ricordi?»

«Sì. È ancora bello come l'ultima volta che lo abbiamo incontrato?»

«Stupido. Lo sai è ginecologo, ed è stato lui ad accorgersi che ero incinta. Io non potevo immaginarlo dato che usavo la pillola.»

«Infatti. Allora come...»

«Ti ricordi quando sono stata male con l'intestino? Ecco, lì mi sono fregata. Nel senso che gli effetti della pillola sono stati annullati e quando noi... Insomma, Giacomo mi ha fatto fare delle analisi e così ha capito che sono incinta da più di un mese. Appena il bambino sarà grande faranno delle misure per sapere il tempo con precisione.»

«E allora? La telefonata?» domandò.

«Come? Ah, sì. Papà. Non si è fatto gli affari suoi. Ha saputo che Giacomo era a Napoli per una conferenza, gli ha telefonato dicendogli che ero qui.»

«Oh» Marco incurvò le sopracciglia.

«Hai capito tu? Insomma, finisce che tra domani e dopodomani ce lo troveremo qui a Ischia.»

«E allora? Perché ti preoccupi?»

«Così.» Giulia si strinse forte a lui ricordando a se stessa di non aver paura di nulla, aveva ritrovato l'amore, l'amore che credeva perso. E non avrebbe permesso a nessuno di intralciare il loro rapporto, anche Ginevra se ne sarebbe fatta una ragione. Marco l'amava, di questo non aveva dubbi: avrebbe dovuto concentrarsi sul bambino e sul futuro che li attendeva.

«Domani per prima cosa devo chiamare il ragioniere a Viterbo, e dirgli che mi licenzio, definitivamente. Poi dobbiamo pensare a come fare con la casa, i mobili, le nostre cose.»

«Tu devi pensare solo al bambino e basta. I primi mesi sono i più delicati. A queste cose ci penso io. Ora che tutti i documenti per l'eredità, la banca e i terreni sono stati sistemati mi concentrerò su questo. Intanto cercherò anche un lavoro. Altrimenti divento vecchio prima del tempo.» Prese il viso stanco di Giulia tra le mani e disse: «E noi non vogliamo questo, vero?» e la baciò di nuovo, con più trasporto.

Dormirono avvinghiati uno all'altra, Marco si risvegliò al mattino rinnovato e con animo positivo, cosa alquanto strana perché non aveva dormito molto. Giulia invece si era appisolata già prima di mettersi a letto, giacché la felicità del momento era tanta.

Le ore trascorse da sveglio le aveva impiegate ripassando le cose da fare l'indomani, aveva dato la priorità alla casa in affitto che avevano lasciato e al lavoro di Giulia. Per ultimo aveva pensato alla realizzazione di una nuova pizza per il menù di Lucio, cosa che sapeva avrebbe aiutato l'amico a dimenticare i guai con Giulia. Infine, quando il sonno proprio non voleva arrivare, aveva speso molto tempo a ordinare cronologicamente i fatti e gli accadimenti che riguardavano La Marmora e la casa, come se le mille volte precedenti non fossero bastate a confondergli le idee.

Quel mattino, dopo aver fatto la colazione più bella da quando aveva messo piede sull'isola, Marco si rintanò nella veranda soleggiata con il suo telefono e gli appunti di tutto ciò che doveva fare. Giulia costrinse la povera Elide a farle vedere la casa e il parco, spingendosi fino al muro dal quale poté ammirare lo splendido panorama di cui Marco le aveva tanto parlato.

Marco sperimentò la magia della veranda sulla propria pelle, capendo quanto potesse essere appagante starsene lì senza far niente osservando in solitudine il giardino che circondava la saletta. Immaginò come potesse essere ancor più bello in primavera, quando quel tratto all'apparenza fuori dal mondo si destava dal lungo sonno esplodendo in mille colori.

E di nuovo l'interesse fu fuorviato dal vortice dei fatti oscuri che ruotavano intorno alla casa, riprendendo un'idea nata la notte precedente: alla morte di La Marmora, chi si era occupato del suo funerale? Salzillo? Probabile. Forse in quell'occasione aveva scoperto delle cose sul suo cliente, tanto importanti da portarlo alla morte. Lasciò perdere per il momento la nuova perplessità concentrandosi sulle cose da fare, aprì il telefono e compose il primo numero.

A pranzo, davanti a un'insalata di pomodori per lui e una bistecca con il baccalà avanzato per lei, Giulia raccontò entusiasta della mattinata trascorsa con Elide, della bellezza della casa, del giardino e dell'orto di fianco alla cucina. Ricordò solo in ultimo di riferire cosa gli aveva detto Elide del signor Anselmo il giorno che lo vide andar via senza fare più ritorno.

«Stava male da parecchio tempo» disse, calando un poco la voce, come se il vecchio abitasse ancora fra quelle mura, «e quel giorno Marino chiamò la Croce Bianca, come aveva già fatto altre volte. Ci misero una decina di minuti, mi ha detto. Mentre lo portavano via, forse lì per lì non se ne era reso conto, poverino, il signor Anselmo si mise a lamentarsi, non voleva muoversi da casa. L'ospedale è dall'altra parte dell'isola e si era stufato, si vede, di andarci. Comunque, quel giorno dall'ospedale non tornò più e… poi non mi ha detto più niente. Si è messa a piangere e mi ci è voluto non poco per tirarla su di morale.»

«E non ti ha detto se è venuto qualcuno a fargli visita, negli ultimi giorni, oppure una persona che stava con lui, un amico magari.»

Giulia scosse la testa. «Da quanto ho capito era solo. Possiamo chiedere a Marino, o a quelli della Croce Bianca. A quanto pare più di una volta li avevano chiamati. Ora che mi ricordo, mi ha raccontato del Natale scorso: ha regalato ai due dell'ambulanza un pacco natalizio molto voluminoso.» Giulia fece una pausa, poi disse: «A cosa pensi? Al funerale?».

«Già. Qualcuno lo avrà pur organizzato no?» rispose pacifico. «Che so: una persona che aveva accesso ai soldi o custodiva per conto del vecchio una certa somma di denaro, un conoscente al quale aveva già dato precisi ordini. Bah! Vallo a sapere. Forse ci ha pensato lo stesso Marino.»

«Noo, me l'avrebbe detto Elide… È più probabile che ci abbia pensato il papà di Ginevra. Potresti chiedere a lei.»

«Per carità! Non ricordi come l'ha presa ieri.» Marco si massaggiò il collo, stanco di congetturare, avrebbe dovuto piuttosto mettersi a trovare un lavoro, invece di scervellarsi in quella faccenda. «Meglio fregarsene. Dobbiamo pensare a noi, a ora, a questa casa enorme. Ci vorrà uno stipendio solo per mantenerla in uno stato decente.»

«Guarda che anche io farò la mia parte» disse lei. «Non ho nessuna intenzione di starmene con le mani in mano, ho tutta l'intenzione di trovarmi un lavoro. Certo, non sarà facile, lo so. Questa casa mi piace, e nostro figlio crescerà in un posto meraviglioso.»

«Giulia. Io fossi in te non ci metterei le speranze sul casale.»

La ragazza lo lasciò a bocca aperta allontanandosi di corsa, tanto che pensò si fosse di nuovo sentita male. Sentì i rumori dei passi salire le scale e su per il piano superiore. Le urlò di non correre, ma sapeva che lei non l'avrebbe ascoltato.

I passi si fermarono riprendendo subito dopo, sempre svelti. Giulia rientrò in cucina con il piccolo computer e la chiavetta per collegarsi. Con in viso un sorriso smagliante accese l'attrezzo infernale che Marco non riusciva a digerire e infilò la penna nella presa laterale.

«Aspetta,» disse lei «intanto che aspettiamo ti faccio sentire una cosa. Ho notato che non c'è uno stereo in questa casa, dovremo aspettare che arrivi il nostro per sentirla meglio, ma… Ecco.» Dai piccoli altoparlanti si diffusero le prime note di *Comes a time* e subito a Marco venncro le lacrime agli occhi. «Ricordi quanto piaceva Neil Young a tuo padre? Quando sono stata da sola… mi ha fatto compagnia, ripensando anche quando ci mettevamo a ballare al suono del violino con tuo padre e mia madre che battevano le mani. Ti ricordi?»

Giulia non pensava facesse quell'effetto. Lo vide cambiare espressione in modo repentino e gli occhi farsi lucidi. Allora si alzò dalla sedia accomodandosi di fianco a lui, lo accarezzò con tenerezza finché le lacrime liberatorie non scivolarono via. Quando la canzone sfumò e *Lotta love* prese a suonare capì che avrebbe solo peggiorato le cose, saltò il brano in esecuzione scegliendo una ballata meno sentimentale e più festaiola.

Un suono sovrastò l'audio. «Ci siamo connessi» disse Giulia, regolando a un livello di sottofondo il volume del computer. Avviò il navigatore e batté alcuni tasti.

«Non penserai mica di trovare lavoro così, su due piedi.» Marco soffiò il naso con un fazzoletto, fissando il profilo di lei chino sul piccolo aggeggio, e in cuor suo ringraziava Iddio dell'amore ritrovato e della pace che gli metteva nell'anima. Con Giulia al fianco le colline si spianavano, la burrasca diveniva una brezza carezzevole, le nuvole fuggivano via e il sole prendeva posto.

I risultati furono tanti, pareva che l'umanità intera cercasse lavoro. La ragazza fissò i link per un po', poi effettuò una ricerca per un posto da cuoco per Marco.

«Ehi! Lo sapevi che a Ischia c'è una scuola alberghiera, si chiama IPS...»

«IPSSAR. E allora? In tutte le maggiori città c'è un istituto professionale.»

«Sì, ho capito. Qui però cercano un cuoco per un corso di enogastronomia. Potresti partecipare anche tu alla selezione, hai studiato in una delle migliori scuole italiane, e con i corsi di specializzazione all'estero avrai pure qualche chance in più, no? Scarico il modulo per la domanda.»

«Giulia.»

«Hai detto che cercavi lavoro, e questo è un lavoro. Non è un posto da primo cuoco in un grande albergo a dieci stelle,» scimmiottò lei «ma è pur sempre un lavoro. Toh! Qui c'è anche un albergo, a Barano, che cerca un cuoco con credenziali per avviare un corso di cucina a numero chiuso. Ecco, scarico pure questo.» Staccò un attimo gli occhi dallo schermo per guardarlo e far vibrare le ciglia. Poi lesse ancora, aggrottando la fronte. «L'albergo si trova lungo la strada che porta alla sede della Croce Bianca. C'è un link» cliccò sul mouse. «Ecco il telefono.»

«Di chi?» chiese Marco, che si era messo comodo con le braccia conserte, osservandola mentre veloce sfogliava pagine e cliccava come una forsennata.

«Della Croce Bianca. Non volevi telefonare?» domandò lei incollata allo schermo, poi per incitarlo disse: «O volevi telefonare al tuo bel notaio?».

«Cos'è, ti ha preso una fissa anche a te?»

«Telefono io, va'!» Prese il telefonino dalla tasca dei jeans e premette i tasti, compitando a bassa voce il numero.

Marco la osservò per tutto il tempo, aveva l'impressione come se tra loro non fosse mai capitato niente, così repentina la separazione e così repentina la riunione che divenne solo un sogno, un brutto sogno da dimenticare. Non era un azzardo se vedeva il loro legame come rafforzato, carico di nuovi sentimenti e rinvigorito.

Gli dispiaceva abbandonare la città adottiva – dove molti sogni la vedevano come sfondo –, i pochi amici, cari però, e Lucio, forse l'unico vero amico che aveva. Come sempre avrebbe lasciato scorrere su di sé ciò che il destino aveva in serbo, senza ostacolarlo e senza nemmeno forzarlo. Ora con lui c'era la sua metà, e metà in tutto, anche nel prendere decisioni.

Così immerso nei suoi pensieri a Marco non fu molto chiaro cosa avesse saputo Giulia dalla telefonata fatta agli ambulanzieri di turno in quel momento, riuscì a intuire solo che uno di loro era presente quando ricevettero la chiamata dal Casale. Dopo che la ragazza ebbe terminato la telefonata, e dopo che la osservò fare melina su ciò che aveva saputo, riuscì alla fine a farsi spiegare come erano andati i fatti quel giorno.

Giulia spiegò che l'ambulanza prelevò il vecchio in agonia, farfugliava in modo incomprensibile e si agitò molto quando vide i due uomini. Durante il tragitto fu visitato dal medico, a conoscenza della sua condizione, ed era così disperata che capirono subito come sarebbe finita. Per quasi tutto il tragitto stette buono. Poi, quando mancavano solo pochi minuti all'ospedale, sembrò risvegliarsi, pareva sapesse dove si trovavano e intimò di fermare il mezzo: voleva vedere un prete a tutti i costi. Insistette così tanto che l'autista fu costretto a fermarsi.

Accostarono nello spazio antistante una piccola chiesa, proprio sulla strada per l'ospedale, a un centinaio di metri prima di questo. Uno di loro corse in chiesa a chiamare il prete, tutti furono fatti uscire dall'ambulanza, quando il parroco uscì poco dopo La Marmora era morto.

«Si è confessato...» Marco fece ondulare il capo come se la notizia non fosse giunta inaspettata. «Sono proprio curioso di sapere cosa gli ha raccontato.»

«Ma un prete non te lo direbbe nemmeno sotto tortura.»

«Però chiederglielo non costa nulla, può darsi che abbia parlato anche liberamente, fuori confessione.»

«E che lo chiamava a fare un prete?»

Marco non poté obiettare alla giusta osservazione, né poté immaginare cosa avesse mai detto il vecchio al prete. Si alzò dalla tavola e iniziò a sparecchiare i pochi piatti sul tavolo, con la testa altrove. Giulia aveva spazzolato tutto, in modo così perfetto che avrebbe potuto riporre i piatti nella credenza senza lavarli.

La ragazza continuava a battere i tasti velocemente, quando le si avvicinò di spalle vide che compilava le domande per i due posti di lavoro. Diede un'occhiata furtiva ai dati inseriti appurando la correttezza delle informazioni. Iniziò a massaggiarle il collo con delicatezza, allentando la tensione che *sentiva* sotto le dita fino a rilassarla del tutto. Poco dopo Giulia iniziò a emettere dei gorgoglii sensuali muovendo il capo mollemente. In quel momento smise.

«Continua, ti prego. Ho quasi finito qui.»

Era quello che voleva sentirsi dire Marco. Ricominciò allargando il massaggio alle spalle ossute, con simmetrici movimenti circolari dei pollici.

«Fatto!» disse lei. E dopo aver dato un'ultima occhiata inviò i documenti in allegato a due e-mail separate. Spense il computer e si adagiò allo schienale, compiaciuta sotto l'azione delle mani di Marco. Chiuse gli occhi e cominciò a diffondere suoni acuti dalla bocca, gridolini e sospiri rauchi. «Ora basta, ti prego... Però solo per il momento. Stasera voglio una razione uguale per i miei poveri piedi, Ok?» volse il capo all'indietro.

«Ti amo» disse lui, e la baciò sulla fronte. «Ricordamelo stasera, sarà un piacere per me.»

«Uhm, sottintendi qualcos'altro?»

«In effetti… Avevo una certa idea per trascorrere il pomeriggio, solo io e te.»

«Spiacente caro, so già come passarlo. Oggi voglio provare la tua nuova macchina. Possiamo farci un giro fino all'altra costa, ci prendiamo un caffè da qualche parte. Che ne dici?»

«Ho capito dove vuoi andare.» La costrinse ad alzarsi e la prese sotto il braccio. «Tu vuoi andare a parlare con il prete, non è vero?»

«Non ti si può nascondere nulla!»

«Ma non facciamo prima a telefonargli, così abbiamo tutto il pomeriggio per noi. Che ne dici?»

«Meglio parlare di persona, e noi abbiamo tutto il tempo che vogliamo.»

Entrarono nello studio, dove la porta della veranda spalancata lasciava entrare la luce del primo pomeriggio, Giulia si diresse al divano così invitante. Marco si sedette al pianoforte, sollevò il cilindro e iniziò a effettuare esercizi di routine.

Mentre le mani all'unisono volavano sulla tastiera, dalla chiave di basso fino ai toni più acuti e squillanti, rifletté su chi prima di lui avesse suonato quel meraviglioso strumento: la moglie del vecchio? La ragazza? Con tutta probabilità la giovane, si disse, come a cercare un legame d'affinità con quella che pareva essere la chiave di quel… mistero, sì. Perché non chiamarlo con quel nome? Per lui era proprio un gran mistero, e si conosceva troppo bene da sapere che il tarlo sarebbe scappato via dal ciocco con molta difficoltà.

L'auto elettrica ronzò lungo il viale in discesa. Giulia, con l'aria di chi non ha mai guidato in vita sua, teneva stretto il volante come per paura che prendesse a ruotare senza controllo. Al cancello, in attesa che Marco aprisse quel tanto da farli passare, si sporse con la testa dal finestrino, ammirando di nuovo il muro di alberi che costeggiava la stradina, pensando a tutta la proprietà e al fatto di non riuscire a immaginare quanto fosse grande.

Premette sull'acceleratore e si inoltrarono giù per la strada pubblica, le pareva strano non sentire nessun rumore mentre avanzavano. Marco aveva opposto una tenue resistenza all'iniziativa tutta di Giulia, lasciandosi convincere solo dopo che la ragazza acconsentì a fare una prima tappa al bar di Alfredo, per il caffè e per farla conoscere ai suoi nuovi amici. Giulia, dal canto suo, non vedeva l'ora di fare quattro chiacchiere con il prete e in questa situazione pareva avere più lei a cuore la storia che non Marco.

Oltre al piacere di guidare in tutta libertà in un paese dove non avrebbe mai pensato di mettere piede, Giulia assaporava di nuovo la sensazione di potere ottenuto dalla conduzione di un mezzo di locomozione, sensazione dimenticata da quando furono costretti a vendere la propria auto, dopo che Marco perse il lavoro. Felice, ecco come si sentiva in quel momento: felice nel corpo e nell'anima. Contenta di poter di nuovo guidare un'auto senza chiederla in prestito alle amiche e contenta di stare con Marco, per il quale decise di dimenticare i giorni passati, trascorsi nel tentativo vano di estirparlo dalla propria mente. Ed era felice anche dell'opportunità di cambiare vita, di abitare in una nuova città e in una nuova casa, magari conoscendo nuove persone e amici.

Il traffico del pomeriggio ingolfava la strada, Marco guidò la ragazza attraverso le curve senza difficoltà, fermando la piccola utilitaria proprio di fronte al bar della piazza, lungo il marciapiede occupato quasi del tutto da auto in sosta. La prese per mano e la trascinò dentro il piccolo locale, salutando con calore il ragazzo dietro il bancone, accigliandosi quando notò che i due vecchi amici non erano presenti. Si sedettero a uno dei tavolini e ordinarono i caffè, Giulia fu attratta da un dolce chiuso in un contenitore a cupola e dall'aria molto invitante.

«Torta babà», rispose Marco. «Assaggiala, è qualcosa di sublime.»

«Di questo passo aumenterò di venti chili a fine gravidanza. Devo fare della ginnastica, un po' di movimento», mimò sulla sedia un kata semplice, con movimenti lenti e sinuosi.

«Vacci piano con gli esercizi.» Arrivarono i caffè e

la torta per lei. «Quando sono tornato dall'ALMA mi sarei aspettato tutto, mai avrei pensato di trovarti a menare le mani. E il tuo progetto di insegnare ai bambini?»

Ma Giulia non lo ascoltava, tutta intenta a gustare la sua fetta di babà non udiva ciò che diceva. Lui sorrise compiaciuto, sorseggiò dalla tazzina fissandola incantato.

La porta si aprì ed entrò Ginevra.

Giulia, proprio di fronte all'ingresso, la notò per prima. La salutò invitandola a unirsi a loro. Appena la vide Marco si alzò facendola accomodare sulla sedia libera, verso il muro. Notò subito la faccia di Alfredo, il sorriso sarcastico che si formò diceva tutto. Ginevra teneva gli occhi bassi, sistemò la borsetta sulla spalliera della sedia e con aria stanca alzò la testa.

Marco si mosse come seduto sui chiodi, senza sapere cosa dire e visibilmente imbarazzato. Gli sfuggiva il motivo della ragazza lì, a quell'ora: conoscendo i suoi orari doveva essere in ufficio.

Giulia, più determinata e per niente a disagio, ordinò un caffè per la ragazza. Intuendo lo stato di agitazione in cui si trovava le chiese come stava e se fosse successo qualcosa.

«Tutto è successo» rispose Ginevra. «Tutto. Non so cosa mi stia capitando. Da qualche giorno a questa parte mi va tutto storto.» Alzò gli occhi su Marco e poi li abbassò.

Il rumore della macchina per il caffè distrasse i tre. Quando Alfredo si avvicinò per porgerle la tazzina, Ginevra lo ringraziò con un cenno della testa. Giulia e Marco stettero in silenzio guardandola carezzare la tazzina, come a scaldarsi al suo calore. Infine la ragazza riprese a parlare sempre tenendo lo sguardo basso.

«Marco... Io mi devo scusare per ieri e poi... Giulia, Lucio – maledetto!» i due in ascolto spalancarono gli occhi, «mi ha spiegato e... Ti faccio i miei auguri per la gravidanza. Se Marco mi avesse detto come stavano le cose...»

«Grazie Ginevra. Lucio? Perché cosa ha combinato?»

«Lucio... Vuoi sapere cosa mi ha combinato il tuo amico?» e si rivolse a Marco come se fosse colpa sua. «Si è portato via Aurora. Già, la mia segretaria.»

«Non... non capisco. Lucio è andato via?» balbettò Marco.

«Con la tua segretaria?» continuò Giulia. «Ma si conoscevano?»

«Non mi pare» rispose Marco stringendosi nelle spalle.

«No, che non si conoscevano» convenne Ginevra. «Ma non capisco come l'abbia convinta a seguirlo. A me ha lasciato solo un bigliettino con le scuse e un saluto. E saluta te.»

«Me?» Marco parve divertito.

«Sì. Ti ringrazia per avergli dato l'opportunità di

conoscere Lucio. L'uomo della sua vita...» l'ultima frase la pronunciò con sarcasmo. Sorseggiò dalla tazzina. «Che ne sa lei degli uomini...»

Marco si sentì la causa di tutto quello e abbassò la testa mortificato.

«Non darai mica la colpa a Marco!» replicò Giulia. «Non lo ha mica preventivato. E poi, scusa, se proprio dobbiamo incolpare qualcuno... Sono stata io a portarlo a Ischia, mica lui», indicò Marco che aveva assunto un fare assorto.

«Ora come faccio...» si lamentò lei. «Con tutto il casino che ho in ufficio, ci mancava solo questa. Stamattina, poi, mi ha chiamato la polizia. E... avevi ragione tu Marco. Pare che ci sia un legame tra la tua eredità e la morte di mio padre.»

«Che bellezza»! esclamò Giulia. «Ora ci manca solo che ti sequestrino tutto, così tocca pagare anche un avvocato.»

«Niente di tutto questo, non vi preoccupate.» Ginevra finì di bere il suo caffè.

Alfredo, che era rimasto per tutto il tempo in ascolto, con le mani in tasca appoggiato al bancone, si avvicinò sparecchiando.

«Forse vorranno vedere anche te, mi hanno fatto qualche domanda» continuò Ginevra, rivolgendosi a Marco.

«E non ti hanno detto niente di nuovo?» chiese lui.

«Mi dispiace... Niente che non sappiamo già.»

Cadde il silenzio, durante il quale i tre si scambiarono sguardi di riflessione. Il ragazzo del bar decise di mettersi a lavare le tazzine. A Giulia venne un'idea. Non voleva essere troppo diretta però, di conseguenza cercò di affrontare la questione partendo da vie traverse.

«Sai per caso a che ora Lucio è andato via? Per l'albergo sai. Avevamo prenotato le camere per tre giorni e...» non riuscì a pensare ad altro per arrivarci.

«Non saprei. Sono tornata dal pranzo» lesse l'ora «una ventina di minuti fa, e ho trovato il biglietto. Ho provato a chiamarla sul cellulare. Risulta spento.»

«Anche Lucio ce l'ha spento», mentre discutevano Marco aveva provato più di una volta.

«Mi dispiace» continuò con tono affranto Giulia. Marco la guardò di sottecchi intuendo che progettava qualcosa. «In ufficio sei sola? Nessun altro ad aiutarti?» continuò senza remore.

Ginevra rimase a osservarla per un po' prima di rispondere, Giulia ebbe il timore di essere stata troppo schietta.

In realtà Ginevra studiò quel viso poco aggraziato come avrebbe fatto con un cliente, per carpire una malafede nascosta dietro alle belle parole. Giulia superò quel primo esame sommario, allora si domandò cosa ci vedesse in lei Marco, cosa ci fosse in quel viso mascolino e scavato di tanto seducente da farsi desiderare da un uomo. Era in realtà quel tipo di donna al quale gli uomini miravano? Muscoli e capelli corti, l'eroina Ripley piuttosto che forme e classe?

«No,» rispose infine «sono da sola. Credo che dovrò trovarmi un'aiutante e non sarà facile trovare una persona all'altezza. Aurora non ha un gran carattere, questo sì, ma ti posso assicurare che sapeva fare bene il suo lavoro. Tu lavori?»

Questo era ciò che voleva Giulia.

«Avevo un lavoro dove vivevamo prima, ora sono a spasso. Se vuoi posso darti una mano io, provvisoriamente s'intende, così potrai cercare un'altra segretaria in tutta tranquillità.»

«Ah. Beh... Sì, possiamo provare.» Ginevra, spiazzata, rispose con gentilezza a quell'apparente dimostrazione di altruismo e le sorse il dubbio che nelle vene della ragazza scorresse sangue napoletano, vista la sfrontatezza di cui era stata capace. «Qual era il tuo impiego?» chiese, sperando non avesse nessuna attinenza con il suo lavoro.

«Sono Perito Commerciale e ho lavorato per qualche anno in uno Studio Commercialista. Poi ho un diploma ECDL, che il mio vecchio datore di lavoro mi obbligò a prendere nonostante non fosse necessario.» Strinse le labbra al ricordo. «Vedi tu se ti potrei essere di aiuto. Non era uno studio notarile ma sempre di scartoffie si parla.»

Giulia riuscì a strappare un sorriso a Ginevra, la quale sentì una certa attrazione verso la ragazza, pensò sarebbero potute diventare amiche. In fondo lei non c'entrava niente con il comportamento di Marco, anche se Lucio dava tutta la colpa a lei: gli uomini, si sa, su queste cose non ci capiscono niente.

«Va bene. Provare non costa nulla. Domani pensi di poter iniziare?»

«Certo! Verrei oggi stesso, purtroppo abbiamo un po' da fare. Anzi», si rivolse a Marco, rimasto a osservare quelle due che stavano costruendo, sperava lui, una solida amicizia, «forse è meglio avviarci. Altrimenti si fa tardi.»

Si alzarono tutti e tre e mentre Marco pagava le ragazze uscirono dal bar nella luce forte e tiepida del pomeriggio. L'autunno aveva un gran timore di farsi sentire quell'anno, senza tener conto della temperatura, poteva benissimo essere una primavera acerba. Qualche nuvoletta candida pascolava solitaria senza far danni e le grida di lontani gabbiani ricordavano il mare vicino.

Il piccolo gruppo stava per accomiatarsi quando Giulia notò sul viso di Marco affiorare una smorfia. Si volse a guardare e vide Giacomo avanzare con scioltezza, agghindato in un vestito grigio che esaltava la figura snella. La sua faccia si animò di un sorriso smagliante, tutt'altro che di cortesia, e a Marco gli venne voglia di farglielo sparire. Anche Giulia non fu felice di vederlo, suo padre l'aveva avvertita, ma non se lo aspettava così presto. Le dava fastidio vederlo a

Ischia, così fuori luogo da odiarlo.

Giulia scambiò saluti di cortesia senza particolare emotività, mentre la stretta di mano tra i due uomini fu fredda e carica di tensione. Tra loro non c'era mai stato un gran rapporto, fin da bambini. Marco, sempre calmo e tranquillo, non aveva mai punzecchiato Giacomo, a differenza dell'intera classe, la sua unica colpa era di essere amico di Giulia, un amico molto speciale. Giacomo da ragazzo con tutti i soldi della famiglia poteva esaudire qualsiasi desiderio, tuttavia non poteva avere l'unica cosa che desiderava ardentemente: Giulia.

E Giacomo questo lo ricordava. Erroneamente associava Marco a uno dei bulletti che lo sfottevano ai tempi delle medie, per giunta con l'aggravante di possedere la sua amata. Giorni prima era stato a tanto così da farla sua e, in quell'istante, il primo impatto che ebbe, vedendoli insieme, in quel contesto meraviglioso e con il sole che baciava le loro facce allegre, fu un tremendo colpo al cuore.

Ma all'improvviso tutto sfumò all'istante, ricordi, antipatie, amori, rancori. Si dissolsero in nebbiolina il traffico, la piazza, le nuvole, il mare, la terra e tutto il resto intorno. In loro compagnia vide una donna bellissima, sensuale. Contemplava i saluti in silenzio. Giacomo ne fu talmente colpito che nel campo visivo rimase solo lei, unico universo intorno al quale valeva la pena orbitare.

Giulia si accorse all'istante cosa fosse successo. Quel fenomeno, l'amore a prima vista, lei lo aveva letto nei libri o visto in qualche commedia al cinema. Incuriosita di quanto accadeva rimase a scrutare lo scambio di cortesie tra Ginevra e Giacomo, i loro occhi non smettevano di fissarsi e poteva quasi immaginare il traffico di dati che viaggiava in quella connessione subliminale.

Marco l'afferrò per un braccio costringendola a seguirlo.

Abbandonarono Ginevra e Giacomo da soli in mezzo alla piazza, accampando la scusa dell'impegno impellente, salutandoli con la netta sensazione di non essere per niente ascoltati.

Quando la loro auto passò accanto ai due stavano discutendo di chissà che cosa e sempre con le labbra sorridenti. Giulia fu tentata di fermarsi a osservarli dallo specchietto. Si disse che in fondo era meglio così, anzi, sperò tanto bene per loro: avrebbe permesso a Ginevra di dimenticare in fretta Marco, e a Giacomo di togliersi finalmente dalla testa lei.

Capitolo 6

Marco spiegò a Giulia la strada da seguire fin dove la sua memoria arrivava a ricordare, poi sotto le istruzioni della ragazza accese il computer. Il programma si agganciò alla rete GPS tramite il telefonino e come per magia comparve la cartina di Ischia, con la strada da seguire già programmata in precedenza.

«Giulia,» esclamò allarmato lui «ma è dall'altra parte dell'isola! Ci vorrà un'ora buona per arrivarci, speriamo di farcela con le batterie della macchina.»

«Ma sono solo dieci chilometri, sembra lungo perché fa il giro dei paesi e un pezzo di lungomare a nord. Comunque, se vuoi possiamo fare una strada alternativa, passando su per la montagna», Giulia parlava senza distogliere lo sguardo dalla strada, non molto trafficata a quell'ora. «Ma sono stradine di campagna, tutte saliscendi. Questa qui che ho programmato, invece, ci farà passare per i paesi. Più trafficato, sì, ma vuoi mettere la vista e il panorama del mare!»

Marco osservava la striscia viola e il puntino lampeggiante che si muoveva su di essa, notando che un pezzo di strada era già stato macinato. Quell'isola sembrava così grande, nella realtà si poteva benissimo circumnavigarla in un giorno. La strada era la stessa fatta appena arrivato a Ischia, quando credeva di non rivedere più Giulia e a fargli compagnia nel viaggio la donna che in quel momento rideva e scherzava con Giacomo.

Il computer dava le istruzioni meglio di quanto avrebbe fatto lui stesso, chiuse lo schermo dedicandosi al panorama. I primi dieci minuti, subito dopo aver lasciato la piazza, furono un susseguirsi di curve e svolte, ciò che si notava era una sequenza ininterrotta di case e negozi, mura basse che nascondevano giardini e parcheggi zeppi di macchine, del mare neanche l'ombra. Mentre avanzavano, il verde racimolava spazi e le case bianche e basse divennero sempre più rade, per poi ricominciare tutto da capo; case, giardini, e dopo un po' anche il mare in lontananza.

«Finalmente!» sospirò Marco.

«Cosa?»

«Il mare. Fino a ora non si vedeva.»

Giulia diede solo una rapida occhiata sulla destra, trovando il momento anche per elargirgli un sorriso.

Marco osservava tutto cercando di non perdersi niente; lo stesso tragitto eppure così diverso fatto al contrario.

«Dovresti trovarti un ginecologo» disse dopo poco.

«Oh? Ah, sì.» La strada rubava il tempo e la mente vagava in altri luoghi, tanto che il ritornare risultava difficile. «Con Giacomo mi sono trovata bene», rispose serenamente, come se il suo fosse solo un normale raffreddore e non una gravidanza. «Dovresti vederlo, quando si cala nei panni del dottore diventa un altro.»

«Posso immaginarlo» rispose sarcastico.

«Smettila Marco. E poi non hai visto quei due? Secondo me stanno ancora sul marciapiede a chiacchierare di niente, solo per il piacere di stare a guardarsi. Vedrai, si metteranno insieme.»

«Bah! E il lavoro? Come faranno con il lavoro? Lei fa il notaio qui e non credo le converrebbe spostarsi, non so nemmeno se si possa spostare un ufficio notarile, con tutti i soldi che guadagna... Lui? Ginecologo, come può abbandonare le sue pazienti e trasferirsi a Ischia? Per carità! Anche a me è sembrato che si piacessero. È stata solo la prima vista, che ne sai come andrà a finire.»

«Sempre pessimista. E poi il tuo fatalismo, così importante per te, non conta in questa situazione?»

Marco continuava a guardare oltre il finestrino. Dopo l'ultima svolta abbandonarono la strada che conosceva per continuare verso la costa nord, lasciandosi sulla destra il porto con le sue imbarcazioni, che da quella distanza non perdevano la loro maestosità. Intravide la lunga costa, pareva che tutta la strada fosse stata costruita con l'unico scopo di gratificare la vista.

«Non stiamo parlando di me e comunque penso che Giacomo, per quanto bravo tu pensi sia, non possa seguirti avendo lo studio da un'altra parte.»

«Quanto scommetti che Giacomo sarà disponibilissimo a farsi una passeggiata qui per visitarmi?»

«Per via di Ginevra?» Marco riuscì a distogliere lo sguardo dall'esterno per osservare Giulia che sorrideva beata tutta da sola, più che convinta di come sarebbero andati i fatti. «Forse hai ragione» ammise. Gli venne voglia di abbracciarla e stringerla forte; doveva ancora recuperare i giorni trascorsi senza averla con sé, una fonte inesauribile di energia alla quale scaldarsi senza neanche toccarla. Si avvicinò a lei cercando di non disturbarla e la sfiorò con un bacio.

Lei fece finta di non accorgersi e disse: «Controlla quanto manca. Se ricordo la mappa vista con Google, dopo quella curva dovremmo essere sul litorale nord e dovresti vedere di nuovo il mare».

Marco aprì lo schermo del computer e verificò quanto detto da Giulia, e per un ignorante come lui era una magia veder scorrere davanti agli occhi quello che indicava il piccolo arnese.

La distesa del mare così blu, in forte contrasto con la vegetazione ai lati della strada, lo fece rattristare. Senza motivo prese a pensare ai suoi genitori, strappati via così giovani alla vita. Chissà come avrebbero preso la notizia dell'eredità, di sicuro ne sarebbero stati contenti e suo padre, che amava così tanto il mare, avrebbe trascorso molto tempo con loro. Magari tutti insieme, la sua famiglia e quella di Giulia, tutti e sei a godere di quel magnifico luogo. E invece…

Dalla mappa poté notare che la strada rientrava per

un piccolo tratto nell'entroterra, sfiorando il promontorio per poi ritornare di nuovo verso la costa, questa volta più vicino, con una vista del mare ancora più suggestiva. Quando poi si trovarono a percorrerla dal vivo, Marco si saziò la vista, osservando in lontananza un porto simile a quello lasciato parecchie svolte prima, giacché stavano seguendo una strada che li costringeva a seguire la costa ondulata.

«Quello è il porto di Casamicciola» spiegò Giulia. «Da lì un altro chilometro e siamo arrivati. A un certo punto dobbiamo rientrare però e la svolta me la devi anticipare tu, altrimenti se tiriamo diritto è un casino.»

Marco allora si concentrò sullo schermo, seguendo la luce lampeggiante sul tracciato come un leone la sua preda. Si perse l'avvicinamento al porto – lo poteva vedere in foto sulla mappa – e anche il lungomare con la placida risacca. Quando mancavano pochi metri all'arrivo controllò frenetico la corrispondenza con quanto detto dal computer. Avvertì per tempo la ragazza dell'imminente incrocio, quindi svoltarono.

Prima che Marco potesse verificare di aver raggiunto la meta, Giulia fermò l'auto davanti a un cancello, oltre il quale campeggiava una chiesetta dalle forme semplici, simile a quella di piazza S. Rocco, con un sagrato minuscolo e un cortile antistante molto ampio. Il cancello era chiuso e dovettero bussare al citofono per annunciarsi. Si aprì subito, senza dare spiegazioni di chi fossero, un uomo venne loro incontro appena si udì lo stridio dei cardini. Lui si occupava del giardino, disse loro, il parroco stava in sacrestia. Li invitò a seguirlo.

Marco annusò l'aria, il mare lontano faceva sentire il suo effetto, filtrato dagli alberi da frutto e dai fiori piantati in un angolo. Giulia si agitava al suo fianco mentre avanzavano verso le scale, poi la vide fermarsi.

«Mi scusi» disse lei come in preda a una crisi. Il giardiniere si fermò. «Dovrei andare in bagno. Sa, sono incinta e... all'improvviso non riesco più a trattenerla. Dove...»

«Oh! Venga, venga. L'accompagno io» rispose con cordialità, cercando di esprimersi in italiano. «Qui dietro c'è la sala parrocchiale. Voi entrate pure,» disse a Marco «don Salvatore starà sicuramente in chiesa, mo' che vi ha sentiti.»

Giulia lo salutò e seguì veloce l'uomo scomparendo oltre l'angolo, Marco si avviò su per le scale ed entrò in chiesa.

Avrebbe desiderato un po' di fede in più per apprezzare appieno l'ambiente silenzioso e in penombra così carico di storia e di misteri che si presentò ai suoi occhi, forte degli odori di fiori e ceri accesi. La fila di panche ordinate creava il solito percorso centrale che portava fino all'abside, dove sotto l'arco un quadro nascosto dall'ombra era l'unica effige religiosa dietro l'altare. Ai lati della campata centrale si aprivano nicchie che racchiudevano quadri e sculture, con in basso lunghi ceri in gran parte accesi.

Le chiese, con il loro silenzio raccolto e l'atmosfera fuori dal mondo, avevano sempre pizzicato le corde dei ricordi giovanili e anche quella volta Marco ne subì l'influenza. Sempre combattuto sull'eterno dilemma del credo, malgrado tutto si lasciava coinvolgere dall'ambiente, tuffandosi ogni volta nel passato, dove momenti brutti e belli si mischiavano senza barriere.

Don Salvatore entrò in chiesa da una porta nascosta dietro una finta colonna, ai lati dell'ara. La figura magra avanzò celata dalla tonaca francescana e dalla semioscurità. Il parroco aveva acceso le lampade in alto e piano piano, mentre si riscaldavano, la luce iniziò a vincere le ombre. Marco lo attese al centro, mentre la faccia scarna e barbuta del francescano iniziò ad acquisire dettagli. Alto quanto lui, dai capelli ricci sale e pepe, non più giovane, aveva occhi nocciola gentili e labbra strette, che si aprirono un attimo per un sorriso cordiale.

«Buon pomeriggio,» disse «cosa posso fare per lei?»

L'accento emiliano fu una sorpresa per Marco, da quando si era trasferito sull'isola l'unico dialetto udito era quello locale.

«Salve. Mi chiamo Marco Tolessi. Sono qui con la mia… La mia ragazza, per un'informazione» disse impacciato. Se Giulia fosse stata al suo fianco, con l'energia che la caratterizzava, forse si sarebbe sentito meno in imbarazzo a fare quella richiesta. Quanto ci metteva a fare pipì?

«Mi dica, se posso esserle di aiuto… Mi pare non siate di qui.»

«In realtà, no. Io e Giulia ci siamo trasferiti da poco.»

«Avete deciso di sposarvi e state cercando un posto dove celebrare le nozze?» don Salvatore azzardò una conclusione, intuendo la resistenza del ragazzo.

«Oh, no, no!» si affrettò a rispondere, forse con eccessivo disappunto, tanto che ebbe l'impulso di scusarsi con Giulia, anche se non era presente. «Devo chiederle solo un'informazione, un fatto accaduto qualche settimana fa. Per il matrimonio, forse. Questa è una chiesetta deliziosa. Sì» fece finta di guardarsi intorno.

«Se mi dice come posso esserle di aiuto, sa, avrei un po' da fare.»

«Sì, certo. Ecco» si inumidì le labbra e si fece coraggio. «Alcune settimane fa, qui fuori, forse proprio al cancello, si è fermata un'ambulanza con un signore, una persona anziana. Si chiamava La Marmora, Anselmo La Marmora. Non so se questo è il posto giusto. Credo sia l'unica chiesa vicino all'ospedale. Mi hanno detto che ha parlato con un prete.»

Don Salvatore sorrise, un sorriso di quelli che si elargiscono ai bambini che non capiscono le cose dei grandi.

«Signor Tolessi, c'è stata una confessione. Non mi

starà mica chiedendo di rivelarle il segreto confessionale, vero?»

Marco dovette cambiare colore più d'una volta, visto il caldo intenso che affiorò dalla pelle del viso: ecco il suo timore divenuto manifesto.

«No, no, no… Non mi permetterei mai. Che dice no, no» balbettò. «Mi interessava sapere se le ha detto dell'altro, cioè fuori dalla confessione, volevo dire.» Marco si mordeva un labbro e si voltava in continuazione, come se osservare di continuo la porta d'ingresso accelerasse il bisogno di Giulia.

Il francescano ci pensò su un attimo, poi rispose: «In effetti prima di chiedermi di confessarlo mi ha detto una cosa. Una cosa che mi feci ripetere perché la prima volta non riuscii a capire».

«E cosa?» domandò con impazienza lui.

«Mah! Mi chiese di avvertire una persona. Parlò di una pendola, in casa sua. Sa, uno di quegli orologi antichi… Dovrei avere ancora da qualche parte il biglietto che mi diede per telefonare…»

In quell'istante si udì uno scalpiccio, Marco credette fosse Giulia. Ricordò che indossava scarpe da ginnastica e non avrebbero potuto produrre quel rumore. La figura che avanzava stava proprio di fronte al chiarore dell'ingresso, fintanto che si trovava a una certa distanza risultava solo un'ombra, un fantasma dall'andamento tranquillo e a tratti ondulante.

«È lei don Salvatore?» disse questi, fermandosi a un

passo da loro.

L'uomo indossava un completo doppio petto dal tessuto lucido, una camicia chiara dove la cravatta calzava a pennello, e sulla sua persona quel vestito elegante, di alta classe, da indossare in cerimonie di una certa importanza, ci stava male, soprattutto per via di quella faccia tutta rugosa, cotta dal sole. Inondò i due con un profumo di alcuni toni sopra il normale e a Marco parve tutto stonato; un attore scappato da un film di terz'ordine.

L'uomo azzimato attese che don Salvatore annuisse alla sua domanda, quindi assentì a sua volta e mostrò i denti feroci. Portò una mano sotto la giacca ritraendola stringendo una piccola pistola, lucida e bella nella sua cattiveria umana. Puntò l'arma al petto del parroco e mostrò la faccia più dura che Marco avesse mai visto in vita sua.

«Voglio sapere tutto quello che ti ha detto il vecchio sull'ambulanza. Prete.»

Il braccio teso reggeva l'arma ferma a mezz'aria, lontana dal corpo del delinquente, quasi a indicare la completa estraneità con il fatto che andava a compiere, come se l'arto non fosse il suo.

Don Salvatore lasciò cadere il mento, ebbe un mancamento e dovette appoggiarsi a una panca. Marco rimase paralizzato sgranando gli occhi dalla paura, non riuscendo a smuovere lo sguardo dall'arma ci mise alcuni istanti ad assimilare le parole roche uscite dalla bocca dello sconosciuto. I santi raffigurati sulle tele rimasero impassibili osservando la scena svolgersi sotto i loro occhi con freddo distacco, nel silenzio di tomba e nell'odore di morte, dalla loro suprema superiorità.

«Allora» urlò l'uomo, facendo trasalire i due bloccati dai muscoli irrigiditi. «Parla! O hai finito di dare messe!» Forzava sulle parole, tentando di non cadere nel dialetto, come se sapesse che altrimenti quei due non avrebbero capito.

Poi accadde tutto in un attimo: si udì un rumore secco, la pistola volò in aria lontano da loro cadendo con un tonfo rumoroso. L'uomo si piegò in avanti gemendo, velocemente, per poi rovinare a terra, Giulia lo colpì per la seconda volta facendolo strisciare sul lastricato.

La ragazza rimase nella sua posizione, controllando l'energia rimasta nei muscoli con il movimento lento di un kata, il viso indurito, le mascelle contratte.

Marco la fissò come un ebete, non aveva mai visto Giulia in un'azione reale. La gratitudine iniziale per come li aveva salvati da quell'assassino si trasformò in furia; il bambino che cresceva nel grembo era pur sempre suo figlio e il rischio, nella sua mente, lo aveva corso anche lui.

«Giulia!» avrebbe voluto dirgliene di tutti i colori. Visto il luogo in cui si trovavano Marco riuscì a trattenersi. «Che ti è passato per la testa, tu dimentichi in che stato sei.» La ragazza continuava a fissare l'uomo che faticava a respirare piegato in due per terra. «Sei incinta!» disse concitato, prendendola per le spalle scrollandola dallo stato di eccitazione. Continuò con tono amorevole: «Ehi! Devi stare attenta ora, pensa al bambino» e l'abbracciò, rilassando i muscoli con il solo calore delle braccia.

«Dobbiamo chiamare la polizia.» Giulia si scostò dalla stretta avvicinandosi al corpo rantolante. «Fra poco gli passerà tutto.» Alzò lo sguardo fino alla pistola lontana, sul pavimento sacro della chiesa.

«Non ci pensare nemmeno», Marco anticipò i suoi pensieri.

«Chiamate Antonio, chiamatelo. È un Carabiniere», don Salvatore deglutiva a bocca secca, bianco in viso pareva gli avessero sparato sul serio.

«Marco, vai a chiamare il giardiniere, l'ho lasciato in parrocchia. Io tengo d'occhio questo animale.» Giulia tentava di nascondere la sua agitazione. Per lei era stato un gioco da ragazzi, solo che non erano in palestra e quello ai suoi piedi non era certo un ragazzo alle prime armi.

Marco rimase fermo a pensarci, indeciso se andare o meno, poi si allontanò a passo svelto, ripensando alle parole dell'uomo prima che venisse tramortito da Giulia. Quella che a prima vista sembrava solo una normale eredità si stava rivelando una storia torbida, con persone pronte anche ad ammazzare. Per quale motivo?

Il brigadiere Antonio chiamò il comando prima ancora di mettere piede in chiesa e quando fu dentro prese in custodia la pistola e portò fuori l'energumeno tenendolo fermo con una mano dietro le spalle.

I momenti che seguirono furono per Marco molto frustranti, riuscì a scongiurare una crisi nervosa solo grazie alla presenza di Giulia.

I Carabinieri arrivarono dopo soli cinque minuti. Come prima cosa portarono via l'uomo in manette facendogli sparire dalla faccia il ghigno antipatico che lo aveva caratterizzato per tutto il tempo.

Poi fu il turno delle domande, ripetute mille volte dalla stessa persona e altrettante volte da altre, tanto che Marco alla fine non capì più niente. Si limitava a rispondere: «No, non lo conoscevo.» «Tolessi, sì. Marco Tolessi.» «Siamo venuti qui...» e giù con la storia dell'eredità, del fatto che non conoscesse per niente il suo benefattore, ma con la remota possibilità che invece conoscesse suo padre. «No, mio padre è morto» rispose a un altro. Dopo alcune domande senza senso lo lasciarono libero di continuare la sua storia.

Spiegò allora il motivo per cui erano lì, come ci fossero arrivati senza sapere cosa cercare; la loro era solo curiosità e non si sarebbero messi mai in quel pasticcio di propria volontà. «Giulia è incinta» esclamò più di una volta. Quelli sembravano fregarsene.

Quando credette fosse tutto finito si avvicinò un altro – della polizia? – con la faccia indurita e le spalle larghe, un registratore in una mano e il cappello rigido nell'altra. Ricominciarono le domande, formulate in modo diverso. Le sue risposte furono sempre le stesse: nome, cognome... «Cosa ci fate qui?» «Conosceva il Salzillo?» domandarono. «No, che non lo conoscevo Salzillo!» urlò una volta.

Nel medesimo istante don Salvatore veniva interrogato da un altro a pochi metri da Marco, ascoltando il nome del notaio urlato dal ragazzo, il prete esclamò a pieni polmoni: «Quello è il nome!».

«Quale nome?» chiese un altro poliziotto.

E don Salvatore riferì della volta che l'ambulanza si fermò al cancello e il vecchio, morente, chiedeva di parlare con un prete e lui era lì: «Io ero in parrocchia, sì! Non posso dirvi quello che mi disse durante la confessione. Mica lo volete sapere!». A quella domanda nessuno rispose, ma gli occhi di tutti dicevano sì. E allora riprese spiegando i motivi che lo obbligavano a mantenere il segreto confessionale. Subito un altro lo riportò sul discorso originale. Continuò a raccontare i fatti, con una certa reticenza questa volta, giacché avevano interrotto una spiegazione che gli stava molto a cuore.

Marco e Giulia ascoltarono anche loro con interesse, difatti era quello il motivo per cui si trovavano in quella chiesa, dall'altra parte dell'isola.

Nel cervello imbambolato di Marco le parole uscite dalla bocca di don Salvatore fecero scattare altre molle, mettendo in moto altri ingranaggi e leve e marchingegni, tanto che alla fine nacquero altre mille domande e altrettante supposizioni.

Al ritorno Marco volle guidare lui, per scaricare i nervi, si giustificò. Giulia, ripresasi del tutto, continuava a fissarlo preoccupata, scoprendo sul suo viso ancora i tratti del nervosismo, forse più per la reazione violenta di lei che per i fatti successi. Lo accarezzava con tenerezza, intuendo la paura provata da Marco e i finali catastrofici a cui era arrivata la sua mente, e ne era orgogliosa; e ne era tremendamente innamorata.

In quel momento di calma, cullata dalle oscillazioni dell'auto e dal brusio di sottofondo, riuscì a essere abbastanza obiettiva da ammettere di essersi esposta a un rischio troppo elevato per le sue condizioni. Esaminando la sua reazione avuta in chiesa capì che la causa era da imputare a Marco; vederlo in pericolo le aveva accecato per un attimo la vista. Solo per un attimo. Tutto il resto risultava chiaro e nitido nella sua testa, tanto chiaro che capì di essersi cacciati in un impiccio. Anche se quell'assassino non era lì per loro due, dalla domanda fatta a don Salvatore si intuiva che c'entravano più del cacio sui maccheroni, usando un'analogia adatta a Marco.

La giornata volgeva all'imbrunire e il cielo, saturo di colori, scuriva languido perdendosi nel mare, e Giulia si perdeva in esso, drogandosi delle lucciole che danzavano sulle increspature dell'acqua. L'astro lontano ridotto ormai a un lumicino innocuo si apprestava a lasciare quella giornata da dimenticare.

Nel trambusto generale, prima di abbandonare Lacco e dopo aver lasciato le generalità a tutti, avevano perso di vista don Salvatore, il quale, dopo i primi minuti di scombussolamento, aveva preso gusto a spiegare e a mostrare i fatti come erano accaduti in chiesa. A Giulia, subito dopo essere risalita in macchina, dispiacque non aver avuto la possibilità di salutarlo, il posto le piaceva e se doveva scegliere una chiesa dove… Lasciò perdere.

Ripensando ai personaggi che l'avevano interrogata, il tizio che a Giulia sembrò dover essere il capo non indossava nessuna divisa, anche se vestito in giacca e cravatta com'era pareva appunto indossare una divisa, una divisa civile. Non riusciva a ricordare il nome e nemmeno la qualifica, però la raccomandazione che aveva fatto loro prima di lasciarli la ricordava benissimo, anche Marco: dovevano recarsi alla stazione dei Carabinieri di Barano.

Questo motivo affliggeva ancor di più l'animo del giovane, speranzoso di potersi rifugiare a casa sua nel più breve tempo possibile, scaricando la bile in eccesso cucinando o suonando per lei. Giulia sicurissima di questo lo osservava con un mezzo sorriso: a lei non dava fastidio. La rincuorava vedere l'interessamento delle forze dell'ordine, si sentiva protetta. A intervalli regolari continuava a carezzarlo, sperando servisse a dissipare il suo malumore. Lui guidava in silenzio, con calma, com'era solito fare quando aveva il pensiero altrove.

«Vedrai che ci sbrighiamo subito,» disse lei a un tratto «avranno di sicuro trasmesso tutto quanto anche a Barano. Non ci resterà altro che firmare qualche carta», il tono suadente si sommava alla forza delle carezze. «Una volta a casa ti preparo una bella cenetta, eh?»

Marco accennò un sì con la testa. Approfittò di un semaforo per voltarsi.

«Speriamo che sia come dici tu. Piuttosto, dobbiamo controllare la posta sul computer. Magari hanno risposto al curriculum che abbiamo inviato… Non ce la faccio più a starmene con le mani in mano, ho bisogno di lavorare.» Lo disse tanto per rassicurarla. Lei non ci cascò.

La coda di macchine si mosse e Marco premette sull'acceleratore.

Per il resto del viaggio procedettero in assoluto silenzio, ognuno appesantito dai propri disegni, mentre l'oscurità stringeva la morsa tutt'intorno e le case ammiccavano nella notte. Giulia dovette interrogare il suo portatile per sapere dove fosse la stazione dei Carabinieri. Fu così condizionata dal comportamento di Marco che già il fatto di essere in procinto del comune di Barano la rincuorava un poco.

Il computer li portò in una zona a loro sconosciuta, un luogo in cui le case si nascondevano nei loro giardini e non si vedeva un'ombra per quella stradina.

Parcheggiarono vicino al cancello d'entrata, così con quattro passi entrarono nella casermetta fin troppo illuminata all'interno. Saputo chi erano, il militare di turno alla guardiola li scortò fino a un ufficio al piano superiore. Un uomo in borghese di mezza età, magro e con il pizzetto, seduto alla scrivania, alzò lo sguardo verso la porta aperta e fece un cenno al suo uomo.

Marco e Giulia avanzarono, la porta venne chiusa alle loro spalle.

Il militare non perse la sua serietà mentre si presentava. Con cortesia che non si addiceva al tono grave fece accomodare i due sulle sedie proprio di fronte alla scrivania.

Poggiò i gomiti sul tavolo e disse: «Ditemi tutto quello che è accaduto a Lacco. Solo i fatti per cortesia».

Giulia e Marco si scambiarono uno sguardo d'intesa e la ragazza, come aveva fatto già tante volte quel pomeriggio, narrò gli eventi che li avevano visti coinvolti nelle ultime ore, spendendo solo poche parole come preambolo, sperando bastassero a far capire la loro motivazione. Quando dovette spiegare cosa fosse accaduto nella chiesa lasciò la parola al compagno. Questa parte della storia Giulia la ascoltò attentamente, rivivendo gli attimi di panico attraverso le parole del ragazzo.

L'uomo seduto alla scrivania rimase in silenzio, ascoltando il racconto dei due senza mostrare nessun tipo di emozione, soppesando ogni singola parola. Alla fine fece alcune domande, alle quali entrambi risposero allo stesso modo. Poi pregò loro di raccontare tutto quello che era accaduto dal momento in cui avevano ricevuto il telegramma dal notaio.

Marco, che all'inizio espose i fatti con una leggera vibrazione nella voce, a mano a mano che il discorso andava avanti divenne più preciso, infine anche le ultime tensioni sparirono dalla voce. A Giulia si inumidirono gli occhi ascoltando il motivo che lo aveva portato a Ischia da solo, senza la compagnia della ragazza. Marco senza interrompersi le afferrò una mano, dicendole con quel tenero contatto che l'amava e quella era solo una storia di altri tempi di nessun conto.

L'esposizione durò alcuni minuti, durante i quali il Carabiniere guardava l'orologio con frequenza sempre maggiore. Quando Marco stava per arrivare al momento di allacciarsi alla partenza per Lacco furono disturbati da due tocchi alla porta.

Il poliziotto di prima si affacciò dicendo: «Hanno

finito, capo. Ora stanno andando all'ufficio del notaio». Alle sue spalle si udirono delle voci, tra le quali quella di una donna.

«Questa è la voce di Ginevra» esclamò Marco. Si alzò per vedere attraverso lo spazio della porta socchiusa. Nella stanza attigua incrociò lo sguardo interrogativo della ragazza in compagnia di Giacomo e un poliziotto in divisa. Reggeva alcuni fogli in mano, ancora vestita come l'ultima volta che l'aveva vista.

Giulia, rimasta seduta, osservò Marco inarcare appena le sopracciglia. Con la mano che ancora la teneva legata a lui lo fece sedere di nuovo. La porta fu richiusa e allora si rivolse all'uomo dall'altro lato della scrivania, mise nel suo tono di voce un pizzico di nervosismo in più, poiché non le piaceva affatto essere presa in giro.

«Ora, per cortesia, lei ci spiega cosa sta succedendo. Cosa ci fanno di là i nostri amici? Suppongo che la nostra storia le interessa quanto il tempo che fa in America!»

«Si sbaglia, signorina» rispose questi con voce calma. «La vostra storia mi interessa moltissimo, dato che sto seguendo le indagini riguardo l'assassinio del notaio Salzillo e, se non lo ha ancora capito, la vostra storia, quello che vi è successo a Lacco intendo, è legata a quella del Salzillo. Come vede, mi interessano molto i vostri fatti, più dei rapporti che mi sono arrivati. Ho voi che me li raccontate, perché disturbarmi a leggerli?» Fece un gesto con la mano in segno di noncuranza, elargendo il suo primo sorriso.

«Perché ci ha trattenuti qui» chiese Marco, con la faccia stanca.

L'uomo parve cedere di qualche millimetro di fronte a quei due dall'aria smarrita, con in viso l'espressione di chi ne aveva già abbastanza per quel giorno. Decise di essere schietto.

«Mentre eravate qui ho inviato alcuni uomini a perquisire la vostra casa. Le ultime novità mi hanno persuaso a fare delle verifiche. Alcune riguardano voi due.»

«Ma...»

«Ho un mandato» disse prontamente, alzando una mano per fermare le loro lamentele. «E con quello non devo chiedere il permesso a nessuno, e poi eravate fuori paese, non potevo certo aspettare con tutta calma che ritornaste da Lacco Ameno. Marino, il custode, è stato così gentile da aprirci le porte. Ha fatto un po' di resistenza all'inizio, poi ci ha assecondati senza fare storie.»

«E avete trovato quello che cercavate?» A Giulia prudevano le mani, avrebbe voluto cancellare la pedanteria dalla faccia di quel tipo, con un sol colpo.

«No signorina, purtroppo no.» Abbandonò la scomoda postura in avanti adagiandosi sui braccioli della poltrona. «Ma... ce lo aspettavamo. È passato troppo tempo, alcuni giorni prima sarebbe stato meglio. Ancora non mi sono dato per vinto, e riuscirò a sbrogliare questa matassa. Ci può scommettere.» Mentre parlava spostava lo sguardo su entrambi, con l'intenzione di cogliere ogni fremito che passava sulle loro facce turbate.

Il tono era accusatorio, Marco pensò fosse una tattica ormai assodata a tal punto che quell'individuo la utilizzasse anche quando non fosse necessario. Non poteva credere che pensasse sul serio fossero immischiati in quella faccenda. Suppose che omettesse di fornire informazioni cercando di trovare nel loro racconto concordanze con la verità in suo possesso, peccato però che nessuno dei due c'entrasse in quell'assassinio. Il ragazzo diede fiato ai suoi pensieri.

«Noi… Io non conoscevo né La Marmora né il notaio. Prima di sapere dell'eredità non ho mai messo piede a Ischia. Se ho fatto qualche domanda in giro è stato solo per curiosità; non riuscivo a capire il motivo di questo lascito. Non crederà mica che sia immischiato con l'assassinio del notaio. È assurdo», Marco tenne a evidenziare di essere solo lui al centro di quella faccenda.

«Mai detto questo, signor Tolessi. Ora vi pregherei di tornare a casa e di non allontanarvi da Barano fin quando le indagini non saranno concluse. Se vi passa qualcosa per la testa fatemelo sapere. Se avete qualche idea a riguardo… io sono qui a disposizione. Buona serata.» Detto questo si alzò e chiamò a voce l'appuntato, tenendo la testa bassa, eliminando qualsiasi intenzione di replica.

Marco e Giulia furono scortati fuori con la stessa velocità con la quale erano stati ricevuti. Il buio e il silenzio li afferrarono fra le loro braccia. Ripresero la strada del ritorno in una quiete ancor più pesante, dovuta alle rivelazioni così esplicite e fredde del Carabiniere.

Nel pomeriggio avevano capito entrambi che i timori di Marco erano fondati, divenuti certezze oggetto di indagine. Benché estranei ai fatti entrambi si sentivano sporchi, come se un alito cattivo li avesse riscaldati rendendoli a loro volta puzzolenti. Per entrambi quel mondo poteva benissimo far parte di una costruzione cinematografica, finzione assoluta. Tuttavia, ciò che fino a quel momento era parso surreale, in un baleno la realtà aveva fatto irruzione con assoluta chiarezza. Sul filo conduttore dei fatti figuravano anche loro due e questo pesava nel loro animo quanto una colpevolezza.

Trovarono la casa fredda. Marco si ingegnò ad accendere il camino nello studio con la provvista di legna recuperata da Marino nel bosco, il suo bosco. Non volle andarsene in giro per le stanze a controllare i danni lasciati dai militari né tantomeno mettersi a interrogare l'uomo che li aveva fatti entrare, cosa avrebbe potuto fare? Anche se lui stesso si fosse trovato in casa non avrebbe in alcun modo potuto fermare la perquisizione. Cosa cercavano?

Non aveva fame, pregò Giulia di non preparare niente per cena; inutilmente, pensò in seguito. Rimase fermo inginocchiato davanti al focolare attizzando la fiamma in cerca di risposte ai suoi perché, intanto che Giulia verificava lo stato della casa. Quando aveva creduto di essere tornato alla normalità ecco che tutto ricadeva in un casino totale, addirittura peggio di prima, con la preoccupazione che potesse accadere qualcosa a Giulia e al bambino. Marco dava la colpa soprattutto a se stesso, per aver caparbiamente continuato a far domande e a cercare. Posò l'attizzatoio esasperato e si avviò in cerca di Giulia, ormai scomparsa da diversi minuti.

La trovò in cucina che preparava alcuni panini in silenzio, come una vecchia signora che ha cura più di suo marito che della propria persona. La figura snella nascondeva ancora bene la gravidanza, grazie anche alle movenze agili e al modo di vestirsi con abiti scuri. L'ostinazione di portare i capelli corti fece ricordare a Marco i continui battibecchi con la madre e alla convinzione che lo facesse solo per farle dispetto. Ora se li sarebbe fatti crescere? Marco non lo avrebbe permesso, si sarebbe opposto con fermezza.

«A cosa pensi?» chiese lei.

«A quanto sei bella… E a quanto sono stupido io ad averti coinvolto in questo casino.»

Giulia sorrise, continuando a preparare la frugale cena senza distogliere lo sguardo.

«Mi conosci troppo per sapere che avrei raggiunto le tue stesse conclusioni, e… più o meno, avrei fatto i tuoi stessi passi. Ecco qua, finito. Sai che ci vorrebbe ora?»

«Un'ottima bottiglia di vino.»

«Esatto, mio caro chef. Che da quando siamo qui non mi hai ancora cucinato nessuna prelibatezza. E guarda qua, sono costretta a cucinare io!»

«Appena sarà tutto finito e ci sentiremo padroni di questa casa ti prometto che organizziamo una bella cena con i nostri amici. Così, per dimenticare tutto e riderci sopra. Va bene?»

«Allora speriamo di farla presto questa cena!»

«Già» rispose corrucciato. «Hai dato un'occhiata in giro…» disegnò nell'aria un cerchio.

«Tutto a posto, tutto a posto. Mi sa che sapevano dove cercare e hanno toccato ben poco. Ti ricordi cosa stava dicendo don Salvatore?»

«La pendola, certo. Se non hanno trovato niente i Carabinieri…»

«Io ho comunque dato un'occhiata…»

«A quella con l'orario sbagliato» la interruppe lui, ricordandosi all'improvviso la curiosità nata quando la vide la prima volta.

«Esatto, per prima cosa. Poi ho guardato anche nell'altra. Niente. Cosa custodiva non saprei, forse qualche documento, titoli di giornale. Vallo a sapere… Ah, sul tavolo c'era questa…» Tirò fuori dai jeans una chiave e la tenne con due dita, mezza arrugginita e con una piccola targa in metallo infilata all'anello. «Dice "frago". Secondo me deve essere latino. Pensavo al mobile chiuso che ho visto in cantina con Marino. Te ne avevo parlato, mi sembra. Forse questa è la chiave che non si trovava. Diamo un'occhiata?»

Marco ascoltò ben poco, intento com'era a rovistare nel suo misero vocabolario di latino conservato nella sua testa, reduce da molte lezioni dove lo sbadiglio era il padrone.

Scesero dalla scala secondaria che dava sul giardino laterale, il freddo della notte li accarezzò con un soffio leggero. La vecchia porta in legno delle cantine si aprì con una certa resistenza, Giulia si avviò decisa giù per le scale in muratura e accese le luci. A mano a mano che i neon si scaldavano gli ambienti si illuminavano, Marco dovette meravigliarsi di nuovo davanti al susseguirsi regolare degli ambienti e dei corridoi. Era tutto in ordine e pulito, un pannello in legno spiegava il contenuto di ogni stanza, l'anno e altre informazioni del prezioso liquido contenuto in barrique o in bottiglie su ripiani in muratura di forma alveare.

Aveva sempre sognato di possedere una cantina tutta sua, le volte che aveva avuto la possibilità di vederne una era rimasto sempre affascinato. Si dava dello stupido per aver rimandato così a lungo l'ispezione all'eredità più interessante. Quando Marino gliene aveva parlato non immaginava fosse così grande. Percorrendo i corridoi a occhi spalancati notava che, comunque, molte stanze risultavano vuote. Cosa ci dovesse fare La Marmora con quelle cantine non riusciva a immaginarlo. Con molta probabilità comprò il casale già con i locali realizzati a quel modo e le botti che vedeva lì erano il frutto della sua parte di vino delle terre cedute in affitto, e che lui ancora non si decideva a visitare. Giulia lo guidò con sicurezza attraverso un corridoio parallelo al principale, fino a fermarsi a una delle tante stanze del vino, sembrava ci fosse nata tra quelle mura.

Marco si fermò alcuni metri prima – fu attratto da una scritta riportata davanti a un arco – con grande interesse.

«Qui c'è il Syrah!» e mentre parlava affascinato entrò a controllare. «Oh mio Dio, non ci posso credere», parlava a voce alta per farsi udire dalla compagna che non lo aveva seguito. «Giulia, guarda qua, una stanza piena di uno dei vini più antichi del mondo.»

«Ma è quello originale?» urlò lei dall'altra stanza.

«Ma come originale... Senti questa» disse fra sé. «No, è una collezione di vini italiani e, fammi vedere...» tolse la fuliggine con mano tremante, al pensiero dell'età che avevano le bottiglie. «Ce ne sono anche dall'Australia! Fantastico, fantastico.»

«Dall'Australia?» urlò Giulia.

Marco sbuffò all'ignoranza di lei e abbandonò con riluttanza quel luogo a suo modo bellissimo e si diresse dalla compagna,

«Eccolo, è questo» disse la ragazza appena lo vide. Era ferma di fronte a un armadio alto e poco profondo a forma di sezione di botte, con due ante chiuse da un vecchio lucchetto. Puntellò le mani ai fianchi come una vecchia comare del Verga, studiandolo con rinnovato interesse. «L'altra volta Marino mi allontanò subito da qui» si piegò con il busto. «Sembra vecchio, il legno ha perso tutto il protettivo, qui addirittura si sta sfaldando, vedi? Però…»

«Però qualcosa non torna.» Marco, con le mani incrociate aveva assunto la stessa posa contemplativa della compagna, osservando scrupoloso le fattezze di quel mobile antico immaginando già cosa potesse contenere, anche se le dimensioni massicce potevano far pensare a uno stipo per vini antichi. Considerò la scritta sulla targhetta della chiave. Un luccichio ai lati delle due ante richiamò la sua attenzione. «Che strano.»

«Cosa?» Giulia amava l'arte povera, così comune nella Tuscia, nel suo animo si riteneva una giovane esperta. A ogni modo qualcosa non andava in quel mobile, un qualcosa che i suoi occhi non vedevano, ma intuivano. Tentò di capire cosa avesse richiamato l'attenzione di Marco, poi vide anche lei.

«Le cerniere» rispose lui deciso.

«Sono lucide.»

«Già,» si morse un labbro «sembrano nuove, mentre tutto il resto sciupato.»

«Può darsi che le abbiano cambiate, per rimetterlo a posto» disse lei. «Alla fine che importa? Non sei curioso di vedere che c'è dentro? E poi è meglio sbrigarsi, su, che inizio ad aver freddo.»

«Sì, certo, scusa. Ora apro. Penso di sapere già cosa contiene.»

La chiave fece fatica a girare. Alla fine la serratura cedette e le due ante si aprirono con un cigolio, facendo cadere fuliggine dappertutto.

«Proprio quello che mi aspettavo: è meraviglioso! Di moderni ne ho visti tanti, uno così antico mai.» Marco dimenticò la giornata nera appena trascorsa, sorridendo a quel nuovo regalo che il vecchio proprietario gli donava.

L'interno del mobile era suddiviso in tanti piccoli scomparti e appariva pulito e in ottimo stato. In ogni cubicolo una piccola bottiglietta di non più di dieci centimetri era posizionata al centro, con il suo prezioso contenuto debitamente inciso sul corpo del contenitore. Le targhe riportavano la scritta in latino, come la chiave, il significato non sfuggì agli occhi esperti di Marco. Una cornice colorata le suddivideva per genere, raggruppando il centinaio di contenitori secondo la loro appartenenza, comprensibile solo a chi ne conoscesse l'uso. L'ultima sezione, quella più in basso, e che per la forma particolare aveva meno scomparti, conservava bottiglie di fattura diversa, con un tappo più ampio e con della cera intorno che ne sigillava il contenuto. Marco concentrò il suo interesse su queste, non riconoscendole e per questo estranee al contesto.

«Ma cosa sono? Non certo vini pregiati, sono troppo piccole queste bottiglie.»

Giulia disturbò l'attento esame che Marco stava effettuando nella parte bassa del mobile e per metterla a tacere, e solo per quel motivo, tentò di spiegarle con poche parole cosa fosse la parata di anforine, tanto carine a vedersi eppur tanto preziose, così da rimettersi a studiare quelle che più lo interessavano.

«Quello che vedi qui, Giulia, è un campionario direi molto ben fornito di tutte le sostanze odorose che è possibile riscontrare in un vino. Gli esperti le utilizzano per allenare l'olfatto e riconoscere così i sentori sprigionati dal prodotto. Ha molti anni, ti prego di non toccare niente.»

«Sì capo!» disse scimmiottando. «E cosa sarebbero i sentori? Sempre se non la disturbo…»

Marco dovette per forza di cose abbandonare le sue bottiglie rizzandosi per tutta la sua altezza, abbassò la testa e strinse le labbra raccogliendo un po' di pazienza.

«Ogni vino ha una sua struttura che, per dirla in parole semplici, dipende dal vitigno, dal territorio e dal metodo di invecchiamento. Tutte queste cose fanno sì che una produzione sia unica, avrà odori e difetti, e qui vedi rappresentato tutto questo: i sentori del vino. Si può notare già dai colori delle etichette una certa suddivisione delle sostanze, infatti alcune sono proprie dei vini bianchi, mentre altre dei rossi, poi ci sono le sostanze comuni a tutti e due i tipi. Ad esempio, per il bianco abbiamo quelli in alto con la cornice verde, poi segue il rosso.»

«Questi qui, con la cornice scura. Forse un tempo era rossa» aggiunse lei interessata.

«Sì, penso anch'io così», Marco si concesse alcuni istanti per concentrarsi sugli altri contenitori. La spiegazione che stava elargendo a Giulia aveva riportato alla luce vecchi studi su antichi metodi di coltivazione e produzione della millenaria bevanda. Continuò ugualmente.

«Seguono appunto gli odori comuni, anch'essi ben separati: odori floreali, frutta, legni… Fantastico! Questo qui», prese dal mezzo una di quelle con la cornice scura con la scritta *Ribes* e la aprì con delicatezza. «Senti il profumo intenso della bacca, non troppo vicino che ha un odore piuttosto forte.»

«Bellissimo.»

«Anche a me piace tanto. Non tutti lo preferiscono.» Lo rimise subito al suo posto e ne prese un altro, dopo aver dato una veloce lettura. «Questa ti piacerà di sicuro, senti.»

«Ma è vaniglia! Fammi sentire ancora…» annusò

con avidità. «Così mi vengono le voglie, Marco. Ho capito cosa sono i sentori. Ce ne sono tanti altri.»

«Ci sono proprio tutti, le erbe, gli ortaggi. Persino il *tobacco*» lesse quasi nel mezzo.

«Tabacco» fece eco lei. «Fammi sentire.» Accostò il naso con riluttanza. «Meglio la vaniglia. Questo è già un difetto?»

«No, no! È considerato un aroma, c'è anche la menta, guarda.»

«E questi qui in basso? Sono diversi.»

«Sono sostanze che richiamano sentori oramai rari, molto difficili da trovare nei vini di oggi» rispose, fiero della sua deduzione, che lei non colse. «Pressoché dimenticati adesso vengono classificati come difetti, ma un tempo, specie i greci, li utilizzavano con regolarità. All'inizio non riuscivo a capire: mirra, zafferano, *dies assus* – se non ricordo male dovrebbe essere "datteri grigliati" –, questo dovrebbe essere assenzio, poi questi due qui mi hanno fatto ricordare.» Prese in mano due bottiglie.

«*Pinus resinae* e *pellis caprarum*» lesse la ragazza. «E cosa sono, non si vede niente all'interno.»

«Resina di pino e pelle di capra.»

«Pelle di capra! Che schifo, e perché avrebbero dovuto mettere della pelle di capra nel vino? Mi pare una cosa orrenda.»

«In effetti avveniva il contrario. Da qualche parte lessi che i greci nell'antichità custodivano il vino in otri di capra e quindi acquisiva un odore forte per via della conservazione. La resina di pino a quanto pare la utilizzavano per coprire questa eccessiva esalazione. Tutt'oggi si produce ancora un vino con il sentore di resina, è il Retsina, non molto apprezzato direi.»

«Capisco. E questo ti ha fatto ricordare.»

«Sì. Osservando queste due bottigliette mi è venuto in mente. Però c'è questa che proprio non ricordo: *inis fade*, mai sentita», era l'unica senza una cornice, e la lacca ricopriva tutto il tappo.

«Non la apri?» chiese Giulia con curiosità femminile.

Marco era titubante, fece ruotare il contenitore davanti agli occhi. Il vetro opaco lasciava intravvedere solo un liquido, senza capirne il colore. Ispezionò la parte superiore notando come il lavoro di sigillatura fosse stato realizzato senza particolare accortezza, si notavano sbavature in più punti e una macchia sporcava il retro della bottiglia.

«Allora?» insisté lei.

Spostò lo sguardo su di lei in trepida attesa, con le sopracciglia alzate e i suoi bellissimi occhi scuri che riflettevano lucidi le luci sul soffitto. Decise di aprirla.

In quell'istante udirono le strilla delle sirene, seguite a breve da rumori di frenate e voci di più persone che chiamavano i loro nomi. Marco lasciò perdere quello che stava facendo e increspò la fronte, ora il soffitto vibrava per lo scalpiccio di più persone. Tutto quello in un lasso di tempo brevissimo.

«Cos'altro è successo ora. È mai possibile che non possiamo avere un attimo di pace!»

«Devono essere i Carabinieri» disse Giulia tenendo gli occhi verso l'alto. «Eccoli! Stanno venendo qui», si avvinghiò a lui in cerca di sostegno.

«Signor Tolessi! Signorina Alvisi» urlò una voce.

Entrambi uscirono dalla stanza trovandosi di fronte una scena apocalittica. Il corridoio era pieno di persone chiuse in scafandri bianchi, con solo una piccola visiera trasparente a far capire che le tute custodivano esseri umani. In fondo alla fila un uomo in borghese, il Carabiniere dell'ufficio di Barano, urlava e intimava di stare fermi e di non muoversi. Rosso in viso, questi appena li vide emise un sospiro e corse loro incontro.

Marco reggeva ancora la bottiglietta con il suo strano contenuto, non c'era certo il bisogno di ascoltare il tipo per capire che stava succedendo qualcosa di grave. Rimase fermo in mezzo al corridoio con Giulia che lo stringeva forte, le luci bianche riflesse sulle tute candide e lucenti creavano un'atmosfera surreale.

«Mi dia quel contenitore, signor Tolessi. Mica lo ha aperto?»

«No, questo no.» Si volse di scatto a indicare alle sue spalle. «Ma abbiamo annusato un paio di bottiglie… Ma…»

«Oddio, che sta succedendo!» Giulia era

terrorizzata.

«Qui fuori c'è un'ambulanza. Mettete giù tutto quello che avete preso qui e uscite, subito, per favore.» L'uomo fece un cenno a uno di quelli con la tuta bianca.

«Mi vuol dire per favore cosa sta succedendo!»

«Per favore signor Tolessi, faccia subito quello che le dico, a tempo debito avrà tutte le spiegazioni di questo mondo. La prego, metta giù quella bottiglia e seguite quest'uomo.»

Marco non se lo fece ripetere. Posò la *inis fade* ai suoi piedi, circondò Giulia con un braccio e insieme si fecero largo tra quelli che sembravano essere scappati da un ridicolo film di fantascienza.

Capitolo 7

Marco non stava così bene dai tempi del primo giorno trascorso da solo con Giulia, nella loro nuova casa a Viterbo, quando dovettero litigare con i genitori affinché li lasciassero liberi di vivere per conto proprio. Non avrebbe mai pensato che un bel giorno si sarebbero trasferiti in un'altra città, lontano dai loro cari. Quanto tempo era passato da allora… e da allora tante persone non facevano più parte della loro vita, mentre altre si affacciavano a diventarlo. Come Ginevra e Giacomo, che si scambiavano sguardi affettuosi, e Lucio e Aurora, che tubavano come due innamorati adolescenti. Poi c'era nonno Serafino con la sua sfilza di nipoti, e Alfredo coi suoi tatuaggi, in procinto di sposarsi con una del paese, e anche lui poteva considerarlo un amico oramai.

La parola "amico" a Marco pesava, considerava appartenessero a questa categoria solo pochissime persone. A Ischia, invece, l'amicizia poteva diventare una valanga in discesa; per ora i presenti intorno al tavolo della cucina erano i soli che di diritto entravano a farne parte. All'inizio aveva avuto dei dubbi su Giacomo, visti i precedenti. Ora, cotto com'era di Ginevra, della bella Ginevra, non aveva più nessun motivo di provare rancore per delle sciocchezze accadute molti anni prima.

Aurora invece fu una completa scoperta per Marco

e Giulia. Il primo impatto con lei certo non poteva essere ricordato come positivo.

Dopo la *fuiuta* con Lucio, si era completamente eclissata per alcuni giorni. Quando seppe che Giulia l'aveva sostituita nel suo ruolo di segretaria, aveva cambiato atteggiamento, telefonando in continuazione, anche per più volte nella stessa giornata, aiutando la ragazza a districarsi con le pratiche lasciate aperte. Insomma un'amicizia nata per telefono. E poi c'era Giulia, l'isola in mezzo al mare, l'approdo sicuro, con il bambino e con quel loro rapporto così unico che lui stesso a volte stentava a decifrarlo. In fondo si amavano e basta. Al tavolo dell'amicizia sedeva anche Vittorio. Per Marco, così necessario alla loro vita, era semplicemente suo padre, ora la sua presenza diveniva ancora più necessaria.

«Pasta e ceci!» disse Lucio dopo che fu servito il primo, guardava la minestra con atteggiamento critico. «Mi hai fatto venire qui a Ischia per un piatto di pasta e ceci?» continuò. Aurora al suo fianco allungò il labbro inferiore come fanno le bambine capricciose. Allora lui fece le fusa e portò alla bocca il cucchiaio. «Non è male» ammise con riluttanza, «ma sono pur sempre ceci, e mi risultano pesanti.»

«A me piacciono moltissimo, complimenti alla cuoca» intervenne Vittorio, seduto un po' in disparte. Non aveva ceduto alle insistenti richieste della figlia di sedersi accanto a lei. «Se ti fanno pesantezza è perché non li mangi mai. Infilali nella tua dieta settimanale, ne avrai solo giovamento: garantito.»

«È proprio così infatti, e questa zuppa è buona da morire» si associò Marco. «Lucio, io penso invece che tu sia venuto qui solo perché ti ho promesso nuove ricette per la tua pizzeria. Altrimenti scommetto che te ne restavi lì con la tua bella.»

«Ci scommetterei anch'io» si accodò Giulia.

«Tu stai zitta, sennò gli dico come mi hai trattato» sibilò Lucio.

«Come ti ha trattato,» disse Marco «si vede che te lo meritavi.»

Scoppiarono tutti a ridere, per alcuni minuti nessuno toccò cibo. Quando l'ilarità scemò ripresero a mangiare: il silenzio si riempì del rumore delle posate.

Aurora fu la prima a finire. Dopo essersi pulita le labbra, e per il fatto di essere un'impicciona conclamata, pose la domanda che tutti desideravano fare, in modo diretto, senza nessuna remora: «Ora però dobbiamo sapere come sono andati i fatti, Giulia per telefono non mi ha voluto spiegare niente…»

«Alcune cose le abbiamo sapute solo ieri, Aurora.»

«Però ora voglio sapere tutto, sono curiosissima, lo sai.»

«Dopo il dolce» annunciò Marco. «Dopo il dolce che ha preparato la mia Giulia con le sue manine. Solo dopo vi spiegheremo l'intera faccenda, altrimenti rischiamo di farci chiudere lo stomaco. Ginevra conosce già una parte dell'accaduto, ed è nei suoi riguardi che credo sia meglio parlarne alla fine. Lei è quella che ci ha rimesso più di tutti.»

«Io ci sto, a patto che mi dai le ricette che mi avevi promesso» disse Lucio, aveva lasciato metà della pietanza nel piatto.

Marco osservò l'amico di traverso e rispose: «Mi stai deludendo. Sei venuto qui solo per quelle? Una settimana lontano dagli amici e già ti sei dimenticato di loro? Le serate trascorse insieme, le volte che ti ho tolto dai guai con le tue... Insomma, tutto cancellato?».

«Parli d'amicizia a me? Hai detto che avresti preparato un pranzo favoloso, per festeggiare la fine di questa storia e invece che trovo, pasta e ceci!» Lucio mostrava il suo solito sarcasmo affettato, che su Marco e Giulia non aveva più tanto effetto.

La giovane Aurora, che ancora non aveva avuto modo di conoscerlo a fondo, drizzò la schiena come per prendere le distanze dallo strano comportamento.

«Sai,» continuò Marco «se non ti conoscessi così bene ti farei prendere a calci nel sedere da lei, mentre noi ce ne stiamo qui seduti a osservare la scena» cercò consenso negli occhi di Ginevra e Giacomo seduti di fronte. Questi sorrisero con un certo imbarazzo, estranei a quel tipo di gioco tra vecchi amici. Vittorio sorrideva defilato, ma continuava a mangiare.

«Io ne sarei felicissima,» ammise Giulia, bevendo un

sorso di vino «è da tanto che non faccio attività fisica, mi farebbe bene.»

«Siete sempre i soliti, voi due. Non vi voglio più bene» terminò come se stesse per piangere.

Marco rise di gusto, trascinando prima Giulia e poi tutti gli altri. Lucio si accodò per ultimo, facendogli un cenno con una mano. Marco estrasse dei fogli di carta dalla tasca e glieli diede, facendo un po' di melina.

Marco attese che tutti si calmassero, poi prese del tempo compiacendosi a osservare le coppie oramai consolidate: Ginevra scambiava una timida carezza con il dottore e poi lo prendeva per mano; Lucio si aggrappava ad Aurora cercando di strapparle un bacio al limite dello scabroso; infine Giulia, che sorrideva esasperata dagli atteggiamenti puerili di Lucio. Tutto così normale e familiare.

«Comunque hai ragione.» Marco si rivolse a Lucio, costringendolo a voltarsi. L'amico rimase comunque con un braccio sulla spalla di Aurora, la mano cadente su un seno. «Devo scusarmi per la cena che ti avevo promesso, purtroppo eravamo in tre a volerla preparare. Allora abbiamo deciso di fare così: Elide ha preparato il primo, io il secondo e il dolce Giulia. Però ti prometto che a breve ne facciamo un'altra.»

Giulia lo guardò con un'espressione interrogativa, non riuscendo a capire cosa intendesse: era una sorpresa anche per lei.

Marco proseguì: «La cena che faremo sarà speciale,

con un significato più... importante».

Giulia stava per intervenire quando Ginevra, rimuginando sulle cose appena dette da Marco, disse: «Hai fatto preparare il primo da Elide?» chiese preoccupata, fissando il piatto vuoto davanti a sé. «Dopo quello che è successo a Marino? Non si sarà mica vendicata mettendo qualcosa nella pasta» osservò critica.

«Ma se è stata lei a denunciare il marito!» intervenne Giulia. Si alzò e iniziò a raccogliere i piatti. Marco la fermò costringendola a rimettersi seduta. Poi scrollò la testa e aggiunse in direzione di Ginevra: «No, non ne sarebbe capace, e poi ha già cucinato per noi altre volte, ormai è passata una settimana. Se voleva, poteva farlo prima».

Ginevra non parve convinta. «L'ha denunciato lei, è vero, ma l'ultima volta che l'ho vista stava così male! Non ci si poteva parlare. Sembrava sul punto di esplodere.»

«È pur sempre il marito...» aggiunse Marco. «È stata un'azione coraggiosa la sua, che in pochi sarebbero stati capace di fare. Poi quando la rabbia passa, si sa, rimane la disperazione. La disperazione di una donna non più giovane e noi le dobbiamo stare vicino, vero cara?» baciò sulla fronte Giulia. Iniziò a sistemare i piatti sporchi su un ripiano, poi si avvicinò al forno. Vittorio colse l'occasione per alzarsi e dare una mano a sparecchiare.

«Ma ora basta chiacchierare eh?» continuò Marco dall'altro lato della cucina. «Tocca al mio secondo, anzi doppio secondo. Per Lucio ho preparato un bel piatto di paranza con un'insalatina di limoni ischitani – che mi sono permesso di ritoccare con un pizzico di mentuccia. Ce n'è abbastanza per tutti.» Iniziò a servire i piatti a tavola. «Poi abbiamo un bel totano imbottito fatto con la cipolla locale, che dà quel tocco in più a questo piatto già di per sé gustosissimo. Ah dimenticavo. Ginevra, per questo piatto ho usato il vino alla cipolla che mi hai portato.»

«Ti è piaciuto?»

«È buonissimo, ne avevo assaggiato alcuni tipi in passato. Questo è eccezionale. Devi assolutamente darmi la ricetta. Non si sa mai mi venga la voglia di produrlo, con tutto il vino che abbiamo, eh Giulia?»

«A me non piace» rispose la ragazza con indifferenza. Aveva riempito il suo piatto con la frittura e una fetta di totano. «Quasi quasi assaggio anche quest'insalatina di limoni» mormorò fra sé.

Marco sorrise per il buon appetito di lei, la gravidanza le donava molto. Anche se avesse preso qualche chilo in più ne sarebbe stato felicissimo. Posò al centro del tavolo l'insalata mista raccolta dal giardino e si sedette, servendosi una fettina del pesce al forno e un'abbondante porzione delle sue erbe.

Al pensiero di ciò che si apprestava a dire a Giulia, a Marco la fame venne a mancare di colpo.

Riconosceva la sua esagerata reazione, tuttavia non riusciva a controllarla. In fondo lui e Giulia si conoscevano da tutta la vita, avrebbe dovuto affrontare quel passo con molta più tranquillità. Ma il cuore iniziò a battere nel petto con l'impressione che anche i commensali sentissero quel baccano infernale.

Giulia, seduta accanto a lui, intuì che Marco si comportava in modo strano, non era da lui centellinare il cibo.

«Cos'hai» domandò a bassa voce. Posò la forchetta e si pulì le labbra. «Non stai mangiando niente, sei ancora preoccupato per l'eredità?»

«No, non è questo...» non riusciva più a tenere la cosa dentro. «Scusami cara, non riesco proprio ad aspettare ancora» scostò la sedia e si mise in piedi. Tutti smisero di mangiare guardandolo con un'espressione sorpresa.

«Io non capisco...» Giulia emise un balbettio incomprensibile.

Vittorio a capo tavola congelò i suoi movimenti, fraintendendo per un attimo quello che stava per accadere, non essendo a conoscenza delle decisioni del giovane.

Marco prese coraggio cercando di calmare il cuore ormai fuori controllo. Riempì i polmoni d'aria e iniziò: «Scusate se interrompo la cena, ma... devo annunciare una cosa che mi sta molto a cuore e che non riesco più a tenere dentro. La mia intenzione era di aspettare la fine della cena ma» deglutì «me la sta rovinando questa cena, preferisco dirla subito. Un po' come quando si va dal dentista no? Prima si tira il dente e meno si soffre.»

«E di quale dente stiamo parlando Marco?» Giulia si riprese dall'iniziale sbandamento dovuto al fatto di non essere riuscita, per la prima volta, a capire cosa passava nella testa del ragazzo.

Marco le prese una mano e la strinse forte, così calda fra le sue, che erano al contrario fredde e tremanti dall'emozione. Ginevra si strinse al braccio di Giacomo pregustando il momento, sorrise mentre gli occhi le divennero lucidi. Lucio capì cosa stava succedendo solo quando Aurora glielo spiegò in un orecchio, allora iniziò a battere le mani e a incitarlo come fosse allo stadio. La ragazza gli diede una gomitata per farlo tacere.

La platea fu di nuovo tutta per Marco. Lui si piegò in ginocchio davanti a Giulia tenendola sempre per mano, trovando coraggio in quel contatto consueto, necessario in quel frangente.

«Vuoi sposarmi, amore mio?» disse tutto d'un fiato, incespicando nelle parole.

«Oh mio Dio, Marco! Ma... io.» Volse la testa verso Ginevra ormai in lacrime, e poi sul padre, che aveva portato le mani alla bocca nascondendo un fremito. Quindi su Aurora e tutti gli altri, come se non credesse a quello che aveva sentito e volesse chiedere conferma.

«Io non me l'aspettavo. Sei riuscito a sorprendermi», Giulia divenne di nuovo Giulia, forte e padrona della situazione.

«Allora? Cosa rispondi,» chiese Marco, con un pizzico di timore nel tono della voce «le ginocchia iniziano a cedere.»

«Scusami amore mio!» lo baciò velocemente. «Certo che lo voglio. Lo desidero tantissimo.» Lo costrinse a sedersi. «Voglio passare con te tutta la mia vita, e anche dopo, fino alla fine dell'eternità» rispose lei con tono serio.

«Evviva» strillò Aurora sbattendo le mani. Subito tutti si accodarono sorridendo e annuendo.

Ginevra abbracciò forte la futura sposa facendo gli auguri a entrambi, il viso ancora rigato dalle lacrime. Poi si accorse che mancava qualcosa e fece un cenno a Marco, impegnato a difendersi dalle critiche di Lucio. Marco si batté una mano in fronte ed estrasse dalla tasca dei pantaloni un cofanetto blu, che lasciava intendere contenesse un magnifico anello di fidanzamento.

«Spero ti piaccia» disse, mentre lo apriva sotto gli occhi di Giulia, felice come non lo era mai stata. «Mi ha aiutato Ginevra a sceglierlo.»

Giulia quando lo vide emise un grido acutissimo, per la contentezza non riuscì a toccarlo. Si avvinghiò a Marco stringendolo e baciandolo tanto da imbarazzarlo. Lui sfilò dal contenitore l'anello e lo infilò al dito della ragazza, che lo mostrò a tutti ottenendo un altro applauso. Lei lo mirava e rimirava alzando la mano, e le scintille che nei suoi occhi lucidi di gioia brillavano illuminavano il volto raggiante.

Marco auspicava che l'anello rimanesse a quel dito per sempre, perché se per il resto della sua vita avesse provato solo una piccola parte della felicità che provava in quel momento, si poteva ritenere l'uomo più fortunato al mondo.

Il resto della cena proseguì con insolita normalità, Marco riuscì a mangiare senza altri pensieri per la testa, con una mano sempre stretta in quella di Giulia. Dopo la frettolosa dichiarazione, Vittorio fece il possibile per resistere, ma alla fine dovette soccombere, e non riuscì a trattenere le lacrime. Giulia gli stette vicino, finché non riuscì a calmarlo. Il pensiero di suo padre era diretto alla moglie morta, e a quanto sarebbe rimasta contenta di sapere sua figlia in attesa.

La parola "matrimonio" rimbalzò sulle bocche delle altre due coppie, tuttavia trovò terreno fertile solo in Giacomo, che con flemma anglosassone non negò di averci pensato. La loro storia era così recente, e il lavoro ancora stabile nel luogo dove viveva, da renderlo difficile per il prossimo futuro.

«Per ora andiamo avanti così, poi si vedrà» disse Giacomo. Erano alla fine del secondo piatto, in attesa del dessert di Giulia.

«Però, Giacomo, potresti prendere in affitto un appartamento e aprire uno studio anche qui, a Barano» avanzò Marco.

«Vero!» fece eco Giulia. «Magari organizzarti i giorni di visita in prossimità del fine settimana, così passeresti più tempo con Ginevra. E il martedì ritornare su.»

«È una sfacchinata. La strada da fare non è tanta ma nemmeno comoda. Saperlo in mezzo al traffico mi metterebbe l'ansia», Ginevra si strinse forte a Giacomo, fantasticando sull'idea pur sapendola inattuabile.

Giacomo invece la considerò come una possibile alternativa, si mise comodo sulla sedia accavallando le gambe rimuginando sulla nuova prospettiva.

«Però l'idea non è malvagia. Potrei fare così: se mi organizzo bene, chiuderei lo studio alle nuove clienti, e continuerei a seguire le pazienti fino a quando non hanno più bisogno di me. Poi, il giorno che non ne avrò più nessuna, mi trasferisco in modo stabile a Ischia, aumentando i giorni di visita qui. Che ne dici?»

«Sarebbe bellissimo. Sicuro di riuscirci?»

«Penso di sì. Almeno ci provo. Una volta con il treno e l'altra con la macchina... Però potrebbero volerci parecchi mesi. Tu mi aspetterai?»

Ginevra prima studiò il suo viso credendo stesse scherzando, poi rispose baciandolo intensamente. Null'altro esisteva tranne le sue calde labbra.

Giulia contenta batté le mani, mentre Lucio fece un

versaccio con la lingua. Aurora rimase alquanto stizzita, sapendo che Lucio non avrebbe mai accettato di sposarla, né tantomeno pensato di trasferire la sua attività a Ischia; non osava nemmeno chiederlo. Per interrompere la colata di melassa che pareva non finisse mai chiese del dessert.

Ancora euforici, Marco e Giulia si alzarono preparando i piatti con la torta ai frutti di bosco. Giulia aveva chiesto consiglio a Elide per la preparazione, il ragazzo non aveva nessun dubbio sulla squisitezza del dolce.

Marco fu l'ultimo ad assaggiare la torta, gustando con piacere il connubio tra la crema e i rossi frutti di bosco, poi appoggiò la posata e si pulì la bocca con un sorso di Cannaiola, dono di Lucio.

Seduti ognuno davanti al proprio piatto da dessert, gli occhi puntati su Marco, erano in attesa della sua spiegazione, anche quelli che già sapevano.

«Prima di spiegarvi come sono andati i fatti, voglio di nuovo ringraziare Aurora» e si rivolse a lei «per averci messo a disposizione il tuo appartamento in questi dieci giorni. La perquisizione e i controlli che hanno fatto in casa sono durati un sacco di tempo. Se non fosse stato per te non avremmo saputo dove dormire. Sul serio, non ridere.»

«Stai esagerando» rispose la ragazza, aggiustandosi gli occhiali davanti agli occhi languidi. «Ora però dicci tutto: che c'entravi tu con La Marmora?»

«C'entravo per via di mio padre» Marco rispose di getto.

Aveva palleggiato quella notizia tra i suoi ricordi e quelli oscuri di suo padre, cercando un nesso a ogni situazione che ricordava di lui. In alcuni momenti addirittura, aveva considerato che ogni attimo della vita del genitore fosse dettato dal ricordo che aveva delle vicende passate. La richiesta di Aurora di sapere lo liberava di un grande peso, come se spiegandolo e discutendone con i suoi amici fugasse il biasimo sulla figura del padre.

«Il servizio militare che svolse a Napoli» anticipò Vittorio, che non aveva ancora toccato il dessert.

«Sì Vittorio. Ora cercherò di andare con ordine, così faremo un po' di chiarezza anche per Ginevra, che non conosce ancora le tempistiche dei fatti.» Il volto di Marco si oscurò di tristezza, ripensando all'amore profondo, trasformato in odio e poi sfociato in un totale pentimento, di cui era tinta l'intera storia.

Subito si riebbe e continuò: «Durante il periodo di militare a Napoli mio padre conobbe la figlia di La Marmora, Giulia. Circa quarant'anni fa».

«Ah!» esclamò Vittorio, non riuscendo a tenere a bada la sorpresa, presagendo gli accadimenti.

«Sì papà» rispose questa volta Giulia. «In seguito se ne innamorò.»

«Ma questo è successo prima di conoscere mia madre» continuò Marco. «Io penso che sia stata proprio lei, mia madre, a far rovinare il rapporto con la figlia di La Marmora. Forse mio padre la conobbe sempre qui a Ischia, durante la famosa gita scolastica dove si incontrarono per la prima volta e che lei amava ricordare ogni tanto, ma non disse mai il luogo dove avvenne. Presumo a questo punto, ora che ci penso, che anche mia madre conoscesse come stavano i fatti.

Questo però non lo sapremo mai e... non ha attinenza con i fatti. Comunque, ho accennato che papà poco dopo lasciò Giulia per stringere un legame con la ragazza che poi diverrà mia madre, e che permetterà quasi nello stesso momento di far conoscere Vittorio alla sua più cara amica Simonetta, mamma della mia Giulia. Quello che mio padre non poté immaginare nel modo più assoluto era che il suo gesto, quello che tutti i ragazzi fanno continuamente, potesse generare una tragedia.»

Non riuscì a continuare, l'emozione era tanta.

Giulia allora concluse per lui la triste storia. «Giulia, innamorata più che mai di Innocenzo, in preda alla disperazione per la separazione, si gettò giù dal promontorio, dal muretto che circonda la proprietà. Giorni dopo la tragedia della ragazza seguì quella della madre, già malata, che morì di crepacuore in pochissimo tempo.»

«Ma queste cose come le hai sapute.» Lucio, abbandonato il solito fare da burlone aveva seguito con interesse le parole dei suoi amici.

«È stato lo stesso La Marmora a spiegarci tutto, e questo suo pentimento, purtroppo, è stato la causa della morte del papà di Ginevra.» Marco voleva lasciare per ultimo quel lato della storia. «Ma se hai pazienza spiegherò tutto fra poco.»

«Rimasto solo, straziato dal dolore, La Marmora volle seppellire le sue care sotto la quercia piantata di proposito nel piazzale antistante il casale.»

«La quercia qui fuori?» chiese incredulo Lucio.

«Sì Lucio, la quercia al centro del cortile» spiegò Marco paziente. «Non avendo più nessun interesse che lo legasse a Ischia andò via, in America. Dove visse per dieci anni e dove conobbe molte persone importanti, alcune legate anche alla malavita napoletana. Questo periodo all'estero fu molto fruttuoso per lui, in termini di denaro intendo. Quando ritornò a Ischia aveva accumulato abbastanza soldi da poter vivere di rendita.

Comprò molte proprietà nei dintorni di Barano, alcune le vendette in seguito quando si ammalò di tumore, per pagarsi cure costose e… altro. Non si sa quando iniziò a nascere in lui il desiderio di vendetta, l'unica cosa che nella sua mente poteva calmare il dolore ancora vivo che portava dentro. Fatto sta che iniziò a pensare di vendicarsi. Quando seppe che mio padre era già morto, rivolse il suo odio contro di me.»

«Odio?»

«Sì Aurora, odio. Era così pieno di odio che quando

seppe di stare per morire architettò tutto un piano per farmi fare la stessa fine. Doveva accadere qui e non dove stavamo prima: qui in questa casa, dove avevano trovato la morte sua figlia e sua moglie.»

«Oh mio Dio!» esclamò Aurora.

«Ma tu che c'entravi» disse invece Vittorio, «e che c'entrava Innocenzo. Mica è stata colpa sua se si è innamorato di un'altra.»

«È quello che penso anche io» rispose Marco. «Comunque, non riesco a essere di parte. Il dolore di Anselmo era un dolore grandissimo, immenso, e incomprensibile per chi non si trova coinvolto e…»

«Marco, tuo padre non ha colpa» s'intromise Giacomo, intuendo da buon medico a cosa pensasse. «Il gesto della ragazza non è stato dettato da tuo padre, e poi stiamo parlando di due giovani, questo accade in continuazione oggi e accadeva anche nel passato: si lasciano, si rimettono insieme. Posso invece pensare in tutta tranquillità che lei, Giulia, avesse qualche disturbo, latente magari, uno di quelli che spesso sfugge ai genitori e che li scaraventa senza preavviso in una tragedia ai loro occhi incomprensibile.»

Marco ascoltò la spiegazione professionale dell'amico con un certo distacco iniziale, ma che scavò dentro di lui un profondo consenso.

«E come aveva intenzione di vendicarsi?» chiese Aurora.

«Il suo piano iniziale era semplice e orrendo. Nei

suoi viaggi all'estero La Marmora conobbe anche un trafficante, lo cercò in Italia, si mise in contatto con lui e spiegò a grandi linee cosa intendesse fare. Questi gli procurò un gas usato per le distruzioni di massa: il Sarin. In seguito poi gli fece conoscere un malvivente di queste parti, con il quale architettò e preparò fin nei minimi dettagli il suo piano. La Marmora si informò molto bene sulla mia persona, sapeva della mia passione per il vino, immaginando cosa avrei fatto qualora avessi scoperto i sentori del vino conservati nelle cantine di questa casa e, soprattutto, vedendone uno che non conoscevo.»

«E mise questo gas nelle bottigliette degli odori» anticipò Lucio.

«Solo in quelle dei sentori antichi e non più utilizzati ai nostri giorni, immaginando che li avrei aperti per curiosità. A temperatura ambiente il Sarin è liquido, si confonde bene con gli altri. Per essere sicuro della mia reazione ha messo anche un contenitore con un nome inventato di sana pianta: la *inis fade*. Infatti è questo che mi apprestavo ad aprire quando sono arrivati i Carabinieri.»

«Che bastardo!» inveì Lucio.

«È da dire che con questo desiderio di morte viaggiava di pari passo un sentimento di remissione.»

«Cosa vuoi dire.» Aurora interessatissima si mise a pulire gli occhiali con il tovagliolo.

Ginevra anticipò la risposta, sentendosi chiamata in

causa dai fatti.

«La Marmora scriveva in un diario qualsiasi informazione: nomi, fatti, luoghi, con meticolosità maniacale, trascrivendo anche gli orari. Lo nascondeva in una delle pendole della sala.»

«Ed è a quella che si riferiva quando si confessò con il prete» annuì seria Giulia.

«Quale prete?» Lucio aveva smarrito il filo del discorso.

«Ora ti spiego», Marco si affrettò a riprende il racconto. «Teneva un diario, come ha detto Ginevra, dove annotava tutto, come se portasse con sé una forza repulsiva ai suoi gesti. Io non credo fosse una persona malvagia, solo piena di amore, all'inizio, così tanto da tramutare in un profondo odio questo suo grande sentimento. Con questo non lo giustifico, sia chiaro. Merita un minimo di comprensione, non vi pare?»

Non attese una risposta e continuò nella narrazione.

«Quando il dottore annunciò che oramai la malattia era a uno stadio così avanzato da non lasciare più scampo, diede il via al piano preparato in ogni dettaglio, contattando l'amico notaio, il padre di Ginevra, curatore anche dei suoi beni, informandolo sul suo desiderio di cedere tutto a me. Era già tutto pronto. Il mobile dei sentori con il suo carico di morte era già preparato e in attesa di colpire, attendeva solo la sua dipartita. Solo che La Marmora non aveva fatto i conti con la propria coscienza, quando venne il momento di abbandonare questo mondo si pentì.

L'unico modo che ebbe di farlo fu quello di dire tutto al parroco della chiesa dell'Annunziata, fuori confessione, in modo da non essere legato al segreto. Don Salvatore allora chiamò il notaio e riferì che La Marmora in punto di morte aveva manifestato il desiderio di lasciare il diario nelle sue mani, spiegando il posto dove trovarlo.» Si fermò un attimo, chiedendo con lo sguardo a Ginevra se poteva continuare. La ragazza annuì con un groppo in gola.

Con un sospiro di sconforto riprese. «La Marmora allora si diresse qui e si fece aprire da Marino, e nella pendola trovò il diario, colmo di foglietti pieni di appunti e ritagli di giornali. In mezzo trovò anche una vecchia foto: due ragazzi presi di spalle. Forse i due innamorati. Uno scatto rubato, con molta probabilità. Eccola.»

Marco mostrò a tutti una foto in bianco e nero dai toni sbiaditi, i bordi rovinati. Due ragazzi passeggiavano soli, sullo sfondo forse il muretto da dove poi la ragazza si buttò per amore. Spiccavano nel ritratto i capelli lunghi di lei, il cappello dall'ampia tesa che reggeva in mano; lui un po' distante, la testa rivolta lontano, come a pensare a ciò che avrebbe poi causato la tragedia.

Mentre la foto passava tra le mani dei commensali ammutoliti Marco continuò il racconto dei fatti, mantenendo sempre un tono di voce lieve.

«C'era una cosa che La Marmora non sapeva e non poteva immaginare. Marino, il suo fidato aiutante, era sotto paga dell'uomo che lo aveva aiutato nel suo piano omicida, giusto per cautelarsi da un pentimento, quello che poi in effetti avvenne. Marino riferì cosa aveva trovato il notaio, il padre di Ginevra, in casa: questo fu il motivo per cui venne...» non riuscì a dirlo. «Avete capito insomma. Il diario non fu trovato dagli assassini, che pure lo cercarono nel suo ufficio, senza lasciare traccia, perché all'epoca la polizia era ancora convinta fosse stato un incidente d'auto e non un omicidio; non potevano lasciare traccia del loro operato.

Quando la polizia scoprì che in realtà l'auto era stata manomessa, questi delinquenti iniziarono a muoversi con più decisione, senza andare troppo per il sottile. Hanno scoperto, in contemporanea con noi, che La Marmora parlò con il prete di Lacco in punto di morte, eccoli allora trarre le stesse somme fatte da noi. Solo che c'eravamo anche io e Giulia in quella chiesa e per l'assassino questa è stata la sua sfortuna. I poliziotti vennero a conoscenza del diario nello stesso istante in cui lo scoprimmo noi, e così lo cercarono in questa casa e nell'ufficio di Ginevra, inutilmente.

La sera stessa in cui io e Giulia fummo convocati dai Carabinieri di Barano, Ginevra si accorse che i ladri avevano messo a soqquadro la sua casa e chiamò i Carabinieri, i quali associarono le due cose e imputarono il gesto al vano tentativo di trovare il famoso diario. Qui venne in aiuto Ginevra, che fino a quel momento non immaginava cosa stesse accadendo, riferendo ai militari che il padre talvolta nascondeva i soldi nell'auto, nella scatola dei fusibili, ma non in quella dell'incidente, nella sua.»

«Così trovarono il diario. E dentro erano spiegati i fatti» concluse Lucio, agitando piano la testa.

«Esatto» rispose Giulia. «È così che hanno scoperto tutto quanto.»

«E appena in tempo» convenne Ginevra. «Se ritardavano solo di qualche minuto... Non voglio nemmeno pensarci cosa poteva succedere.»

«Non capisco» ammise con franchezza Vittorio, rimasto così colpito dal racconto da sentirsi combattuto lui stesso, tra l'odio e la compassione verso il vecchio proprietario della casa.

Giulia si volse aggrottando la fronte: aveva dimenticato che suo padre non sapeva del pericolo corso da lei e Marco, lo avevano tenuto all'oscuro per non farlo preoccupare.

«Quella sera io e Marco siamo scesi in cantina per prendere una bottiglia di vino e abbiamo aperto l'armadio dei sentori. Lui, come aveva previsto La Marmora, si è subito interessato al contenitore dal nome strano, pieno di quel gas. E... stava per aprirlo quando sono arrivati i Carabinieri: ci hanno fermato appena in tempo.»

«Oddio Giulia!» Vittorio non riuscì a nascondere un fremito.

«Non è successo niente, papà. Hanno controllato tutto. In questi dieci giorni hanno esaminato perfino tra le corde del pianoforte. La casa è sicura, il veleno stava solo in quelle piccole bottiglie.»

Marco chiuse gli occhi adagiandosi alla spalliera della sedia. Con una forte tristezza nell'animo ascoltò il dibattito nato subito dopo, durante il quale la storia fu sviscerata e rispiegata, i fatti salienti ripetuti e focalizzati. Quando riaprì gli occhi scoprì che, tranne Lucio, nessuno aveva più toccato la torta; la torta che Giulia aveva preparato con tanta passione. Lei non pareva seccata, così accanita nella discussione non lo notò neppure.

Richiuse gli occhi facendo rivivere le figure del passato, immaginando la figlia di La Marmora e suo padre ridere e scherzare sul futuro seduti a quel tavolo, magari facendo progetti sulla loro vita. Niente poteva lasciar presagire cosa sarebbe accaduto, altrimenti suo padre non l'avrebbe mai lasciata, Marco ne era più che convinto. Quale forza doveva possedere il padre se per tutto il tempo aveva serbato nell'animo un così grande dolore senza darlo a vedere.

Ora Marco viveva tra le stesse mura che anni prima avevano visto l'ombra del padre poggiarsi su di esse. La sorte, alla quale così tanta importanza dava, questa volta giocava con lui e con l'intera sua vita, rivoltandola a proprio piacimento quasi a fargli intendere chi comandava. Nella sua vita c'era Giulia, la donna che prendeva a calci il destino ogni giorno e se ne infischiava dei presunti *segnali* che Marco vedeva in ogni fatto, positivo o negativo, gli capitasse. Con lei, in questa nuova vita, tutti i dubbi diventavano certezze e forse avrebbe dato un calcio anche lui al destino.

Mesi dopo, quando oramai tutta la storia faceva parte del passato, Marco si svegliò in una notte piovosa, il silenzio riempito dal ticchettio leggero e suadente della pioggia. Accanto un posto vuoto. Puntellandosi sui gomiti vide la sagoma di Giulia delineata contro il chiarore debole della finestra. Scivolò dal letto poggiando i piedi sul legno fresco e senza nascondere la sua presenza la cinse con le braccia, la pancia tesa più che mai formava un monte perfettamente tondo. L'accarezzò piano seguendo con la mano i movimenti lenti del feto, rannicchiato e chiuso nella bambagia protettiva della madre.

«Non riesci a dormire?»

Giulia scrollò la testa. «Ho fatto un sogno.»

Marco seguì lo sguardo di lei soffermato sulla quercia spoglia e allo stesso tempo maestosa, con i suoi rami possenti e intrecciati. Le luci pallide dei lampioni illuminavano la pioggia fiacca, donandole quella magia particolare che solo in una giornata invernale, fredda e buia e calma e rigenerante si può scorgere.

«Me ne vuoi parlare?» chiese, continuando a carezzarla.

«La quercia. Ho sognato l'aiuola della quercia colorata con gerbere gialle.»

«È un'idea bellissima» disse lentamente, chiedendosi perché non ci avesse pensato lui stesso. Poi in tono riflessivo, dando vita a un pensiero covato a lungo, disse: «Potremmo dare alla bambina il nome della moglie di La Marmora, sempre se sei d'accordo».

Giulia confermò col capo. «Sì. Lei è quella che ha sofferto più di tutti in questa storia. Sì. La nostra bambina si chiamerà Maria.»

Ringraziamenti

Ringrazio Daniele Ruggiriello, esperto di vini e produttore
per il grande aiuto che mi ha dato riguardo ai sentori del vino e la loro
classificazione, e per aver reso credibile le mie parole di ignorante.

Copyright © 2012, 2021 Cosimo Vitiello
Una scusa per amare
di Cosimo Vitiello
ISBN: 9781520365701

micla.it
braviautori.com
amazon.it
store.kobobooks.com
bozzerapide.com
minovitiello@hotmail.com

INDICE

Una scusa per amare

Leggere significa mandare il cervello in palestra, significa vedere nuovi luoghi, conoscere tante persone anche di caratteri diversi.

Leggere significa fantasticare, immaginare, rivivere, ridere, piangere e tanto altro, senza limiti, più di tutto quello che nella realtà è possibile fare.

Leggere significa comprendere il mondo, riempire il secchio della conoscenza e portare la comunicazione a un livello superiore, inaspettato!

C. V.

© Copyrighted.com
Register and protect your work
3e9C7ebA7i8YBXfh

edizione gennaio 2021

Made in United States
North Haven, CT
28 November 2021

11684253R00189